一个人，遇见一本书

豆瓣阅读

我听见，那时的月光

侯泰而 著

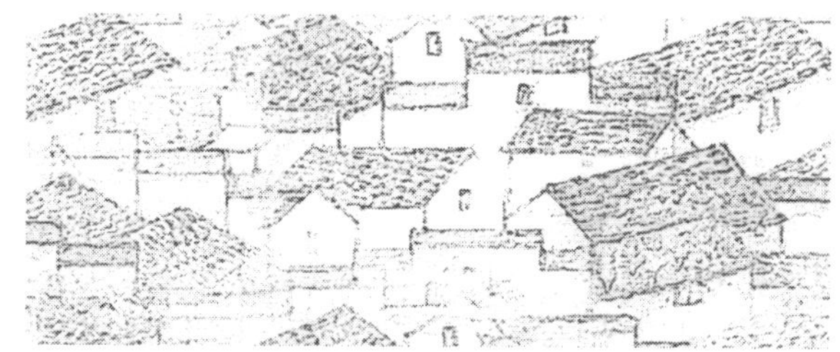

陕西新华出版传媒集团
陕西人民出版社

TopBook
饕书客

图书在版编目（CIP）数据

我听见，那时的月光 / 侯泰而著.— 西安: 陕西人民出版社，2017

ISBN978-7-224-12236-7

Ⅰ. ①我… Ⅱ. ①侯… Ⅲ. ①散文集－中国－当代 Ⅳ. ①I267

中国版本图书馆CIP数据核字(2017)第132516号

出 品 人｜惠西平

总 策 划｜宋亚萍

出版统筹｜关 宁

策划编辑｜王 倩 王 凌

责任编辑｜韩 琳 张启阳

整体设计｜哲 峰

图文制作｜毛小丽 唐懿龙 李 静 杨 博 王 芳 张英利 任晓强 张玉民 符媛媛 张 静 任敏玲 张 斌 任海博

我听见，那时的月光

作　　者　侯泰而

出版发行　陕西新华出版传媒集团 陕西人民出版社

（西安北大街147号 邮编：710003）

印　　刷　西安印刷包装产业基地发展有限公司

开　　本　787 mm×1092mm 32开 9 印张

字　　数　206 千字

版　　次　2018 年1月第1版 2018 年1月第1次印刷

书　　号　ISBN 978-7-224-12236-7

定　　价　39.90元

自序

乡村，是我们无法逃避的一个话题。

回溯若干年，生长在这块土地上的每个人，都能在乡村找到自己的根脉。

然而，在这个日益浮躁的社会氛围里，“还乡”变得举步维艰，近乎成为一种奢望。我们再也无法回到真正的故乡了。乡村不再是往日的乡村，物欲洪流四处泛滥，宗法关系逐步解构，礼俗民风渐渐凉薄。打开网络，那些流播甚广的“还乡记”无不记录着这样的辛酸。

如此情境中，昨日是否还可追回?

也许，大多数人根本不愿还乡。奋斗那么多年，挣扎着来到城市，才能以平等的模样和你坐在一起喝咖啡。我们内心里真的愿意回去吗?在某种意义上，城与乡，一边代表着先进，一边意味着落后。假如有选择的权利，谁会自愿选择乡村?有限的节假日中，我们蜻蜓点水似的还乡，又匆匆忙忙回城。我们只是一些定期往返的候鸟，栖止的落点依然是城市。

支离的乡村现实让我们无乡可回，无依的精神状态让我们主动离乡。

怎么办？无法否认，我们与乡村有一种天然的亲缘。这种与生俱来的基因，使乡村与我们不可分割，成为我们精神的本源和来处。不管她变得怎样，无论我们做何想法，她强大地固守在我们的身体里。我们叹息、批判乡村的现状，是因为对她一往情深；我们感慨、惊诧城市的华丽，是因为看到城乡之间愈来愈大的差距。已经栖息在城市里的我们，只要眼中偶尔掠过一抹青山绿水，耳畔飘过一声乡音土语，无边的乡村回忆就会滚滚而至。

面对一个回不去的故乡，我们如何“拯救”自己？

可能的途径，或许就是从精神上还乡。因工作变动，这些年，我辗转在不同的城市，有南有北，或东或西，不论在哪座城市，我都经常想起故乡。那些挥之不去的人物、人事、人情，点点滴滴的风景、风俗、风土，给了我情感上的滋养和润泽。海德格尔说：“还乡就是返回与本源的亲近。”精神还乡让我在思想上找到了归依，知道把灵魂安放在何处。

在这里，我把湘西的一些往事特别是有关吾乡吾村的记忆写了下来，不一定深刻，不见得精彩，但它是诚挚的。它呈现的，是一个真实的湘西、一个生动的往昔。

此际，诗人荷尔德林激动人心的召唤又在耳边响起：

> 请赐我们以双翼，让我们满怀赤诚，
> 返回故园。

目录

第二辑

往事随风 / 71

第三辑

民俗风土 / 151

第四辑

第一辑

风景依旧

人这一辈子，会面对许多或绚丽或平常的山水，会经历一些或坦荡或崎岖的道路。

激动与平静、欢乐与悲喜，不时扰攘着我们的人生。

风雨平寂，万川归海。

然后，我们回首，才发现故乡的风景伫立在曾经的来处。

她如同一种元素，融入我们的骨血，成为始终萦绕内心的魔笛。

每到一定时节，笛音就会响起，催迫我们回望那些山、那些水，那些无法割舍的一切。

斯时，谁能忍得住泪水？

月光照彻

月光是有声音的。

很多年后，回想起老家的月光，我心里升腾起来的还是这样的印象。

湘西的山中没有雾霾，只要不下雨，每个月的农历初三之后，月光逐渐亮堂起来。静静的群山中，月亮或是悬在山尖，或是挂在山坳，把光华柔和地洒在树木和房屋上，踏上村间的小路，影随人动，周围没有人，只有你在走着，这时，你会感到，脚底踩着月光，发出了极细微的轻响，边上的月光似乎在轻轻地应和、颤动，形成了一曲柔软的交响乐。

这样的感觉是美好的。忆及此景，心中会有一种温暖的感动。只有在寂静的环境中，才能感受到月光的轻响。朱自清先生在《荷塘月色》中说，“光与影有着和谐的旋律，如梵婀玲（小提琴）上奏着的名曲”。——他在独处的孤寂中，听到了月光的声音。

好久没有听到月光的声音了。哪怕走在深夜寂寞的街头，也无法听到月光的轻响，你看到的，只有路灯的闪烁和车辆偶尔飞驰而过的喧嚣。

月光那点儿声响正成为思乡的蛊惑，不时从记忆中跳出来，搅扰着我的灵魂，把我带回湘西山村的夜晚，让人想起月光下曾经的时光。

月亮，它是上天公平的恩赐，给每个人送来柔和的光明。

秉烛夜谈是很风雅的事。可是，偏僻的湘西，不仅长时间没有通电，而且煤油灯、蜡烛这些事物，村里人也舍不得无谓地耗费，他们不会为了闲谈，而点亮一支蜡烛。夜谈，就在月光底下吧！

一天忙碌结束后，伯母和母亲拿来一张条凳，坐在堂屋前的阶沿上，聊一聊近来的农事、村里的新闻、孩子的成长，这样的话题是琐碎的、随意的、轻松的。偶尔，听到她们埋怨在单位上工作的伯父、父亲，说他们不顾家，只知道忙公家的事。说着说着，不知不觉又变成“这几天猪吃得多、长得快”之类的主题。微风吹过，月亮西行，她们的话轻轻飘散在风里。

那时我已经读小学了。许多时候，我搬着凳子坐在伯母、母亲身边，写我的作业。小学三年级以前，用的是毛笔，本子是自己用“读书纸”（湘西一种土制的纸）装订的，字写得大，在月光下明晰可辨。我大概很专心，伯母、母亲看我聚精会神的样子，常常表扬几句，激起我一点儿自豪的心绪。月光在作业本上移动，伯母、母亲絮絮叨叨，蟋蟀、纺织娘等不时鸣叫几声。

时光就这样流到了夜深。

月光下的村庄，并非都是诗意。

春播季节，太阳下山，月亮升起，村里人赶着把禾苗栽下去。他们弯着腰，熟练灵巧地动着手，快速地插着秧，边插边退、边退边插，一排排的秧苗在眼前延伸，慢慢形成队列。村里人的身影倒映在水中，如同一尊尊移动的雕塑。

夏日炎炎，夜里要凉爽些。那些勤苦的人，在月光下挖土、翻地。风吹起，有人点起了叶子烟。烟火红红的，在月夜里闪烁。他们想：深夜如果再下一点儿露水，明早就可以种下作物了。

天旱的季节，水是珍贵之物。山上的水田，必须从更高的山上引水。一股水，往往得供好几块田地。这些田地，分别属于不同的村子、不同的人家。怎么合理地分水？湘西山民的智慧，这时显现出来。大家商议，在分水的地方，安装一方条石，条石上有大小不同的月口，分别流出大小不一的水量，这个比例，大体上按照灌溉田地的多少来确定。此法虽好，也难一劳永逸。有时，村里人一觉醒来，到田里一看，怎么是干的？查看分水的月口，发现自己这边的月口已被堵上，水全流到别的月口去了。村里人骂了几句娘，把月口扒开。从此，连续几夜，蹲守在月口边上，看水汩汩流进自己的田地，嘴角挂着满意的微笑。

男人在外干活，女人也没闲着。“笃笃笃笃”，那是她们在剁猪草。男人在地里没有回来。她们一边劳作一边等待。月光照在瓦背上，炊烟缭绕，在月华中升腾。

月光美好，月亮神圣。

它是一种图腾，一种神祇。村里的长辈们对月亮有个特殊的尊称：“月光菩萨”。

由于长辈们的反复教导，孩子们对月亮有一种敬畏。一般，我们不会用手指点月亮。偶尔，几个人月光下玩耍或行走，聊到了月亮的话题，一个人不自觉地往天上一指：“你看，月亮正跟着我们在走呢！”边上的人见了，略略有些惊诧，赶紧说：“不能用手指月亮的。快点儿作个揖，不然月光菩萨要割耳朵的哟。”那指月亮的小伙伴马上双手合十，对着月亮恭敬作揖。大约如此，月光菩萨就会原谅他了。

中秋，母亲会以一种正式的仪式来拜奉月光菩萨。这夜，月亮从东边的红岩岭升起，母亲在门前的禾堂上摆上长条凳，慎重地把月饼摆在长凳的正中，再摆上一些乡下的瓜果菜蔬，燃上香，烧好纸。她对着月亮，极其肃穆地作揖，口中念诵着一些祈祷的话语，大意是请月光菩萨保佑一家人健康、平安、幸福。拜祭结束，母亲会把月饼切成几块，我们每人分食一小块。那时很难吃到月饼，对手中那一小块月饼，我总是慢慢品尝，那花生、冰糖做的馅，那面粉做的坚硬的皮，那皮上稀疏的几粒白芝麻，似乎都是人间至味。如今，回想起当年吃月饼的情景，舌间隐约还有余香。

月亮，给村里孩子带来无尽的乐趣。

秋收后的月夜，家里农活少了，也没什么作业，我们到院子前面的晒谷田里玩“追人”（村里土话叫“盖人”）。谷子收起来了，晒谷田平整而宽敞。天空月明星稀，露出深蓝的底色。一个人在追，大家在跑，欢乐的呼喊声在村子里回响。当一个人被捉住，他就得充当“追人”的角色，原来的“追人”者换到奔跑的队伍中。一轮又一轮，我们跑动着，汗水湿透了衣背。月亮在天空注视着我们，分享着我们的快乐。

中秋，除了分享月饼，还有一件事让孩子们着迷。“八月中秋（土话读 qī），乱偷东西。”这个晚上，孩子们去田地里偷摘一些蔬菜瓜果，主人家是不会责怪的。记得，我和小伙伴经常光顾的，是屋后良公公的南瓜地。良公公在这一点儿上很宽容，很爱孩子。每次我们“偷”了南瓜，他不仅不责怪，还让我们到他家的禾堂去煮了吃。月光照着禾堂，铁锅架在石头上，柴火熊熊，南瓜的香味在月色中弥漫，让人想起鲁迅看社戏归来时“偷”罗汉豆的情景。

山村精神生活贫乏，没有多少可以“享乐”的东西。有位叫六爷的，不仅会干农活，还是一位猎人，知道许多稀奇古怪的事情。哥哥他们经常去找他，听他讲述打猎时的奇闻趣事，以解精神的“饥渴”。六爷家边上有一口池塘，有一次，哥哥他们从六爷家听完故事出来，上弦月没那么明亮，几个人趺趺撞撞，看不清路。有个小伙伴喊道：“朝白白的地方走，那是石头。”池塘映着天光，微微泛出白色。听到这喊声，“扑通、扑通……”好几个人就这样趺进了池塘，把水中的弯月搅成了碎银。岸上的几个人一边笑，一边把池塘里的伙伴拖上来。那弯月亮，大概也在窃笑。

月光照彻，清辉如许。

城市里也有月亮，只是不复当年模样。

在这北国的寒宵，随手敲下这些文字，才发现故乡的月，一直荡漾在回忆里。

我似乎又听到了月光的声音。

无名河

这条河已经流了好多年了。小时候似乎就是这个样子，前些日子回老家看了看，几十年过去了，还是这样。不紧不慢，随意地清澈着。形状各异的石头棋布其中，不少长满青青绿绿的苔。风吹过，河边的树枝条摇来摆去，唰唰作响。寂静，而有生气。

水是从很高很远的山间流下来的。

父亲曾带着我和几个堂兄溯流而上，没有尽头，只有更高峻的山和石，以及如瀑一样的激流。这条河，蜿蜒地，流过我生长和居住的村子。记事起，母亲偶尔会说，我们住在红江庙时，更穷，冬天还睡在席子上。红江庙，在这条河的边上，离我们村只有几里路远。母亲说的，大概是很久以前的事了，至少是我出生以前的事情，——我的脑海里，似乎没有在红江庙住过的记忆。

我想，我们家，或许我们村的人，是逐水而居的吧！当然，这只是一种猜测而已。无可怀疑的是，河见证了我们家，以及整个村子的变迁，见证了许多我不知道的事情。

山里风物，有其规律和美好。

这条河的每一季都是美丽的。

春，是最显生机的季节。经历了一冬的寒冷，河水开始涨起来，河畔的树发芽了。上学路上，我们走过河岸，觉得河水流得特别响亮。如届暮春，会看到河边一丛丛翠绿的竹子，——我们把这种小小矮矮的竹子唤作“水竹”。这个时节，它的小竹笋正茁茁壮壮地成长着。散学后，我们去采，一会儿就扯得一大把。回家剥了，放在饭上蒸，熟后，和红红的油辣椒盛在擂钵里一起擂烂，无上的美味呵。

河里有大大小小的潭，这是我们的戏水游乐之地。记得有个潭，叫作“蓑衣潭”。潭边有一块形似蓑衣的大石头，夏天，我和玩伴们常光着屁股从蓑衣石上滑下潭里，或是站在石头上“高台跳水”，大呼小叫，其乐无穷。

河里野生鱼很多，有一种鱼，长着黑条纹，叫“洋阶鱼”的，游得非常快，很难捕到。如果谁能钓到或捉到这种鱼，经常会被看作“行家里手”。有一次，我在“长麻子潭”里钓到好大一条，用柳条串着，拎在手上，在村里走来走去，招摇半天。

河里有一种小而黑的蛙，我们叫它“岩蛙”，酷夏之夜，岩蛙会跳上河中的岩石歇凉。此时，用手电一照，它就呆了，很容易捉住。有几次，父亲拿着手电筒，在河里的石头上跳来跨去，去捉岩蛙。我提着编织袋跟在后头。一个晚上，常可收获小半袋。

山里多雨，洪水一来，河里鱼虾被冲得头昏脑涨，不自觉地往岸边游。这时，村里那几位勇敢的人，便立在洪水边上，把“虾纲”（一种用竹篾编成的撮箕状的东西，装有用竹竿做的长把，用于捞鱼）朝洪水中伸去，用力拉起，一些小鱼、虾、泥鳅在虾纲中乱跳。有时运气好，会捞到大草鱼和鲤鱼，那是由于涨水，从池塘里跑出来的。这些，都是难以忘怀的快乐。

当然，也有一些灰暗的记忆。有的人，既想从河里捉鱼，又想省事，用一个狠毒的主意，在上游放一种叫“鱼磷精”的药。

一瓶药下去，整个河里白花花一片，几乎所有的鱼都死光，绵延几十里。这样搞一次，河里的生态基本上要好几年才能恢复。然而，放药通常是在夏夜深时，很难被发现，即使被发现了，也没见有什么处罚。真叫人心痛得很。

一到“立秋”，河水就变冷了。

过了这一天，母亲就告诫我们，不要再到河里游泳或洗澡了，秋水凉，会冻着身子。

风起，水一天一天瘦下去，石头露出更多的部分来，看上去有些萧瑟。这些并不影响我们对于河的情绪，我们依然能在河里找到乐趣。

大人们在这样的季节，会扛着砸石头的大铁锤，带着我们一起到河里去。他们先观察水色，选定石头，然后抡起大锤，用力砸在石头上。“砰砰砰”，只要这么两三下，就有小鱼从石头底下翻着白浮出来——它们被“惊”晕了。我们把这种捕鱼方式叫作“打岩惊鱼”。大概，即便是天天和鱼打交道的水乡人，对于这种独特的捕鱼法，也是惊奇的吧！

雪落下来的时候，河就真正地沉寂了。

我的记忆中，冬天几乎没有关于河的事情。人们躲到屋子里烤火去了。虽说倏忽一冬，但也不能老闷在屋子里。我们或者要到河对面的小商店去买东西，或者要去街上赶集，这时，就必然看到河，不管你是有意还是无意。你会发现，河的水比秋天更瘦了。白雪覆盖在石头上，让石头变成了一个个白馒头。放眼望去，心里涌起柔柔的感动。那时不知道什么叫诗意，只感觉心里暖暖的。

即使在万物沉睡的冬天，河也在自己美丽着呵。

河对于村子里的贡献，不是三言两语所能说尽的。

那时，河上有好几座简陋的小水坝。坝的下面，连着小水电站、榨油坊、碾坊。

小水电站只是个摆设，可能是水流量不大，发的电亮度不够，原因是电压不稳，有时还出毛病，根本用不上。小学阶段，我们做作业，有电时用电灯，无电时用油灯，或者直接趁着月光写作业，让清冷的月光照在本子上，让四周的虫鸣落在本子上，另有一种美丽。

油坊很古老，很原始，有一座很大的水碾、一口很大的锅、一座很大的“油榨”。榨油时，先用水碾将油茶子碾成粉，放在大锅里蒸，再做成油饼在“油榨”里压。压的方式很壮观，一群光着上身的男子，喊着号子，将一个大油锤向后拉起，然后一放，油锤砸在“油榨”里的大榫子上，越榨越紧，油饼里流出油来，从“油榨”底下的通道汇成细流，流到预先放好的油盆里。榨油是个体力活，也是个技术活，尤其是那个“掌锤者”，当油锤拉起时，他要在前面掌握油锤的方向，如果方向偏了，不仅可能砸坏“油榨”，而且很可能将掌锤者撞伤。我记得，当时那个“掌锤者”有个响亮的名字——“勇敢子”。乡人对他的这个称呼，蕴含了无上的赞美吧。曾读过四川流沙河先生一本书，他说：“少时见过故乡油坊榨菜籽油，榨匠吼号子举重锤，猛敲木榫，强压出油，簌簌有声。干这重活，一天吃五顿饭，还用油泡，体能消耗可知。”此中情形，和我老家差不多。劳动中的勇猛底色，一样展露无遗。这种油坊，现在大概很难找见了。

碾子屋是用来碾米的。自懂事起，我常常陪母亲挑了谷子到碾子屋去碾米。碾米机是现代机器，已经很先进了。只是由于电太弱，拉不动，只得借助河流的力量来带动。水流时缓时急，碾米机有快有慢，碾不透，碾出来的经常有米有谷。母亲拿着米筛，又是摇，又是筛，要择好半天，才能把米里的谷子择干净。山村里的每一样事情，都显得那么不容易。

河的事，还有很多，细细回味，无穷无尽。

长大后，喜欢诵读《论语》，读到《子罕》一章，孔子在川上说："逝者如斯夫！不舍昼夜。"每当此刻，我就想家乡这条河。虽然它没有孔子所说的那样大气，或者至多不过一条溪罢了，但我心里，它总是那样气象万千，不可方物。

这条河至今没有名字。唯一可以知道的是，最终它汇入了溆水，融入了沅江，流到更遥远的地方去了。

院子

老家的“院子”和北京的四合院不同。十多家人的木板房，围成一个长方形，便是院子了。中间有一块空地，用来晒谷子、放杂物，也是鸡鸭猫狗活动的场所，地上好多鸡屎、狗粪。

院子四周，还有一些房子，据地形而建，或依山，或傍水，错落有致，构成了一个村居的群落。

依此观之，老家土语里的“院子”，叫“院落”是比较合适的。但人们经年累月这样叫着，已改不了口。大家介绍某个人，常说，“他是某院子的”。

我家所在的村民小组有两座院子，一座叫老屋院子，一座叫新屋院子。老屋院子的年代要久远一点儿，大约有百年的历史了吧。新屋院子是后来建的，从斑驳的篱墙看，也有些年月了。

老屋院子后面有一座山，朝山上走，是斜斜的坡。

我家就在院子西北角的坡地上，离院子中心约有几十米的距离。四周是青翠的树木，果树很多，李树、桃树、橘树、杨梅树等最为常见。另外就是楠竹，一丛一丛地，把院子围了起来。

院子在绿色掩映中，颇有几分诗意。

因为住得近，院子里的人关系都比较亲。

不少都是叔伯兄弟的，一个院子，共就那么几姓人。有什么婚丧嫁娶的事情，一个院子的人都去帮忙，热热闹闹的。

有时，也吵架，甚至打架。湘西山民，勇猛彪悍，为一只鸡、一棵树等小事，刀枪相见，头破血流。出了这样的事，院子里的人七手八脚把受伤者送医后，当事人赔些医药费，慢慢地便不了了之。过一两个月，又见这互相打架的人，在一起喝酒扯淡，像是没打过架一样。

院子是孩子们的乐园。

院子里一家一家连在一起，两层的木板房，第一层住人，第二层放柴草与其他杂物。一些鸟类常在这些杂物中垒窝筑巢，生机无限。我们这些小孩常常在这上面捉迷藏，或是去捉那些小动物。从这家屋爬到那家屋，屋主人也不骂，纵容着我们。

院落里充满了欢乐。

世事苍茫，总有些事叫人措手不及。

2004 年秋天，一场大火把老屋院子的核心部分烧掉了。火是从院子门口的那家人起头的。山区烧的是柴火。当时那家人正在煮早饭，一个乡邻在外面喊他，说是有事情，烧火人走了出来。这时，一根燃着的柴火掉出了土灶。一场大火就这样简单地发生了。

我不知道这场大火究竟燃烧了多久，从清晨到黄昏，四邻八乡的人赶过来救火，但这上百年的干枯的木质结构的房子，根本不理会那些零星泼在它上面的水花，兀自剧烈地燃烧着，烧碎了乡亲们的心。

我家住得高一点儿，在乡邻们的极力扑救下，只烧坏了一只屋角。

晚上，我从自己当时蛰居的杭州往家里打电话。母亲给我叙说了这件事。语调沉静而悲情。

在秋天寒冷的星光下，老屋院子变成了瓦砾地。空旷的瓦砾地上，是失去了房屋的人们。他们哭泣着。哭声把周围的大山反衬得静寂而旷远。

多年以后，我多次从更遥远的城市回到故乡，探访我所生长的院子。院子已重建，许多房子变成了现代砖房。很多物事都故去了，包括一些看着我们长大的长者。唯有一堵石墙还在，没有随大火逝去，上面印着几个大字——“农业学大寨”，昭示着历史的沉寂和久远。

我知道，大多数已经在城市落地生根的人，一定和我一样，当你离开，就再也回不去了。老屋院子即使不烧毁，我也没法找回故乡。心境已经改变，人事已经老去，留给我们的，只有怀念和疼痛。

亭子

“何处是归程，长亭更短亭。”在盛唐，李白忧伤地叹息。

到近代，李叔同写下：“长亭外，古道边，芳草碧连天……”把人带到芳草斜阳外。

这些，都和送别、思念有关。亭子，成了“伤离别”的象征，伴随着悲伤和惆怅。

村里有一座“亭子”。

这座亭子，不是“长亭”，也非“短亭”。

它不是醉翁亭、兰亭、沧浪亭、爱晚亭那样的亭子，村里从来没有这样古雅的亭子。

村里的“亭子”，是一处多功能建筑。既是村里人通行于溪水之上的桥梁，又是村民们歇脚、聊天、看风景的佳处。它安安静静地横跨于宽阔的溪流之上，比那些风雅的亭子要长、要高，成为村子的标志所在。

你大约已经猜出来了，我说的是风雨桥。

人们对风雨桥并不陌生。

电视里、网络上，随时都可见风雨桥的影子。

村里的“亭子”，与那些著名的风雨桥比起来，要简陋、朴素得多，没有雕梁画栋，也无红檐碧瓦，但它的基本建造方式与其他风雨桥无异。

“亭子”不算太大。

底下是一座青石垒成的大桥墩，前尖后宽，涨水时便于分水而过，减少冲击力。几根巨大的圆木，从溪的两头，朝溪中延伸，架到桥墩上，成为“亭子”的基础。圆木之上，是木板，再往上，便是屋梁、青瓦等。远望，可见“亭子”分为两段，青青灰灰地横卧于溪流，朴实、谦逊，单调而沧桑。

“亭子”的存在，为两岸的人提供了方便。

它一头连着村部和公路，另一头是我家所在的村民小组，错落地安放着数十户人家。我们去村里办事，到公路边的供销社买东西，或是到更远的镇上去，都要经过“亭子”。其他地方的人来我们村民小组，特别是外地人来到这里，须在公路边下车，走过“亭子”。他们看见“亭子”，往往感叹：“你们村还保留着‘亭子’啊！”古拙的“亭子”，把他们惊到了。

村里人不在意“亭子”的美丑。

大家只知道，如若没有“亭子”，过溪就是一件难事。要么蹚水踏石，这是很危险的，尤其对于我们这些年纪尚小、每天要过溪上学的孩子，倘若是夏天发大水，过溪更成了“不可能的任务”；要么沿溪上行，走到上边的村子，有一座石拱桥，可以绕到对面的公路上，沿途风景不错，只是路程遥遥，我们无法像桃花源的渔人那样“忘路之远近”，如果有便利的途径，谁会费劲走那么远呢？

“亭子”的美好，不止于交通。

夏天暑气大盛，热浪催逼，“亭子”上微风习习，凉爽怡人。

村里许多人来到“亭子”里歇凉避暑，呷烟闲谈，直到太阳偏西、暑热略散，才各自去地里忙活。大半天时光就这么消磨过去。也有一些人，在炎夏午间，干脆躺在“亭子”里睡觉，凉风徐徐，溪声清越，鼾声此起彼伏，做那美丽的梦。几只麻雀，站在亭沿的青瓦上，叽叽喳喳地叫着，像人们一样悠闲、自得。

秋天，“亭子”是一个观赏溪流的好地方。一入秋，天突然高了，溪水猛然瘦下去，站在“亭子”里，看溪里星罗棋布的石头，不管大小，都好像瞬间长高了一截，石头边有一圈水泡过的印迹，看上去很有意思。

无论什么季节，“亭子”都是一个歇脚、歇肩的地方，走累了，停下来歇一歇，多好！或者，挑了谷子，去公路边的碾子屋打米，到这里，刚好可以歇歇肩、喘口气。我多次陪父母亲去打米，有时帮忙拎一些东西，我们大多会在“亭子”上歇一歇，说说话。父母亲说起近几天要做的事情，或是问我累了没有，或是表扬我几句。想起来，一家人这样平凡相处的场景，挺温馨的。

“亭子”两头，是一些条石砌的台阶，费了不少人力，但并不规整。缝隙间长满了杂草，绿油油的，间或有蟋蟀、蚂蚱等虫子在其中活动。夏天，我曾看到蛇、蜥蜴等在草丛间钻来钻去。蛇是令人恐惧的。但我们不怕。有位小伙伴曾在“亭子”边上抓到过一条乌梢公（蛇名），卖了好几块钱，让我们一阵羡慕。

有了蛇这些活物，关于“亭子”，就生出种种神秘的传说来。比如，哪个孩子偶尔在“亭子”边的石缝、草丛中，看到一条小花蛇，觉得惊奇。父母通常会说，这是小丽变的。这个小丽，就是几年前不小心掉进溪里淹死的女孩。又如，碰到阴雨连绵、洪水不断的日子，村子里有些人来到“亭子”边烧纸钱，祈求龙王或溪神，快点儿放晴，不要淹坏了庄稼。

“亭子”不仅具有“交通”的实用价值，还是村里人的精神游牧之地。

“亭子”有种古老的美好，却不能“长生不老”。

时间流逝，外面的事物渐次进入村里，如同沈从文当年所说，“‘现代’二字已到了湘西”。村里人对于“亭子”，有了不同的看法，较多的声音是，“亭子”虽然好看，但过不了汽车和拖拉机，不如拆掉，修一座拱桥。

1996年入夏不久，天降大雨，滂沱四流，一大片山滑了下来，上下几个村子遭受大灾，死了几十个人。在这场水灾中，已经衰朽的“亭子”不能幸免，除了大桥墩，一切冲得无影无踪。

“亭子”自此消逝。

不久后，村里人开始募资修石拱桥，可运气不好，或是修好不久又被水冲垮，或是在修的过程中塌掉，反复了好几回，才算有了现今的石拱桥。粗糙，简陋，毫无美观可言，仅仅一座桥罢了。

“亭子”，是故乡人对风雨桥的通行叫法。想起来，村里的风雨桥规制较小，大小如几个连接在一起的古亭，称其为“亭子”，倒也是合适的。

“亭子”在湘西很多，非我村所独有，邻近几个村庄也有这样的“亭子”。只是，它们无一例外都在洪水中遭遇了不测。

离家远一点儿的名胜芷江城，有侗家的鼓楼和风雨桥。我专门去观赏过，其形壮观，其饰精美，非村里的“亭子”可比。

我还在广西、贵州看到过更美的风雨桥，在北京、长沙等城市公园里，也曾与美丽的风雨桥不期而遇。

然而，在我记忆里久久摇曳的，依然是村里那拙朴的“亭子”。

家园草木

湘西多树，湘西人爱树。

走在村子中，满眼都是树。

孟浩然有诗：“绿树村边合，青山郭外斜。”这景致，和我们村子差不多。

我家周围也种了一些树。这是父亲和伯父生前的杰作。他们这一辈人，吃过许多苦，爱惜每一粒粮食，珍惜每一棵苗木，凡是能够利用的，他们都会尽量利用。家的四周，能栽树的地方都栽了树。

“一树新栽益四邻，野夫如到旧山春。”栽树，是一件利人利己的事，何乐而不为之?

年深日久，家包围在树的浓荫中了。

李

“不栽桃李树，何日得成阴。”

我家周围，种了好些李树。邻居家也是如此。李树在村里大受欢迎，并非因为它的经济价值。据我的记忆，李子成熟以后，拿到镇上的集市去卖，卖不了几个钱，那时通常是一两毛钱一斤。

李树似乎也做不得木材，很少见人拿李树打家具的。哪棵李树死了，大不了砍下来，当作柴火。

可能的解释是，李树容易成活，长得快。种上一些李树，不几年就能成树结荫，把房子包围起来。这样的风景，当然可爱。“榆柳荫后檐，桃李罗堂前。”陶渊明当年在家门前栽种许多李树，和村里人的追求大概是一样的。

与大多数果树一样，李树冬天落叶。

萧瑟一冬中，李树遍身仅余光秃秃的树干，无甚可观。唯在冰冻时刻，李树枝条为寒冰包裹，日光一照，反射出莹莹白光，颇显奇特。

李树最美好的时光在春天，春风一拂，李树不由自主地开出花来，这些花，纯白、细小，薄如纸片，繁密地粘在树枝上，远远一看，如一树好雪。如果站在山巅，那时节，整个村里，只看到树树李花，团团绵白，壮观美丽。李花的花期不长，风雨一至，就洒落下来，把房子边上的小路铺成了白色的花径。这真是富有诗意。陆游那咏梅的“零落成泥碾作尘，只有香如故”的词句，用在李花身上，也是合适的。

放暑假时，李子成熟了，红红黄黄的，可爱得很。碰上丰收的年成，李子特别多，一坨一坨地结在李枝上，把枝条压得很低，像要断了似的。这时的李子，味道相当可口，尤其经屋后的井水浸洗，入口甘凉，满口生津，这种味道真令人回想。

李树中，有一些长得很高。当大多数李子已摘下，树尖上的李子兀自在那里笑傲人间。枝小、树高，爬上去摘吧，枝条承受不起，用竹竿打吧，又够不着，只好站在树下“望李兴叹”。这时的鸟雀是快乐的，它们飞上树梢，啄吃那些红红的李子，随意享受这世间的美味。怎么办呢？时间发挥了作用，李子终归不会永远待在树上。风吹过，熟透了的李子摇落下来，有的掉在泥土地上，砸碎了，有的落在青草上，完好如初。母亲和伯母拿了篮子，把青草上的李子捡回来。打一盆井水，泡上，招呼我们吃。这些李子比正常摘下的要甜美得多，有些经过长久的日晒、发酵，有一股酒味。吃这样的李子，有种微醺的感觉，自己恍惚变成鸟雀，飞到树梢上啄食去了。

李树枝丫繁多，适合鸟儿筑窝。

有一种鸟儿，身形娇小，浑身的羽毛呈军绿色，不知学名叫什么。村里人根据它的颜色，叫它“绿棒姑”。这种小鸟喜欢停在李树上，一群一群的，叽叽喳喳，比麻雀还要吵闹，常常群起群飞、急停急落，有点儿像北方城市里的鸽阵。

我家池塘边的李树上有一个“绿棒姑”的窝，鸟窝和它们娇小的身材相应，小巧玲珑，外面像半个小圆球，里面盈盈地向下凹着，如一个精巧的工艺品。它们的蛋极小，外壳光洁，泛出浅浅绿光。记得有一次，邻家的宣娃子从井里挑水回家，发现了我家李树上的“绿棒姑”窝，放下水桶，爬上去，将窝里的鸟蛋掏了出来。我在家里看见了，赶忙跑过去和他理论。他一惊慌，鸟蛋掉在地上，打碎了。树上的鸟爸爸、鸟妈妈叽叽喳喳大叫，大概在为自己未出世的孩子无端逝去而伤心。我气极了，差点儿哭起来，情急之中，往宣娃子的水桶里丢了一把土。——他只得重新去挑一担。这算是变相的处罚吧！

现在回想，那时的我，心胸太不宽容了。可看到打烂的鸟蛋，当时的我能怎么办呢？

李树上的那个鸟窝，自此空着。“绿棒姑”认清了此树的危险，不敢再来筑巢。

李子多，自家吃不完。有时挑到集市上去卖，像前面提到的，卖不了几个钱，聊胜于无而已。用村里人的话说，总算没让它白白烂掉，卖一个钱是一个钱。此外，有些人收购，价钱更低。他们一车一车地收去，放在锅里煮，捞出来，撒上盐，摊在太阳底下暴晒。据说，这些李子将被做成蜜饯。我没见过最后的蜜饯成品，只见过煮后晒在地上的李子，黑黑的，散发出刺鼻的气味，不少蚊蝇在上面盘旋，与树上红黄鲜嫩的李子形成鲜明的对比。大概基于这种印象，对于蜜饯一类的东西，我不太喜欢吃。好好的果子，吃个新鲜的多好啊！干吗要制成这个样子？

李子大多在六月份成熟，到夏天末梢，就没有李子吃了。这是时令的规律，我们做不得主的。

事情往往有例外。当房前屋后所有的李子萎谢、凋零，菜园里的一棵李树上的果子却还青涩着。母亲告诉我那是“苦李子”，要到八月份才熟。大约由于这个成熟时间，村里有些人把它叫作“八月李”。于是，等着秋风吹起，树叶枯黄，有一天，发现这棵树上的李子泛出红色，这表明它已经成熟。我们爬上树去，摘了些下来，心里急着想知道秋天的李子是什么味道，也不洗，直接放进嘴里，结果，“哇——”的一声，差点儿吐出来。虽然经过了秋风的锤炼和秋阳的照射，它还是那么苦，滋味根本不能同夏天的李子媲美。

“八月李”是个富有诗意的好名字，可这只是表面上的，“苦李子”才是它的本质。这倒让我懂得了，平平常常地跟着时令走，什么季节吃什么水果，都是有规律的。想追求一些例外的效应，反着季节吃水果，只怕并没有什么好处。

人生其他事，大约也如此吧！

鸡恰子

鸡恰子树很少见。

如果不是说起“八月李”，我差点儿忘记了。那棵“八月李”边上，长着一棵鸡恰子树。

这棵“鸡恰子”长得高而壮，和那棵“八月李”并肩站在园子里，像一对关系亲密的姐妹。但两者的区别是明显的。鸡恰子的树干笔直、光滑，树冠下几乎没有什么枝叶，树冠却浓密得很。“八月李”的树干有些弯曲，显出艺术的形状，树叶从下到上一直繁密着，让人觉得有点儿过于热情。

这样一对比，鸡恰子树挺拔、潇洒的风姿，就凸显出来了。

鸡恰子树的果，村里人称其为“鸡恰子”。由是观之，树乃因果而得名。鸡恰子在秋天成熟，果形甚为怪异，用文字很难形容。“鸡恰子”的原意，大概是发育不太正常的鸡爪子。而鸡恰子的“果实”部分，弯曲扭结，互相缠绕，确似长得不好的鸡爪子。

由于树高，采摘鸡恰子果不太容易。大多数时候，是拿了长竹竿，朝着鸡恰子敲打，待落到地上，再一一拾取。鸡恰子果拾起后，可以扎起来，一束一束，沉甸甸的，让人有收获的喜悦。

鸡恰子食用的方法很简单，记得我们当时摘取后，直接用手撕了，放在嘴里吃。果实顶端，结有一颗花椒大小的籽，坚硬滑溜，不能食用。每次吃鸡恰子，须把这颗籽去掉。鸡恰子的味道颇好，入秋后的果实甘甜可口。倘是提前摘下的没有成熟的果实，则有青涩之味。

鸡恰子是有正规学名的，叫万寿果，俗名还有鸡爪连、鸡爪子等。

资料上介绍说，这是一种稀有果树的果实，外形如“卍”（万）字，因而得名万寿果。属于浆果，果肉呈土黄色，果皮呈褐色，末端裸露长有圆形种子。果肉可食用，味甜。果肉可做汤，味独特纯香，还可泡酒饮用。

对这些说法，我感觉“果实外形如‘卍’（万）字”的描述很到位，实际上亦如此。至于后面说到的果肉做汤、泡酒等，我没尝试过。我家周围，仅这么一棵鸡恰子树，产量很低，每年能吃到一两根就不错了，哪还有剩余的去泡酒？

时间恍然过了这么久。

这一棵鸡恰子树，应早已被砍掉。

鸡恰子的美味，只能定格在岁月的回声中了。

芭蕉

芭蕉树在南方很常见。

我在广西生活的那些年月，多次看到大片大片的蕉田。

满目芭蕉树，绿得热闹、壮观，不觉叫人赞叹。

我家屋子的前后，各有一丛芭蕉树，一丛在东北角，一丛在东南角，占据了有利地形，优先享受东来的阳光。它那巨大的绿叶延展开来，似比《西游记》里的芭蕉扇还要大。

风起的时候，这两丛绿色随风摆动，形成一道摇动的屏障和亮丽的风景，好看！

在更南的南方，芭蕉是一种流行的水果。

但相较而言，湘西地方气候寒冷，芭蕉结出来的果实瘦小干瘪，无法食用。但果实的外形和亚热带的芭蕉差不多，一串一串的，中间还结有一个心形的东西，村里人把它叫作“牛心脏”，据说可以当药。

由于平日很少见到，芭蕉结果时，孩子们喜欢围观，觉得这果实神奇古怪，稀奇有趣。

家里人重实用，种植芭蕉不单纯为了好看。

拿它做什么用呢？喂猪。

芭蕉是猪草的重要来源之一。芭蕉长大堪用之时，母亲将它砍了，剁碎炆到猪食里。芭蕉树虽然被我们叫作“树”，实际上它属于草本植物，它的干、叶如同草一样，很容易切碎。猪大约喜欢芭蕉的味道，每次猪食里有芭蕉时，猪都吃得特别香。

荒年时，芭蕉亦可作为人的食物。后来解决了温饱，有时母亲还把芭蕉的根部挖出来，切成细丝炒来吃。芭蕉根淀粉较多，其味有如芋头，不过口感要粗糙得多。

芭蕉是和诗意联结在一起的。

古人的诗词中，芭蕉的意象甚为丰富。有些诗人，还直接把诗写在芭蕉叶上，名曰“题芭蕉”。我的记忆里，最有诗意的时刻，是下雨的时候。芭蕉的叶子宽大，风雨袭来，啪啪有声，让人愁绪满怀，诗意飞扬。这时节，最容易想起宋人的词句，“深院锁黄昏，阵阵芭蕉雨”（欧阳修），“点滴芭蕉疏雨过，微凉，画角悠悠送斜阳”（李之仪）……那时年少，易被情境触动，不经意中就感伤有加，想写诗、想吟唱。

想一想，有那样的心境是美好的。

如今，要找一种诗意的惆怅都不可得了。

棕

村里每家人几乎都种了棕树。

棕树的成长颇有意思，它一节一节地往上长，外面“穿”了棕皮。父亲说，棕树每长一节，就得把外面的棕皮割掉一层，不然，棕树被裹住了，长不快。我不知此说是真是假。

父亲多次带着我去割棕皮。父亲把梯子架在棕树上，爬上去，用菜刀围着棕皮根部齐齐地切上一圈，然后一扯，一片棕皮就割下来了。每次大概割三五片左右，在棕树的干上留下三五节圈印。

日子一长，棕树样子便很奇特，笔直的树干上是一节一节的印痕，光秃秃的，顶上的几片棕叶四面发散，整个看上去像一个孤独的旅人。

棕树全身都是宝。这个说法一点儿都不夸张。

拿棕皮来说吧，我在家里见到的蓑衣、棕绳，均为这些棕皮做成。用在一些小旅馆里的棕绷床板或棕垫，也以棕皮为原料。当然，制造这些东西，需要专门的工厂，村里人胜任不了。村里人割了棕皮，一般是积存起来，挑到集上去卖，换一笔收入。

蓑衣是村里常用的避雨之物。

幼时读诗词，见唐朝张志和在《渔歌子》（又名《渔父》）里写道：“青箬笠，绿蓑衣，斜风细雨不须归。”那时的刘禹锡在《插田歌》里也说：“农妇白纻裙，农夫绿蓑衣。”我感到十分困惑，蓑衣怎么会是绿色的呢？在我的经验中，蓑衣是棕制的，理所当然是棕色的。

唐时的蓑衣显出了青葱的颜色，到底是用什么材料制成的？或许是草做的吧！这个问题，只有留待博物学家去解答了。

棕皮还有一个很独特的用途。

我曾看到父亲剖开过一根老黄瓜，把湿湿、黏黏的黄瓜籽撒在一片棕皮上。他说，不久后，棕皮上的黄瓜籽干了，可以留到明年当种子。

这里，棕皮担当了一个种子“晒簟”的角色。

棕树的花很奇特，黄黄的，一堆一堆，全是细小的籽，和鱼子有些像，并不是花的形状。大概由于看上去像玉米的颜色，村里人称它们作“棕苞谷”。

棕苞谷的味道很苦，不是什么美好的食物。听说在饥荒年代，村里人曾把它煮了当饭吃。这属于迫不得已的事情，但救了不少人的命，也算功莫大焉。

如今，有人专门开发了“炒棕苞”的菜品，我没有尝过，既然有人吃，味道肯定改良过。否则，谁愿意尝那苦涩滋味？

棕树种子坚硬如铁，模样像小型的腰果。起初是青色的，成熟后，变成了黑色。

这些种子，大人拿了没什么用处，对于孩子，却是极好的玩物。我们把棕树种子当作子弹，放在弹弓上射，威力不亚于小石子。关键是它的形状规整，数量多，比小石子容易获得。

那个时节，家里的木板墙上、周边的树干上，到处是我们弹射的印痕。

棕叶，是棕树身上和我们日常生活联系得最为紧密的部分。

我清楚地记得，每年农历五月半，父亲会砍来一把棕叶，剔掉它的叶骨，撕成细条，用火略微烤软，绑在柱子上。母亲坐在棕叶边上，用粑叶包了糯米，顺手扯一根棕叶条，三下两下捆好，一个粽子就诞生了。现在城里人做粽子，绝大多数用线来捆扎，少了一点儿乡土的气息。棕叶是原始的，用它来捆粽子，适当而亲切。

天气热的时候，棕叶常常有另一种用途。比如，在地里干活挥汗如雨时，砍一朵棕叶，削成一把扇子的形状，摇动起来虽然笨重，但可以起到扇风、驱蚊的功效。

孩子玩的陀螺游戏，离不开棕叶。我们将棕叶撕成细条，绑在小棍子上，做成一根陀螺鞭。把陀螺“旋发”到地上，我们挥动那一束棕叶鞭，用力抽打在陀螺身上。“啪啪啪”，随着响声，陀螺旋得飞快，欢乐地跑到远处去了。

杨梅

时值仲夏，朋友从江南给我快递来一盒杨梅，味道甘美，食之满口生津。这一下，勾起了我对湘西老家杨梅的回忆。

相比起来，江南的杨梅名气大得多。

记得念小学时，学过一篇课文《我爱故乡的杨梅》，不紧不慢地介绍杨梅的颜色、形状、味道等，栩栩如生，如诗如画，把江南的杨梅写活了。这篇课文不长，不妨转录在这里：

我的故乡在江南，我爱故乡的杨梅。

细雨如丝，一棵棵杨梅树贪婪地吮吸着春天的甘露。它们伸展着四季常绿的枝条，一片片狭长的叶子在雨雾中欢笑着 。

端午节过后，杨梅树上挂满了杨梅。杨梅圆圆的，和桂圆一样大小，遍身生着小刺。等杨梅渐渐长熟，刺也渐渐软了，平了。摘一个放进嘴里，舌尖触到杨梅那平滑的刺，使人感到细腻而且柔软。

杨梅先是淡红的，随后变成深红，最后几乎变成黑的了。它不是真的变黑，因为太红了，所以像黑的。你轻轻咬开它，就可以看见那新鲜红嫩的果肉，嘴唇上舌头上同时染满了鲜红的汁水。

没有熟透的杨梅又酸又甜，熟透了就甜津津的，叫人越吃越爱吃。我小时候，有一次吃杨梅吃得太多，发觉牙齿又酸又软，连豆腐也咬不动了。我才知道杨梅虽然熟透了，酸味还是有的，因为它太甜，吃起来就不觉得酸了。吃饱了杨梅再吃别的东西，才感觉到牙齿被它酸倒了。

这篇短文的作者，是中国现代文学史上的著名作家王鲁彦。他的老家在浙江，对江南的杨梅很熟悉。他故意用了孩子的视角来写，感觉细腻，读来好像真尝到了杨梅，口水似乎都要流出来了。

和江南的杨梅比起来，湘西一些杨梅的品质并不差，像靖州、通道两县的杨梅，不仅果大，而且味甜，远近闻名，成熟季节常常供不应求。

然而，不是所有的杨梅都是良品。我家先后种了两棵杨梅，它们的味道就不怎么样。

先进入我记忆的，是那棵铁丝杨梅。

这棵树长在屋前的路旁，树下是小溪，粗粗的树干斜斜地横过小溪，有如一座缓缓向上之桥。树叶细而浓密，盛夏的清晨，麻雀等鸟儿在树上谈论。晚上，大人们坐在树下乘凉，闲话一天的农事。这棵树的杨梅果极小。先是青青的，如一粒粒黄豆，等到成熟了，也不过花生米大小。或许，这就是“铁丝杨梅”这个名称的由来吧。——果实像铁丝那么纤细。

这些杨梅的味道不佳，酸得很，除了鸟雀，我们都不大喜欢吃。即便如此，母亲也舍不得把这些杨梅糟蹋了。她一粒一粒摘下来，晾干，放上一点儿盐，腌在空罐头瓶子里。等到农闲的时候，大家相聚闲聊，没有什么消口的东西，母亲就拿出腌制的杨梅，给每人发几颗。杨梅味酸，众人边吃边聊，兴致愈浓。用这样的酸杨梅来助谈兴，倒是极好的佐料。

那些年的春天，几家人用来育稻种的温室，都建在这棵杨梅树下。温室的结构很简单，主体是一个塑料棚子。底下挖了一口灶，用来烧水。水的蒸气弥漫在棚子里，温度和湿度就增高了。棚子后面的那根小烟囱，常由一截竹子充任。父亲把烟囱装上时，笑着问我："像不像孙悟空的尾巴？"我那时太小，不解。及至后来，读了《西游记》，看到孙悟空和二郎神斗法，孙悟空变作土地庙，"大张着口，似个庙门，牙齿变作门扇，舌头变作菩萨，眼睛变作窗棂。只有尾巴不好收拾，竖在后面，变作一根旗杆"。温室后面那根烟囱，确实和孙悟空变作旗杆的"尾巴"有些相像。温室里温度高、湿度高，谷种放在里面，很容易冒出芽来。为了保持温室里的温度和湿度，放了谷种在温室的人家，每天晚上会派人轮流值守，往灶里添柴火。我曾陪守过一些夜晚，和堂哥或邻家的兄弟坐在杨梅树下的灶前，一径守到夜深，几个人聊着天、打着哈欠，周围春虫啁啾，天空繁星闪烁。这样的夜晚，挺有意思的。

家里房子改建时，因为平整场地，这棵杨梅树被砍掉了。育稻种技术发展后，温室育种这种略显原始的方法，也淘汰了。"铁丝杨梅"和温室一起成为历史，在岁月之河中漂远。

过了一些年，母亲在我家房子西侧又种了一棵杨梅树，杂在几棵李树之中。这棵杨梅树比铁丝杨梅要小，但果实稍大，味道似乎好一些。只是，母亲种下这棵树时，我已经远离故乡。偶尔回家时，才会去看看它。它和其他树一起，陪伴着母亲，给了母亲一些快乐，消除了她独居山中的些许寂寞。

我家的两棵杨梅树都不大，但在离我家不远的竹山上，有一棵极高极大的杨梅树，要好几个人才能合抱得住。像这样粗壮的杨梅树，村里有好几棵。这些老树，不仅盛产杨梅，给村里人带来美味鲜果，而且具有某种神秘的意味，村里人把它作为护佑村庄的风水树看待。如果它不自然老死，一般不会有人去砍伐。湘西农村的人，大多有泛神论的思想，大杨梅树在他们心目中，大约是一种神吧。

梅树属于硬木，木质好，用途多。

用杨梅木做的陀螺，旋转得非常迅捷流利。

哥哥他们试玩着刻图章时，曾拿杨梅树的枝条做过刻材。

当然，将杨梅枝做柴火，是很经烧的。冬天，它能比其他柴火释放出更多的能量，在寒冷的天气里给我们更多的温暖。在北京的烤鸭店，经常会看到牌子上写着“果木烤鸭”。我想，泛着清香的杨梅木，该属于极好的果木吧。用它烤鸭，应当是十分合格的。

补充一点，讲到杨梅，不由自主会想到“望梅止渴”这个成语。这个成语出自《世说新语》，大意说曹操带兵行军，士兵们口渴得很，曹操告诉士兵：“前面有一大片梅林，结了许多梅子，又甜又酸，可以解渴。”士兵们听后，嘴里流出口水来，不渴了，加紧行进，到达了有水源的地方。

成语内容大多数人很熟悉。但这个梅子到底是什么东西呢？很长一段时间，我认为梅子就是杨梅，因为杨梅的味道确实如曹操所说“又甜又酸，可以解渴”。直到有一次看到份资料，才知道曹操说的“梅”不是杨梅，而是果梅。这种梅子味道甘、酸，吃法很多，不同的做法有不同的称呼，初夏采收，将成熟的绿色果实，洗净鲜用，称青梅；以盐腌制、晒干用，称白梅；以小火炕至干燥均匀，色黄褐、起皱，再焖至色黑备用，称乌梅。

我终于知道，“望梅止渴”，望的不是杨梅了。

竹

在中国文化中，竹是一种高洁的植物。

从古到今，它位居“岁寒三友”之列，喻示一种不畏恶劣环境催逼和压迫的坚贞品质。

苏轼说：“宁可食无肉，不可居无竹。无肉令人瘦，无竹令人俗。”他眼中，竹子比肉重要得多。

郑板桥是画竹的高手，有许多咏竹的诗，比如，“咬定青山不放松，立根原在破岩中。千磨万击还坚劲，任尔东西南北风。”“乌纱掷去不为官，囊橐萧萧两袖寒。写取一枝清瘦竹，秋风江上作渔竿。”他笔下，竹变成了一种人格象征。

古人们赋予竹深刻的人文内涵。但正如《增广贤文》里所说：“诗向会人吟。”如果向一个没有一定文化底蕴的人谈竹子，他是无法了解竹的这些内在含义的。

我家屋子的周围栽了很多竹子。在我们眼中，它们就是竹子罢了。哪有那么多说道呢？

这些竹子，一年到头郁郁葱葱，映衬着家里的木楼房，风一吹，哗哗地摇头摆脑，样子妩媚好看。父亲栽下这些竹子，当然不仅仅为了装点房屋周遭的风光。当时农村穷苦，栽下任何树种，应该都有实用价值上的追求。竹子恰恰用途广泛，成为村里人最喜爱的植物。

村里种的，大多数是楠竹。只可惜，由于地势原因，真正成片、成规模的较少，组不成气势如虹的“竹海”。站在山顶看村里的竹子，东一丛、西一丛的，散布在村居的周边，青翠可爱，也别有一种风致。

竹子处处皆是宝。

在家里，随处是竹制的器具。箩筐、鱼篓、筲箕、筛子、晒簟……稍稍观察一下，便可数出十几种来。编竹器是个技术活，不是所有人都能胜任。只有篾匠或学过篾活的人，才能得心应手地担负这种任务。

我的满公（爷爷的小弟）会做篾活。他有专用的篾刀。他将竹子从山上砍下来，把竹子剖开，经过一道道工序，再剖成细细长长的篾片或篾条。这是基础活，有了这些，才能够谈得上编那些筐、篓、篮等物。“巧妇难为无米之炊。”巧篾匠也难做无篾之活！

剖篾要有真功夫。

篾常见的有两种：

一种是片篾。薄薄的，或宽或窄，用于编晒簟、匾等平底的器具。这种篾有青篾和黄篾之分。青篾是竹材的第一层，表层是竹皮，这种篾有韧劲，不仅可用来做竹器，还能用来捆扎东西；黄篾是竹材的第二层，紧接青篾剖出来，用途相对单一，仅可做编制的材料。把竹子剖成片篾，篾匠一人就能胜任。满公剖片篾的技巧十分娴熟，一把厚背篾刀挥洒自如，半天时间，一根高大的竹子在他手中便化成一条条优美的片篾，或青或黄，有如飞天的飘带。

另一种是丝篾。这种篾的形状如丝，比丝粗得多，长长的一条，用于编制筛子、箩筐等物。由竹子到丝篾，程序比片篾要复杂一点点。篾匠手持篾刀，先剖出丝篾的大致样子。这时的丝篾，比较粗糙，须经过再加工，才能达到表面光滑、粗细均匀的标准。满公在一张长条凳上钉上两叶刀片，刀片呈倒漏斗形，中间有一条小小的缝。把那些略显粗糙的丝篾，一根根安放在刀片间的小缝中，用力拉过去，篾条便光滑、均匀了。干这个活，比较合理的状态是，一个人在前面拉篾条，一个人在刀片那头把控方向，不然，篾条会不时从刀缝中滑出。因此，满公经常得找人帮忙，他的孙子昌娃是比较固定的人选。有时，篾太多了，昌娃拉不过来，我也被满公叫去，和昌娃换着拉。拉篾的姿势有点儿像拉纤，但用力要小而均匀，这样，篾条才会粗细适当。如果猛地拉过去，篾条就可能被刀片切断了。满公从不白用我们的劳动，每次帮他拉完篾，他会从房间的青瓷坛里拿出一块冰糖，作为我们的酬劳。那时，难得吃到糖，冰糖的美味令我们咂吧半天，拉篾的辛劳也在回味中缓解、消散了。

把竹子制成竹器，是满公这样的专业人士的工作。实际上，竹子并不只用于编竹器。

很多时候，我们很粗糙地使用着它们。在建筑工地，你一定看到过不少脚手架，架子或许是钢铁材料的，搭在架子上供人踩踏的板材，大多数是楠竹片做成的。

“小小竹排江中游，巍巍青山两岸走”，这一番景象，充满了诗意，那竹排，当然是用楠竹扎成。

山间引水，大多以竹子为主材，将竹子中间凿空，架在两丘田或两道水渠间，水从竹子中流过。我们把这个器具叫作“笕”，字典里的解释是：引水的长竹管，安在檐下或田间。清末诗人黄遵宪在日本时有两句诗：“家家争调水，曲笕引修竹。”（《游箱根》）从诗里看，日本大概也有这种风物吧！

笋是竹幼年时的样子。

笋从出土到长成竹子，整个过程充满了神奇。我所记得的，是竹笋的味道。

竹林不能太密了。新笋出来后，得挖掉一些，让竹林疏密有致，保持应有的通透性。剥去笋壳后，新笋露出洁白的笋肉，是极好的食材。

湘西有几道和笋相关的菜肴，像竹笋炒腊肉、竹笋炒酸菜等，都很有名。这些菜，母亲经常做。新笋味道鲜嫩，入口爽脆，家人都喜欢吃。

笋一般生长在春天。但冬天里，也能吃到笋。这时的笋，叫“冬笋”。白雪覆盖湘西、万物转为萧瑟之时，父亲扛着锄头，来到竹子下。他东瞅西看，然后下锄，不一会儿，触到了竹鞭，顺着竹鞭往前挖，果然看到了笋子。这是需要一些技巧的。父亲挖冬笋只是“客串”，他四处察看，想找出潜藏的冬笋所在，实际上可能并不见效。据说，专业挖冬笋的，一看竹子的颜色，就知道树下是否长有冬笋，再看竹子的树尖，便晓得冬笋长在哪个方向。这种功夫，不是偶尔挖冬笋的父亲所能企及的。

冬笋不大，挖出后，随意地散放在篓子里，像一群半大的小鸡。因为掩盖在白雪下、深埋在泥土里，它的颜色是嫩白的。味道与春笋略有不同，似乎更甘甜。冬天，家里已经准备了腊肉、板鸭等好菜，过年宴聚时，冬笋炒腊肉、冬笋炒板鸭等就成了席上的美味。

不管是春笋还是冬笋，挖的时候，均需考虑可持续的因素，不能一下子挖尽了。村里有民谚警示性地唱道：“今年挖冬笋，明年挖春笋，没得什么挖的呢，还要挖根根。”意思是说，不能斩尽挖绝，如果连根都挖去了，怎么还能生生不息地长出竹子来呢？这是有道理的。然而，这首民谚提醒了我，让我记起，竹子的根真的是能吃的。在不产冬笋、春笋的夏秋季节，想吃笋怎么办呢？你也许会说，可以在出笋的时候晒制一些笋干，这个时候不就可以吃了吗？这个办法是可行的，村里人一直这么做。可是，想吃新鲜的笋，如何办到呢？这就需要我们去“挖根根”。竹鞭深藏在地下，它的尖是娇嫩的，样子像瘦瘦的笋。拿着锄头去挖竹鞭的尖，三五个便可炒一盘好菜，味道不亚于冬笋或春笋。我们把这种笋叫“马鞭笋”，因为村里人将所有的竹鞭称作“马鞭”。

这种向大自然索取食材的方法，许多人大约是想不到的。

竹子的枝细长，长满青青的叶，有种细碎的美丽。

这样的枝条，当不得大用，但不可或缺。比如，砍楠竹时，刳下来的枝条堆在一起，一段时间后，叶子变枯，全掉在地下。这时，父亲挑出一些稍粗长的枝条，扎在一起，做成一把大大的“草扫帚”。

秋收季节，谷子刚从稻田里收回来，摊晒在地上，里面掺杂了一些碎稻草。正午时，谷子晒得干些了，母亲拿出“草扫帚”，在摊开的谷子表面一下一下地扫，不一会儿，那些碎稻草被扫成一堆，从谷子中“分离”出来。原来，“草扫帚”尖端的竹枝极细柔，富有弹性，扫动的时候，可以伸到谷子堆里，把埋藏在里面的碎稻草“弹射”出来。这种用途，不是其他工具所能替代的。

平时，房屋外的禾堂、晒谷用的房顶、门前的阶沿等，都是用“草扫帚”来挥扫的。扫帚大，威力也大，偌大的禾堂，一会儿就扫完了，非常干净！

竹枝还是大人们管教孩子的“刑具”。村里人管教孩子，“武”管多，“文”管少，一犯错误，少不了一顿揍。终究是自己的孩子，不能打得太重，打伤了可不行。于是，竹枝成了揍孩子最好的工具。哪个孩子犯错误了，大人们随时找出一根竹枝来，朝着孩子一顿乱抽，主要的惩罚部位是屁股。竹枝杀伤力很大，抽打在身上，痛得很，如果下手重，每一下都是一条血痕，不过，最多也只是皮肉伤，伤不到筋骨。有的大人为了管教方便，常专门在家里放一根竹枝。这种办法实在是很野蛮的，可多年以来，村里人用的就是这种教育方法，见怪也不怪了。湘西孩子皮实，挨打一多，对此看得淡了，有时犯了错误，心里发怵，嘴里还开玩笑自嘲："唉，今天又得吃'竹笋炒肉'了。""竹笋炒肉"不是指菜肴，而是"挨打"的形象说法，"竹笋"代指竹枝，"肉"指的是孩子身上的皮肉，竹枝打在孩子身上，不正是"竹笋炒肉"吗？

湘西人的坚忍和幽默，在小孩子的时候就有表现了。

楠竹是湘西竹类中的主要品种。我家屋前屋后还生长过其他多种竹子。

麻竹。个头中等，主干只有两根拇指般粗细，可用来做晒衣竿、豆扦等。它的笋子味道奇特，吃过后，嘴里发麻。这大约是"麻竹"之名的由来吧。

管竹。个子矮小，一丛一丛的，像灌木。叶子可用来包粽子。平时，栽在园子边上，形成一道天然的篱笆。

绵竹。长在水边，竹干不大，很高，到得树尖，变成细细一条，倒垂下来，如同长蛇。此竹的皮很薄，剖成细条后，直接可以当粗篾用。父亲常用它来织篱笆、扎园门。由于皮薄，内部空间就大，利用这个特点，我们经常锯几段下来，用来做水枪，可以把水射出好远。

水竹。顾名思义，这是长在水边的小竹子。材质不堪大用，我们偶尔会砍其竹干，做成小哨子来吹。水竹笋是湘西最好的美味之一。特别是立夏那一天，母亲会专门炒水竹笋给我们吃，说是吃了长力气。

……

平平常常的竹子，装点了家里的风景，也装点了村里人的梦。

如今，人已长大，家已远离，那竹子依然印在脑海里，在梦里青翠着。

柿

到北方生活后，发现柿子树可以成为很壮观的风景。

有一年秋天，驱车过狼牙山脚下，见到大片大片的柿林，叶子红黄红黄的，柿子红得透亮，满满地挂在枝头，一眼望去，只见整座山弥漫着秋天的金色，心情为之大爽。

老家的柿树大都是孤单的。

老家不是每户人家都有柿树，即使有的人家种了，一般也只种一棵。

我家有一棵柿树，是父亲生前种下的。柿树生长期长，十多年过去了，依然不显得高大伟岸。这棵柿树长在房子的西南角，紧靠着溪水，边上还有一些水竹一类的丛生植物，它们共同把房子的一角扮成了绿色。

这棵柿树虽小，但很早就挂果了。刚开始时，柿子熟了，大人们伸手可摘，慢慢地，要架凳子才能摘到，现在，不仅要架凳子，还得利用长竹钩才能把柿子采到手。它慢慢长高了一些，只是仍然称不上大树。

柿子的味道，许多人是喜欢的。我们家的人，对它并不偏爱。不知道是个人口味的原因，还是湘西地理因素，老家的柿子大多有一种涩味。成熟的倒还罢了，如果那柿子捏起来是硬的，肯定难吃得很。俗话说："柿子专拣软的捏。"这也难怪，对柿子来说，"软"代表成熟、味道好，不捏它捏谁呢？

时令一到，即使不成熟的柿子，也要摘下来。这部分柿子，我们会把它们埋到谷仓里的谷子下面去。过上一段日子，它们就变软了，味道和熟透了的柿子差不多。这种储藏和催熟的方法，不知道包含了什么科学原理，但无疑体现了湘西山民在吃方面的一种经验和智慧。

村里人对柿树的叫法比较奇怪，不叫"柿树""柿子树"，而叫"柿桦树"，相应地，把柿子叫成"柿桦"。这种叫法来源和根据在哪里，无从查考。如同村里的许多名物，只是这么流传着，无法追溯它的源头和内因。

我家的柿桦树，还在生长着。每次回家，我都会有意无意看到它。归有光在《项脊轩志》里，用树的长大来感慨时光易逝："庭有枇杷树，吾妻死之年所手植也，今已亭亭如盖矣。"想起老家的柿桦树，突然有了类似之叹。

父亲亲手植下了这棵柿桦树。

树犹在，人已逝。

岁月沧桑，痛何如之！

山茶

我多次提到，湘西农村土地少，物质贫乏，种什么东西都有一定的功利追求。——但也有例外。

家门前池塘边的那株山茶，就是父亲种下的不多的观赏植物之一。

山茶与油茶不同，油茶可以用来打茶油，有一定的经济价值。山茶纯粹只能用来欣赏，在经济上对家里全然没什么帮助。

然而，山茶确实很美。

这株山茶，前临池塘，背靠小菜园，每年开放时，一朵朵红色的山茶，如同一朵朵火焰，燃烧在绿叶中间，好看极了。

小菜园里，种着各式蔬菜，白菜、葱苗、紫苏，或青或紫，衬托着火红的山茶，构成一幅美丽的小园春景图。

池塘里搭有一个洗涮用的台子，台子的位置与山茶相邻。蹲在台子上洗衣服，抬头就能看见山茶。花开时，火红的山茶挺立在园中，水中倒映着同样的山茶，真是一幅有趣的奇景。在台子上俯下身子，搅动一下水，水中的山茶花晃动起来，似乎要荡漾开去。

记忆中，这株山茶几乎没有什么故事。它不像杨朔《茶花赋》中的茶花，最后能够升华出一种崇高的精神和情怀来。它只是被命运安排在我家的池塘边，平凡地生长，安静地点缀着我家的风景。

但是，任何一种事物，染上了乡愁的元素，就会变得别具意味。有段时间，我曾经将这株山茶的图片，作为我的微信头像。打开微信，就会看到它，由之而联想起家里的母亲，想起和家乡有关的种种事情。

前不久，带女儿去青岛旅行，在崂山下的太清宫看到几株树龄达数百年的山茶，树干粗大，堪称茶树中的珍品。惊叹之余，想到了家中池塘边的那株小山茶。它的品种、大小都不能与这些名贵的山茶比，但它站在池塘边，临水照花的样子，另有一种绰约的风韵。

木芙蓉

房子的西头，有一丛木芙蓉。

说是“一丛”，因为从它的根部，发出好多枝条，十分葱茏，比单株的花木更有气势。

它的周边，生长着李、杨梅等果树。和果树相比，木芙蓉没有什么实用价值。据说，它的花可以吃，只是听说而已，我们并没有吃过。

到花期，木芙蓉的花开得很盛，有白的，有红的，也有粉的，夹杂在宽大的叶子中间，团团簇簇，欢乐热闹，似乎在向周围的果树示威：看，我不会结果，可我会开花！

木芙蓉的花，远没有山茶那么娇艳和灿烂。

山茶开花时，我们有时会摘一两朵，插在瓶子里，近距离欣赏它的美。

在记忆中，没有摘过木芙蓉。它有一点儿寂寞吧，也许。

时序一到，它的花纷纷凋落，铺满了屋檐下的沟，随水流走了。王维有首诗《辛夷坞》：“木末芙蓉花，山中发红萼。涧户寂无人，纷纷开且落。”大约，从古代开始，木芙蓉就是孤单的。

木芙蓉长得快，枝条嗖嗖嗖地往上蹿，一天一个样。长得过高时，父亲将它们砍下来，晒干了做柴火。这算得上它的一点儿实际用途。

曾读到汪曾祺先生写的短文《木芙蓉》，说是木芙蓉的皮可以用来打草鞋：“芙蓉的树皮很柔韧结实，剥下来撕成细条，打成草鞋，穿起来很舒服，且耐走长路，不易磨通。”这是温州永嘉一带的做法。我第一次听说。

菜花

我家种的菜花，不是我们平常见的花椰菜。

它是一种木本植物。像它的名字所透露出来的信息一样，它的花是可以做菜吃的。

说到模样，菜花树的样子和木芙蓉相仿，两者看上去有如姐妹。

细较之下，菜花的叶要细小一些，枝叶之间没有木芙蓉那么稠密，树皮也没有那么光滑。它的花比木芙蓉略小，开得比较谨慎。花呈小喇叭形状，花色从中心到边缘由紫向白，层层叠叠，紧致而分明。

家里的菜花树，栽在池塘边的小菜园里，花期一至，朵朵菜花次第开放，有如繁星，好看得很。

新鲜的菜花可以直接炒了吃，亦可裹了淀粉用油炸着吃，味道俱佳。

菜花开得多的时候，母亲会把吃不完的菜花晒干，制成干菜花，味道别具一格。

倘有人问起菜花的“学名”叫什么，我还真不知道。

查了一些资料，也没有找到。

也罢，我写“菜花”，与科学、严谨无关，只是记忆中的一些情绪在作怪。就把它看成我浩渺乡愁的一种寄托吧！

苍山如海

开门见山。

峰峦如聚。

这些大大小小的山峰，均属于著名的雪峰山脉的一部分。

它们巍峨矗立，宛如守护村庄的巨人。

大山子民难忘山。

一起读读村里的山吧！

红岩岭

红岩岭居东，是我家周边最高的山。

每天，太阳从红岩岭山巅升起。在手表并不多见的村里，大家往往据此推测时间。早上起得迟，母亲会叫：“太阳都超过红岩岭三尺高了，还不起床。”这时，应该是上午八九点钟的光景。村里人习惯早起打柴割草、种苗锄地，太阳高过红岩岭三尺而不起床，真是太懒了。

黄昏时，太阳已经到西边，与东边的红岩岭相对。夕晖把山岭涂成了金色，壮观美丽至极。家乡一些爱好风雅的人，把周边的几个好景致取了名字。他们把夕阳下的红岩岭，命名为“红岩夕照”，倒是诗意得很。

满月升上红岩岭的景色也是迷人的。最高的山顶上，挂着一轮明月，俯照着村里房屋田畴、山川河流，微风拂动房子周边的果树和芭蕉，蛙鸣和虫声在耳边轻轻地吟唱。这不就是一首宁静的山水诗吗？每读到唐人王维的诗句“夜静春山空”，我会不由自主地回想起山月照彻村庄的情景。

作为村周边最高的山，红岩岭很容易勾起人登顶的欲望。我们并非登山的运动员，不会无缘无故地爬到山顶上去。大家在忙着田地里的事务，如果你只是为爬山而爬山，在山巅边干活的村民见了，肯定会问：“今天上这儿有事啊？”你说：“没事。我只想爬上山顶，饱看这山川美景。”村里人大概不会当面说你，内心里却一定在说：“这个人，神经可能有问题。”所以，要想看到山顶的美景，必须找个正当的理由。

等长到体力足以爬上山顶的时候，我找到了登顶的两个机会。

第一个机会，是每年清明节前，家族里会组织上红岩岭扫墓。我的先人们曾经住在红岩岭边的一个村子里，有一些先人葬在红岩岭周边。父亲、伯伯、叔叔等长辈带着我们，备了祭品，来到墓边，用锄头清除坟头的树枝杂草，点上香烛，放燃鞭炮，我们在墓前一一作揖，颂祷生活平安、年成丰收。

山路漫长，艰苦遥远，但途中有潺潺溪水、鸟语花香、绿树青草相伴，气温比村里凉了好几度，大家一边走，一边聊，一边欣赏山中景色。这种体验是平时所不能有的，山行途中内心颇不寂寞。

第二个机会，是秋收过后，经父母允许，我们可以结伴到红岩岭的山中去拔萝卜、采板栗。

那时十三四岁的样子，几个小伙伴背了篓子，往山上行进。由于往返需一天时间，中饭就用搪瓷杯子装了，带在篓子里。秋天的红岩岭是美丽的。枫叶红了，竹子青绿。经过几个小时的攀爬，我们来到山顶的坡地里。这里有小伙伴家种的萝卜。经过秋霜后，萝卜变得格外甜。拔出萝卜，用茅镰刀削了皮，直接放进嘴里，甘甜、清凉、爽脆，称得上人间美味。

岭上的板栗树并不高，可能是气温低寒所致。这时的板栗，大部分都熟了，刺壳开裂，笑得灿烂，轻轻一踩，板栗子掉了出来。有些还未熟的，就得摘下来，踩着揉搓，用鞋底把它的刺磨平，再掰开，取出栗子。

山间的午饭是很有意思的，几个人拿出自带的饭菜，交换着吃。大家边吃边聊，谈着采摘的收获，但见天空如洗，只闻山风猎猎，此情此景，叫人生出今夕何夕之慨。

干完活后，我们会去山顶的那块大石头上玩儿。这是全山最高处，能看见整个村庄，由于身在绝顶，眼中的河流似小沟、公路如玉带、行人像蚂蚁，站立石上，心中不由得涌起天地之大、个人之小的思绪。多年后，读过了一些哲学书籍，我才知道这种感觉，有点儿类似于天地悠悠、人生过客的宇宙玄思。当时，却只知道感慨，哪会想到，这就是精神、哲学的高峰体验呢？

红岩岭雄伟巍峨，在村里人眼中是神圣的。

按村里流行的观点看，自然中处处有神。红岩岭的神，叫“红岩大王”。这位“王”，是有来头的。相传元末，朱元璋和陈友谅争霸，结果陈友谅被朱元璋大败于鄱阳湖。无奈之下，陈友谅带着残部及家小逃到湘西，与儿女各自在不同的山头隐居。陈友谅所居之山，正是红岩岭。他来时，逢周边大旱，见此情景，他施展法术，调来鄱阳湖水缓解旱情，红岩岭周围的村子从此山清水秀、五谷丰登。人们感念他的恩德，在山上为他修建了庵堂，尊称他为“红岩大王”。

这个传说，很早就听长辈们讲过。小时候上山扫墓时，还见到过山中的庵堂，庵堂门口有副对联：“暮鼓晨钟惊醒世间名利客，经声佛道唤回苦海梦中人。”禅意深深，发人猛醒。但如果不是经过人生沧桑，又哪里能懂得？

庵堂香火一直不断，在红岩岭周围的村子里，人们信奉他的神力，祈求他能带来风调雨顺、四季平安。

哥哥读初中时，他们一帮同学经常会参加学校组织的劳动。其中一处劳动场所，在红岩岭上。哥哥说，山顶上有一座鹿场，里面养了梅花鹿。由于他们反复说到这座鹿场，在我的耳鼓里引起了深刻的震颤。加上从没见过真正的鹿，心里渴望能见到这种神奇的动物。等到能随长辈上山扫墓的年龄，趁着上红岩岭的机会，我迫不及待地询问能否见到梅花鹿。幸运的是，扫墓要经过鹿场。于是，我见到了梅花鹿，似乎并没有热望中的那么好。然而，我还是得承认，梅花鹿是一种美好的动物，虽然与想象中的美有那么一点儿差距。

一晃，几十年过去了。

伴随着日出月升，红岩岭的风景一定依旧美丽。

那鹿场，恐怕消失在岁月的途程中了吧！

蓝岗山

蓝岗山被两座山遮住了，一边是红岩岭，一边是无名山，只露出山顶的一部分来。

这座山，名气大得很。它是村里的“天气预报器”。出去干活时，我们望一望蓝岗山，看会不会下雨，以此来决定是否要穿蓑衣、戴斗笠。怎么看得出来呢？母亲教的方法是，看蓝岗山上有没有云。如果被云罩住了，那铁定有雨；反之，没有雨。村谚云：“有雨山戴帽，无雨云拦腰。”从我家望蓝岗山，看到的正好是山顶部分，是否戴上雾帽，一望即知。蓝岗山“天气预报”的准确率蛮高，为村里提供了不少方便。

这种农事上的“经验主义”，在湘西算是一种较为普遍的民间智慧。

蓝岗山上柴草丰茂。

山上有一个国有林场，林场设在这里，当然是因为此山树木茂盛。山上长的，大多是杉树。这种树成材后用途很多，可以用来造房子、做家具。林木属于国家，与村里人无关。杉树成长过程中，会有一些杉枝枯死，也有大量的杉叶掉落到地上。这些枝叶，是极好的柴火。在法理意义上，山上所有枝叶的权属归国家，由林场来管理。然而，对于村里人上山捡柴火，林场是宽容的。只要你们不去偷木材，上树刳一点儿干枝，俯身拾一些杉叶，于林场无损，有何不可呢？

大概由于这一点儿“慈悲”，村里上蓝岗山捡柴的人很多。其中，有我的许多小伙伴。他们常常在我面前提起蓝岗山的事情，比如说，要走几十里山路，但不辛苦，山路弯弯，风景如画；在路上会碰到好多野果，特别是有好多树莓，味道好极了；他们在山上碰到过好大一条乌梢公（蛇名），性子很烈，想和人比高，几个人追着打，把蛇打跑了。诸如此类，他们谈得很多，勾起人想一睹蓝岗山真面目的欲望。

我没有上过蓝岗山。

那时，父亲在邻镇中学教书，哥哥、姐姐在外面求学，家里就我和母亲两个人吃饭，自家山里的柴火够用了。加上我年幼，父母心疼我，舍不得让我吃更多的苦，每当我表达出要上蓝岗山捡柴的愿望时，他们总是拒绝我的请求。因此，我天天看见蓝岗山，日日谈论蓝岗山，却没有上过蓝岗山。如今，这大概只能永远成为一个童年的梦了。

小伙伴们谈起蓝岗山来津津有味，实际上，上蓝岗山捡柴并不是一件轻松的事情。不提在山上拾柴的辛苦，单说来回几十里山路，就十分考验脚力，回程时，还得挑上几十斤甚至上百斤的柴火，没有一点儿吃苦精神和体力，是胜任不了的。

小伙伴们很厉害，其中有一个绰号叫“老麻”的，柴火捡得最多，且都是枝干，杉枝比杉叶经烧，火力更强，用来煮东西最有力。每次从蓝岗山拾柴回家，老麻总是挑着最大的一担杉枝，走在队伍中间，不声不响，不紧不慢，村里人碰到了，免不了赞美几句，他谦逊地笑笑，算是回应。

从家乡出来工作，我去过几趟泰山，看到挑山工挑担上山时的朴实状态，感到好像在哪里见过，仔细回想，原来和老麻的样子相仿佛。

成年后，老麻到乡政府当工友，负责在食堂煮饭。当他点燃灶膛里的火时，会不会想起在蓝岗山拾柴的情景呢？

水口山

村里人把村口一带的山，叫作“水口山”。它们坐落在村里的“水口”上。流经村里的无名河，从这里奔向村外。一出村口，便形成一个叫“圏潭”的大圆潭，再往前，是十里八乡都有些名气的“木鳌瀑布”，瀑布已经属于另一个村了。

把这些山称为“水口”上的山，在地理意义上是准确的。

水口山位居村口，由此而成为村里的风水重地。

这块地界，植被保护得很好，郁郁葱葱的树木，把进村的公路掩映起来。站在水口山的道路边，根本看不见我们村在哪里。待道路一转，只见一个院落参差、炊烟袅袅的村庄横亘于眼前，且有“良田美池桑竹之属”。

好多年前，我在乡下教书时，一位同事随我到村里一游。一过水口山，同事感叹，你们村真乃世外桃源！

村里早已人心不古，人与人之间也非单纯如纸。但如果仅从“转过水口山，发现新天地”的观感来说，同事的感慨倒是真实的。

既然是进村之处，又是风水之地，自然会有些风物。

首先是一座仿古牌坊，颜色鲜艳，样式别致。

再往里，是一座石拱桥。这桥有些历史了，当为上个世纪七十年代修村里的公路时所建，坚固依然。此桥在运输和物流中的作用不可小觑，我们村和山里的几个村子，都经由这座桥通向外面的世界。

桥西头有一座庙，因为近水，供的大概是龙王菩萨，村里人常在此祈福，祈求风调雨顺、人畜兴旺。

桥的东头有一棵古树，树比庙的年岁要久远，我出生时就有了。树冠上时有鹭鸟翔集，树上挂了不少祈福的红绸，树下有香火、纸钱的痕迹。据说，曾有人不知天高地厚，爬到树上剁树枝，掉了下来，摔成重伤。这树，显然是不能亵渎的。

水口山的一个山头上，埋葬着许多“横死”之人。这些人，大多比较年轻，有的因车祸而死，有的因溺水而亡，死因不一而足，都是非正常死亡。

有时候因事回家晚，太阳已落山，路过水口山那座满是坟堆的山头时，心里发毛。乡里的中心小学离水口山不远，晚自习后放学回家，我们一帮孩子结伴回村，即使是好几个人，也感到心头怦怦直响，觉得山上鬼影幢幢，好像追逐我们而来。于是，大家一齐大声唱歌壮胆，迅速跑过这段路，一直要过了桥东头那棵古树才敢松口气。

大人曾教我们一些不怕鬼的方法，比如走路时把衣服上的第一颗扣子解开，让身上的阳气散发出来，鬼就不敢近身了。对这些方法，我们都照做了，但一到那地方，全身不由自主地紧张，最终又乱跑起来。

现在，水口山各个山头的树木应长得更盛了吧！

屋背的山

有些山，并没有正经的名字，村里人随便诌一个，比如说“屋背的山”“对门山”，指称一个方位，没有什么特殊意义，结果叫开了，流传至今。

说一下“屋背的山”。

这座山在我们院子后面，也在我家屋后，所以院子里的人都叫它“屋背的山”。这是离院子最近的山。

放学后，我和小伙伴们常常爬到这座山上去耙松针（村里人把松针叫作“枞毛”，但我查阅资料，发现松树并非枞树。大概是村里人约定俗成的叫法）。松树一年常青，换叶随时在进行，新叶长出，旧叶落下，掉到地上不久就干了，铺成厚厚一层，踩上去有些松软。这些松针是极好的引火之物。在家里烧灶火，先放一把松针在灶里，再放一些柴枝，用火柴把松针一点，整个灶膛的火就燃起来了。没有这些松针，点火不容易，会费很多火柴。

我们收集松针，用的是一个特殊的工具——挜耙，形状有点儿像猪八戒所用的钉耙，只是要小得多，也没有那么锋利。我们拿着挜耙，双手握着把儿，一伸一缩，像锄地一样，一会儿，一大堆松针拢到跟前。把筐装满，任务就完成了。大多数时候，我们不会以此为满足，而是继续耙松针，直到筐上实在堆压不下，才肯停手。背着一筐“起尖”的松针回家，母亲大大地夸奖一番，激起我们的自豪，干活更带劲了。

“屋背的山”上的一些植物很有意思。

有一种匍匐在地上的绿色小藤，它贴在地面的根很像脚爪子，村里人叫它作“猴脚板”。采几根下来，做成帽圈，戴在头上，像电影里解放军的伪装，增添许多英气。

有些石板上，长满了苔藓，厚软厚软的，我们叫它“岩衣”，春耕育秧的时候，采一些“岩衣”，盖在水田里的谷种上，可起添肥、保温的作用。

最好玩的，是春夏时节的松树底下，一阵雨过后，会长出些蘑菇，颜色金黄，表皮滑溜，我们叫它“松树菇”。在山上耙松针时碰到了，采上一大包，拿回家煮汤，称得上人间至味。

另有一种藤，叫“公藤杆”，长得比“猴脚板”张扬得多，这种藤是有毒的。村里有的人想不开自杀，就砍了这种藤，熬水喝，像熬中药一样，结果真的死掉了。

山中生长的东西多，数都数不过来。随便列一列，可说上半天。

盛夏的黄昏，我们耙完松针，坐在山上歇脚。山风吹起，刮过了树林的间隙，摇动了松树枝干，发出哗哗的声响，具有一种辽阔的诗意。明代的刘伯温喜欢听风吹松的音韵，认为“听之可以解烦黩，涤昏秽，旷神怡情，恬淡寂寥，逍遥太空，与造化游”。满身是汗的我们，不会有那么多高雅的想法，只觉得在风声中，一下子凉爽起来，惬意极了。

夕阳，已经挂在水口山那个方向，变成了巨大的红球。

此种景色，让人生出“苍山如海，残阳如血”的感慨。

生存环境，对人的性格有明显影响。

群山默默，伴随着村里的人事代谢，造就了村里人独特的品性。

许多年前，我写过一篇散文，里面有这么一段：

湘西多山，生活条件极其艰苦。因而湘西男人多能吃苦耐劳，他们像一棵草一样扎根在大地上，只要有一点点雨水就能存活。因为大山，他们看不到外面的世界，他们总相信自己的就是最美好的。因而极其执拗地不愿离开自己的生长之地。生于斯，就必葬于斯。这种文化性格部分地导致了湘西整个经济的停滞不前。没有一个开放的心态，经济是很难起来的。这在二三十岁的年轻一辈身上已有所改观，但仍然是闭抑的。这或许是一种宿命，大山造就了湘西男人，他只有屈从于大山。只有那为数不多的湘西男人走出了大山，他们在外面的世界展示着湘西人特有的雄强，但在春暖花开的时候，在他们的心中也会涌出一种难以抑制的乡愁。

关于山的忆述，就在此打住吧！

泉水叮咚

愈加怀念故乡的泉水了。

清冽、甘甜、解渴。

这样美好的东西，哪是城里的自来水可比的呢？

我家屋后有一泓泉水。水量大，足供整个院子的人饮用。

每天清晨和傍晚，院子里来挑水的络绎不绝，以备早饭和晚饭之用。泉水是天然的，从石缝里流出来。人们砌了两个小小的池，里面那个用来饮、炊；外面这个接了流出来的余水，用来洗菜、洗衣、洗其他物什。

上个世纪八十年代初，院子里的人集资，用水泥修了一个密封的水柜，柜壁上装了个水龙头，有了城里自来水的样子。

每天，大家依次排队取水、洗菜、濯衣，和谐相安。

水温通人性，夏天清凉，冬天温暖。盛夏季节，我砍柴或割草回来，满身是汗，口渴得紧。常常放下肩上活计，就迅速跑到泉边，趴在水龙头上狂饮一通，一道凉意自口入腹，爽透了。冬天寒冷，屋前的塘里结了冰，屋檐下挂满了冰柱。泉水不结冰，冒着热气。家里要洗菜，让我到泉边去洗，手放在水中，温润、暖和，很舒服，不会生冻疮。

宋人说："凡有井水处，即能歌柳词。"那个时候，井边大约是个集会的场所。到我们生活的时代，泉边仍是信息集散地。人们挑水、洗菜的时候，家长里短，乡情村事，常从这里传播出来，挺有意味的。

那时，上小学是不带水的。渴了怎么办呢？

离学校一里多地之遥的肖家院子，有一泓泉。上午、下午课间休息的时候，我和同学会跑去喝一次水。

课间只有十分钟，时间紧迫，我们跑得飞快，一到泉边，便趴下去大喝一通，再马不停蹄跑回课堂上。气喘吁吁，汗出如浆，回到教室时又觉得渴了。——这泓泉伴随了我的小学时光，每天两次与它相遇，难以忘怀。

羊垭口的那泓泉很美好。

羊垭口是山间的一个豁口，海拔较高。有一条盘山公路从这个垭口过，弯弯曲曲地延伸到更高的山间。

我们经常到羊垭口边上的山里去砍柴、割草。累了的时候，在泉边歇一歇，顺便饮灌一气，畅快！

泉边有种奇特的植物，我们叫它苦丁茶。把它的叶子捋下来，放在嘴里大嚼，唯觉苦得难受。待把叶渣吐掉，再去喝泉水，清甜、冰凉，没法形容。

没有比这更好的感觉了！

“四担谷田”的泉水长流不息。

这个地方有一丘田，产量约为四担谷子，想不到成了地名。

泉，就在田边上，水质很好。泉边是油茶山，秋天的时候，我们上山捡茶子。不管累不累，几个伙伴聚在一起，会在泉边坐一会儿、玩一会儿。

有一次，年长的阿德和仁娃打赌，阿德说：如果你喝完二十杯泉水，我就把自己捡的茶籽全给你。我们在边上做证。阿德用桐叶做了一个圆锥形的“叶杯”，仁娃信心满满，一气喝了好几杯，接下来越喝越慢，喝到第十九杯时，他鼓着腮帮子，半天咽不下去。边上一位小伙伴兴起，拿手轻轻戳了一下他的脸。只听“哇——”的一声，先前喝的水全吐了出来。——他没有赢得阿德的茶籽。

山间的泉，沿着梯田，一级一级流下去，承担了灌溉的功能。水质冷，泉边的禾苗，长得稀疏矮小，好久都不熟，产量也低。但由于生长期长，米质特别轻软、柔和，口感非常好。如果种的是糯米，那更是极品，用这样的米做糍粑，为天下一绝。

在城市里，泉是个很奢侈的字眼。

打开自来水的时候，我想：如果这是泉水就好了！

听那山雨

“蟋蟀的唧唧，夜雨的淅沥，从黑暗中传到我的耳边，好似我已逝的少年时代沙沙地来到我梦境中。”近来读了一点儿泰戈尔，在《飞鸟集》中遇见这句诗，不由得停下来，待坐了一会儿。这句诗以柔和的姿态，击中了我的回忆，把我带回湘西村里那雨声唰唰的日子。

湘西多雨。

不管是哪个季节，雨不经意间就落下来。雨丝飘飞时，村里人要么待在家中干家务，要么在田野、山中忙于农事，几乎没有闲心来欣赏雨景。现在想来，雨中的村庄有时真是挺美的。小雨丝丝地下，微风轻轻地吹，稻田里是绿油油的禾苗，远山树林间升腾的雨雾，屋顶瓦背泛出的青湿之色，岂非一幅绝美的山村烟雨图！

然而，乡村繁重的农事，使寻觅这样的诗意成为一种奢侈。

记忆中，大多数是村里人雨后抢种庄稼，或是雨中苦干农活的情景。汗水与雨水一起交织、洒落，宣示着农事的艰辛和不易。

缠绵春雨

早春的雨落下时，气温还有些寒冷。

春节过完后，村里人开始谋划一年的耕种。育种、耕田、插秧，都要在这个季节里完成。

“一年之计在于春”，错过了这个时机，一年的收成会大受影响。

插秧是一件苦差事。

村里人忙碌着。先从秧田把秧苗拔起，挑到已经耕好的水田里。插秧人弓着身子，一手拿着秧，一手飞快地插着，边插边退，一会儿，秧便成队列地布阵于眼前。也有一些生手，由于动作不熟练，心情较为紧张，插出歪歪扭扭的秧列来，惹得边上的人大笑。

我随父母去插过田，可惜我的插秧水平更差，才插了几棵，母亲就说：“这么插要不得，很快就会‘浮蔸’的。”赶紧把我推上田埂，让我去忙其他的事。母亲所说的“浮蔸”，是指秧插得不深不紧，过一会儿就连根浮起，等于白插，还浪费了秧苗。

插秧时，春雨不紧不慢地下，大人们披着蓑衣，在田埂上帮助递秧的孩子们，随便拿一块塑料布搭在身上，抵挡细雨的侵袭。

雨点入水，溅起一个个小水圈，不断地在田里荡漾，如活动的图案。

插田是个苦活，需要强有力的美食来支撑。

这个季节的时菜是“米汪肉”，其实就是粉蒸肉，不过与现在饭店里的粉蒸肉不同，米粉是自己用石臼舂的，白白的，和上一点儿盐，再放上紫苏等作料，将切成大块的土猪肉往里面一滚，晒上几天，米粉紧紧地黏着，肉变成了半透明状。村里人从微雨中的田野归家，插了一天的田，雨淋汗浇，腰酸背痛，进门时闻到了蒸在饭上“米汪肉”的浓浓香味，一下子来了精神。

这个晚上，他一定会喝上一大碗米酒，吃上两块“米汪肉”。雨中的疲乏，转眼间就消散了。

有时，做完“米汪肉”后，还有些米粉剩下，村里人便择些大个儿的辣椒，用水焯一下，剖开，除去辣籽，将米粉灌进去，晒一晒，也成了一道美食。我们叫它作“灌辣子”，于微雨的春夜，油煎几个，足以慰解疲劳了一天的身心。

过春社，是孩子们的一件大事。

春社是一个传统的节日，时间是立春之后的第五个戊日，据说是祭祀土地神的日子。我们当然不知道这个节日的具体日期，父亲母亲也不知道，只知道大约在春分前后。但奇怪的是，每当快到这个日子时，我们都知晓了哪天是“社日”。

这时，大多是春雨绵绵。陆游在一首诗里说：“开岁才几时，春社忽已及。茫茫草色深，萧萧雨声急。”可见，南宋时的春社，大抵也在雨声里。好在此际湘西的雨不大，属于“沾衣不湿杏花雨”之类。

这一天，我们急急忙忙地要“走社”。五六个孩子，由哥哥带着，挑着锅碗瓢盆、油盐酱醋等，来到屋后的茶叶山上。大家分工是明确的，有的找石头搭灶，有的提水，有的洗菜，有的烧火。我负责捡柴火。山中的枯枝很多，一会儿就捡了一大堆。但被雨水打湿了，生起火来不易，烧火的小伙伴呼呼地朝着灶里吹，浓浓的烟雾飘起来，袅袅娜娜，氤氲了山林。

待饭做好，哥哥把饭锅拎到一边，开始炒起菜来，菜不算丰盛，但腊肉、豆腐、青菜总还是有的。菜勺翻响，菜香弥漫，在细飘的微雨中，我们静静地等待。终于，一切就绪，可以动筷子了。哥哥说："等一下。"说着，从饭锅里挑出一坨饭，往灶边抛撒过去，喊道："土地公公来吃饭啊！"敬过土地公公，大家开吃，好一派热闹的光景！

也许，由于在野外做饭，饭菜里不小心掺进了一点儿沙土；也许，哥哥的炒菜技术不那么好，有的菜太咸了；也许，茶叶树上的雨水还不时溅落到饭碗里。这一切，都不影响我们大快朵颐的劲头。

山中，回荡着我们咂吧嘴巴的声音，震颤着潮湿的空气。

"细雨鱼儿出，微风燕子斜。"燕子归来时，清明节就快到了。

村里扫墓挂青的日子，不在清明节，而在清明前。小时候，我多次随父亲母亲去给爷爷、奶奶等先人上坟，他们用刀刬去坟头和边上的茅草，用锄头平整周围排水的沟洫，坟上的土逐年多起来，看上去似乎在长大。母亲感叹："你看坟在长，这是保佑一家人要发啊！"随后，摆上肉、斋粑等物，点燃纸钱、香烛，我们一一上前作揖，祭拜祖先，祈福平安。有人在坟头点响了爆竹，大"炮"、鞭炮一起响起，在山谷中激起阵阵回声。

听到爆竹声，在坟地附近放牛、砍柴、割草的小孩飞快地跑过来。母亲将斋粑逐个分给他们。这是村里的风俗。"讨粑"是孩子们清明时的乐事。我数次参与“讨粑”，有时，在坟前“讨粑”的孩子太多，担心斋粑不够，大家便一哄而上，激烈地争抢，“讨粑”变成了“抢粑”。扫墓的主人站在边上，嘴里叫着“莫要抢，莫要抢”，闲看这一场欢乐的闹剧。等一切结束，他才发现盛粑的碗已经滚到远处的菜地里，孩子们有的拿着多个粑，有的握着一个，有的什么也没抢到。雨过地泥泞，孩子们身上、脸上、手上到处是泥巴，有趣得紧。

春天的节气很多，除却清明，还有立春、春分、谷雨等，我对惊蛰印象较深。这一天，一早醒来，母亲会要父亲或哥哥，找几个大炮仗，每个房间放一个，门前的禾堂里也放几个，“砰——”，炮仗声音极响，让人冷不丁地大吃一惊，顿时清醒起来。母亲说：“经过一个冬天的蛰伏，放炮仗炸一炸，把那些睡觉的虫子叫醒。”这正合“惊蛰”之意。

炮仗响起时，偶尔，天空还飘着雨丝，让人感受到古老的诗兴。

豪放夏雨

如果把春雨比作温柔的小家碧玉，那么夏雨称得上是一位性格粗犷的赳赳武夫。

雷鸣电闪，乌云飞卷，狂风呼啸，“哗哗哗——”雨劈头盖脸地落下来。有时，连续地下，好几天都不停，母亲就感叹：“天是不是破了个眼！”这个说法富有想象力，让人想起女娲补天的传说。天漏了，雨才这么大！

夏天的雨是任性的，说来就来，说走就走。

有时，眼看着乌云密布，天昏地暗，电闪雷鸣，似乎要下一场大雨，母亲观察了一会儿，说：“先打雷，雨冇来；先动风，雨如控。”“控”是“倒水”的意思。这是说，打这么大的雷，不会下雨；如果刮大风，雨不会小。果不其然，不一会儿，云散天开，一片清朗。

有时，前头在下雨，后头却是干的。唐朝的诗人感叹：“东边日出西边雨，道是无晴却有晴。”村里人没有这么诗意，只会直白地说：“六月落雨隔田坎。”你看，一条田埂路之隔，晴雨两重天。

有时，狂风西南吹，乌云大朵飘，天上不断地打着闪。村谚云：“云走新化，蓑衣斗篷高挂；云走黔阳，水冲田堂。”新化在西北方，黔阳在西南方，预示着要下大雨了。这么想着，雨已没心没肺地飘下来，大颗大颗地，在池塘表面砸起一个一个水泡，雨越来越大，越来越密，织成一片雨帘。瞬间，屋前的禾堂上形成了一道道小水流。燕子飞回家里，麻雀在屋檐下躲雨，远山迷茫于雨声中。

大雨滂沱的时候，村里好多人还在田中、山上、地里干活。家里人送去厚厚的蓑衣和大大的斗笠。送雨具的人走在田埂上，田里的水涨了，从月口往下冲，激成一条白线。往上一望，迷蒙中，千重梯田，千条飞瀑，壮观至极。往下一眺，雨雾中，不少黑点在梯田里移动，那是勤劳的村里人在劳作。这样的山雨农事图，不知装饰了多少画家的梦，只是他们可知其中的艰辛？

雨一下，池塘里的水涨起来，不小心就漫过了塘沿。

雨水夹着泥沙一激，池塘里的鱼昏了头，顺着水流往外游。一时，塘边的田里、溪里，到处鱼跃人欢。村里人拿了捞网、筲箕等工具，参与这场捉鱼大战，不管收获如何，快乐的气氛是不言而喻的。

更有胆子大的村民，拿了“虾纲”到溪江里去捞，常可捕得“洋阶鱼”等野生鱼种，口味极其鲜美。我常随父亲到发水的江边捞鱼，看到鱼儿活蹦乱跳地进入我的竹篓，真乃人生一大乐事。

捞鱼的过程，比吃鱼有味得多。

许多时候，大雨飘落，我们正在山中砍柴，或者割草。雨滴落在我们头上，一片沁凉。没有斗笠和蓑衣，只得折一根树枝遮在头上，向岩屋跑去。

湘西山上多巨石，层层叠叠，形成了各式各样的天然空间，或洞，或屋，提供了遮风挡雨的好去处。走进岩屋，外面大雨如注，从岩石上流下，变成一道水帘。我们一帮小伙伴待在岩屋里，聊着天，或在地上挖一小坑，一伙人站在远处，拿小石头往里扔，谁投中了算谁赢，欢乐得很。

不知不觉中，雨停了。赶紧下山，到了家中，母亲看我的衣服有些湿，也不问砍了多少柴或割了多少草，第一句话就是："赶紧去喝几口凉水，免得伤风感冒了。"淋雨之后喝凉水，这是村里人于多年生活实践后习得的经验，效果蛮好。后来我想，大概是淋雨之后，全身发冷，喝几口凉水进去，身体内外的温度得到平衡，减少了病患的侵袭。如此解释，从科学上可讲得通？

夏雨过，山长菇。

雨后，山中的植物茂盛起来。经雨水润泽，蘑菇一个劲地往上长，树丛下、杂草中，一蓬一蓬的，看上去好可爱。父亲带着我和姐姐上山采蘑菇，山上到处湿漉漉的，树木显出青翠的表情。我提着篮子，从这里窜到那里，高兴得像一只兔子。

红蘑菇最可爱，红红的、圆圆的，羞羞地掩映在草叶中，如同童话一般。灰青色的叫青炭菇，模样不难看，只是有一种辛辣的味道。黢黑色的是黑炭菇，个头较大，其味略嫌粗涩。有一种菇是青白色的，味道又苦又辣，不能食用，村里人叫它"石灰菇"，其形其味，与石灰是有些像的。松树下常长着枞菇，外表油油的，淡黄的色泽，三五个丛生在一起，这是我采过最多的蘑菇，味道很好。还有一些花花绿绿的蘑菇，父亲说那是"狗屎菇"，有毒，不能吃，吃了会死人。我们听了，敬而远之，避而不采。

食用山上的蘑菇是有风险的。有一家人，吃了山上采来的蘑菇，结果死了好几个。大人们议论着，"好惨呢，他们家几个人都'爬壁'（土话读音为 nábiā）了！""爬壁"，就是爬在墙壁上。人未到老年死去，没有备好的棺材，只得把人放在门板上，门板是板壁的一部分，人停放在那里，有如爬在板壁上。大约是吃蘑菇出事的人较多，后来一说到“爬壁”，就知道有人被山上的蘑菇毒翻了。生命真脆弱。

由此，吃蘑菇变得小心翼翼。从山上采回蘑菇，母亲先检验一番，将疑似有毒的蘑菇扔掉，然后用井水反复清洗，她摘了新鲜的丝瓜叶子，擦去蘑菇表面的杂物、泥垢，一遍又一遍。干净了，放到锅里，放上一点儿蒜瓣、大米。香味从锅里飘出来时，母亲掀开锅盖，把大米、蒜瓣捞出来仔细查看，依旧纯白，没有变色，表示没什么问题。如果变成了青绿的颜色，那就是有毒的表征，吃了会出事的。这种方法，让我们安全地品尝到了山中蘑菇的美味。

有一种菇，是长在土里的，形如圆球，外脆中空，可生食。我们叫它“瓦皮泡”。大约它的外皮撕开后有点儿像瓦片吧！有时，在山地里打猪草，突然瞅见松软的沙土里，有一个像小土豆样的东西，拾起来一看，原来是“瓦皮泡”，循着它生长的地方往下抠，不一会儿，竟然抠出十多个，足有一小堆。它们和大多数人一样，喜欢过集体生活，长在一个“房间”里。“瓦皮泡”生吃极脆，做汤更好，鲜美清香。我不知它的学名，我想念它。

雨大易成灾。

山区地质条件复杂，泥石流暴发是常有的事，1996 年一个仲夏之夜，一场大雨冲下半爿山林，把山脚下十几户人家全“挤”进了泥浪翻滚的溪江，几十个鲜活的生命，瞬间消失在隆隆雷声中。若干日之后，洪水退去，村庄周遭已是满目疮痍，公路被冲烂，稻田变泥塘。溪江里，堆满了巨大的石头和黄黄的泥浆，一些如拖拉机之类的机械，由于笨重，没有被洪水冲远，半遮半掩地埋在河泥中。村里人拿着锄头去挖，一不小心，挖出来一只手或一条腿，那是被泥石流吞没的生命，开挖的人不由得呆住了，赶紧去叫了人来，一阵悲伤和忙乱。

夏天的大雨，常伴随着雷电。司空见惯的雷电，威力是很猛的。村里人常以此教训小孩。我们偶尔说了什么不雅的话，尤其是对长辈不敬，母亲会赶紧阻拦："不能这么说，会遭雷打的。"有时，浪费了粮食，不小心把米饭泼在了地上，母亲也会说："这是要遭雷打的，赶紧捡起来。"很小的时候起，我们对雷电很敬畏，觉得是神明、是天意。

有一次，我和小伙伴们在山上拾柴火，见到一株杉树的一面光秃秃的，整块皮没了，如同斧削一般。我以为是谁砍的，看着又不像，一位小伙伴见多识广，指着树说："这是雷劈的!"他是对的，只有雷电才有这样的伟力，从树梢到树根，没有哪个人能一刀削成这个样子。对这种现象，村里人加以种种附会。有一回，一株老棕树被雷电劈成两半，树根边有个蚂蚁窝，一时议论四起，说那蚂蚁是一窝妖精，雷公爷劈死它们是为民除害！又有一回，邻村一位公公和儿媳同时被雷打死了，消息传来，村里人免不了一番谈论，他们猜测：一定是公公和儿媳做了见不得人的事，才有此报应!

这有什么必然的关联呢？沉重的村，蒙昧的村。

微凉秋雨

秋季是高爽的。

五彩斑斓的秋色，在夕阳下泛着诱人的光芒。炊烟袅袅，在村子的上空飘荡。“又见炊烟升起，暮色罩大地。”我以为，歌声唱的一定是秋天的景色。在我心里，只有秋天才这么有诗意。

然而，并不是所有的天空，在秋季都会高远。

农历八九月间，稻子熟了，黄澄澄的稻田，与山间绿树、红叶互相辉映，把整个山村装扮得如同画卷。不好的年景中，这时却下起雨来，大煞风景。

本该收割了的稻子，因为雨，无法下镰。风一吹，田野里倒下一片一片的金黄，肥美的穗子粘在泥巴里，不几日，发出芽来。

一年的收成，眼见就这么毁了。

大人们站在屋顶，看着烟雨中的稻田，在透骨的凉意中发出浩叹。

好在这样极端的年景不多。但只要在收割季节，即便少量的秋雨，也会给人们造成困扰。

稻子收回后，须抓紧晒干，再收仓储存。晒谷的地方，大多数在水泥屋顶上，或者摊开晒簟，晒在禾堂里。当此季，每家人的屋顶或门前都是金黄的颜色，很美的一道风景。

偏偏这时，也要下雨。一察觉到雨意，在田里、山上干活的人，匆匆忙忙跑回家中，手忙脚乱地收起谷子来。正收着，雨大颗大颗地落下，砸在晒得滚烫的谷子上，冒出一阵小小的烟。村里人咒骂着，谷耙、箐箕运作如飞，谷子被一箩筐一箩筐地收好，担进屋里。

这真不是一件易事。

我好多次随母亲在雨前或雨中抢收过谷子，感觉这看似平常的劳作，实不亚于一场小小的“战争”。

如同北方的扬场，谷子经由风车一过，颗粒饱满的收进了粮仓，剩下的就是秕谷了。

秕谷无甚用处，有的人家拿去碾成了糠，用于喂养牲畜，大多数是将秕谷堆在一起，在底部点了火，让它慢慢地燃烧。烧成的灰，可以肥地肥田。秕谷堆中偶尔幸存了几粒饱满的谷子，火烧到的时候，“啪”的一声轻响，炸开了，变成小小的“谷米花”。如若我们这帮孩子在边上，就用手拈了，吹去上面的灰，丢进嘴里，味道不错。

秕谷不同于木柴，没有明火，只有点点火星。雨落的时候，火星不见了，却不灭，袅袅的青烟在谷堆上飘，村庄湿湿的，弥漫着谷子烧焦的味道。这也算是一种独特的秋景！

“空山新雨后，天气晚来秋。”诗人看到了秋雨中美好的一面。

干旱的时节里，微凉的秋雨，固然给村里送来甘霖，而在收割的日子里，还是少些为好。

生活优裕的诗人，对其中的甘苦，大约不曾知晓吧！

凄冷冬雨

湘西的冬天实在太冷了。

“一雨成冬”。下一点儿雨，天气变得刺骨的冷。

这样的季候里，还要上学。田间小道上，我们或披着塑料布，或撑着老式布伞，或戴着斗笠，缓缓行走着。这个滋味可不好受。雨声潇潇，道路泥泞，一不小心就会滑倒在地上，有时甚至掉到水田里。这不是夏天的水田，而是“冬水田”，一下子便透心地凉。掉到田里的小伙伴，只得一边哭着，一边狼狈地跑回家中，换上一套衣服，再赶往学校。

冬日里，我们喜欢雪，不喜欢雨。更冷一点儿的时候，雨飘下来，在地上慢慢地成了冰。上学更难了。路中的石头全部拥有了一层光滑的冰盖，解放鞋踩在这种“路光盖”上面，稍不注意就滑跌出去。

我们在脚上扎一根粗粗的草绳防滑，果然好多了，但仍然不敢走得太快，手中提着取暖用的火箱，头上戴着斗笠，摔一跤可不是好玩的。

那时，流行齐秦的歌，在一首《冬雨》里有这样的歌词：“为什么大地变得如此苍白，为什么天空变得如此忧郁，难道是冬雨即将来临，即将来临？”那些冬天的雨，有时真给人这样阴郁的感受。

放寒假后，冬雨就不那么讨厌了。

不管它怎么下，反正待在家里，与我无碍。加上冬日里农活不多，一家人可以聚在一起闲聊。有时邻家小孩过来玩，大家或是打牌，或是捉迷藏，或是将门板卸下来，架成球桌，一帮人热热闹闹地打乒乓球，快活悠闲极了。

窗外细雨绵，屋内人声喧，何其温馨也！

深冬的夜里，经常有雨雪光顾。

在木屋里，听外头“唰唰唰”的声音，知道沙雪正伴着雨在往下落，从窗口望去，只见邻家的数盏灯火在不远处摇曳，四野寂寞而沉静，我心里突然涌起了一种感动。父母俱在，有室可居，有田可耕，有书可读，人世美好不过如此。

晨起，雨已住，旭日东升，照在远近高低的树上，灿烂耀眼。原来，一夜雨雪，树枝上结满冰挂。阳光一照，映射出不同的颜色，给寒冷的冬天增加了不少明亮的味道，使人心情为之一振，一时，竟不觉得冷了。

冬雨的冷是确实的，但是不是凄冷，看来全在人心罢了。

近日，南方又飘起大雨。电视上，抗洪救灾的信息接踵而来，令我想起家乡雨丝纷飞的日子。

雨的话题，大约是永远不会过时的。

宋代蒋捷有首词叫《虞美人·听雨》，流传甚广，写尽了人生况味。他说：“少年听雨歌楼上，红烛昏罗帐。壮年听雨客舟中，江阔云低，断雁叫西风。而今听雨僧庐下，鬓已星星也。悲欢离合总无情，一任阶前，点滴到天明。”此词中蕴含的沧桑之叹和心底之痛，令人简直无言可表。

上个世纪三十年代，诗人何其芳在《雨前》中写下了这样的句子：“我怀想着故乡的雷声和雨声。那隆隆的有力的搏击，从山谷返响到山谷，仿佛春之芽就从冻土里震动，惊醒，而怒茁出来。细草样柔的雨声又以温存之手抚摩它，使它簇生油绿的枝叶而开出红色的花。这些怀想如乡愁一样萦绕得使我忧郁了。”他是在说我吗？

我在村里听雨时，还是一个农家少年。从村里出来，先到更南的南方生活，后来，又到北方定居。北方少雨，只有在盛夏时节，才偶然下上几场。观雨、听雨，竟成了一种可遇不可求的事情。有雨时，便想起家乡的雨，那些润泽、打湿了村庄的雨。光阴飞逝、人生易过，我竟也到了“鬓已星星”的年岁了。

我思念老家的雨。

第二辑

往事随风

往事如烟。

却还有一种异样的味道留存。

看似无影无踪的过去，依然将以某种形式存在于我们的现在和未来。

她伴随着我、影响着我、左右着我，时时挞伐着我的灵魂，引诱着我去重拾山里的那些光阴。

一切未曾走远。

一切生动如昔。

老屋，老屋

从出生开始，我在老屋一直生活了十五个年头。时光不算太长，但我人生最初的生活、生存经验，都是在这个时段获得的。

直到初中毕业，我才长时间地离开老屋，去邻县的师范学校求学。每个假期，我依然会回到老屋，伴着父亲、母亲，帮着干些农活。

从师范出来，在离老屋不算太远的一所初中教书。时间慢慢往前走了六年。这几年光阴里，每到周末和假期，我都会回到老屋。陪伴父母。干活，读书，思考。

然后，再出去深造。一下就远了。到了外省，辗转在更遥远的地方。回到老屋，已变得不太容易。

每年春节回家，也是在市里。——春节前，姐姐早把母亲从老屋接到了城里。

然而，我一直想着老屋。

有机会，我就会回去。看看山，听听水。想想曾经的岁月。

老屋背靠青山，前面是一个院落。立于阶前，让目光越过院落的屋顶瓦背，可望见一片水田。这块山间盆地，春夏见苗绿，金秋闻稻香。虫鸣鸟叫，伴随着和风，飘扬在上空。随处都是诗。

一条河，从田间流过，弯弯曲曲，河中布满了大大小小的石头，岸边是茂盛的荆棘杂草。河流或湍急，或平缓，或成潭，或落瀑，从从容容，风光无限。

再远处，是红岩岭、蓝岗山、水口山等群山。山中植被好，不管哪个季节，绿色纷披，苍翠欲滴，显出勃勃生机。按照传统的说法，老屋的风水不错。村里人直接一些，只用三个字评价：“屋场好！”

老屋能在这里，是美好的。

我能生长于老屋，是幸福的。

布局

老屋在爷爷手上建成，已经有一些历史了。

和湘西许多传统的房子一样，老屋为木质结构。当中是一间大大的堂屋，两边各有房数间。

父亲这一辈有好几个兄弟，爷爷为安排他们的房子大约费了不少心思。

老屋里，伯伯家住在东头，靠着竹山；我家住在西头，挨着水井。

堂屋是一个很庄重的场所，正中的墙上是神龛，上面写着“天地君亲师”之类的文字，所有死去的先人都名列其上。每日早饭前、晚饭后，各要上香一次，祭祀天地鬼神，祝福家人平安、六畜兴旺。正墙偏左，挂有毛主席像，展示着乡里人对老人家不变的尊重。

有祭祀、家庭大事等，都在堂屋中进行。遇红白喜事，通常会在堂屋里摆上四张八仙桌，设宴招待各方客人和乡邻。

幼时，家里穷，堂屋没有门、没有墙板，直接敞开着，空荡荡的。直到我念小学，父亲才和伯伯攒齐了木材，把堂屋的门和墙装好，使其成为一间有门、有窗的大房间。

堂屋是老屋的中心。过年时，我们会在堂屋的门上挂一盏灯，曰“天灯”，直亮到正月十五。它照亮了堂屋门前的日子，照亮了我们的希望。

老屋布局和结构比较简约。

我家所住的西头，实际只有三间房。紧靠着堂屋的是正房。正房往西，是侧房。侧房有点儿像现在的客厅，四面都是门：一扇朝外开着，一扇连着正房，一扇通向灶屋（即厨房），朝后的那一扇，朝着拖卧房。拖卧房里有一架木质的板梯通往楼上，可以到上面取柴火、杂物。灶屋只有一层，低矮、昏暗，与它挨着的是猪栏和柴棚。

大约在我念小学五年级的时候，因为屋子太过破旧，家里攒了一点儿钱，将原来的灶屋、猪栏等拆了，重新盖了几间砖房，顶是钢筋水泥的，我们叫“平顶屋”。秋收时节，可以用来晒谷子。时间流逝，如今，这几间砖房也破旧了。岁月的另一面，就是沧桑吧！

屋前有一个晒谷的坪子，村里人把这样的场地叫“禾堂”。

禾堂西侧，有一棵柚子树，经年常绿。秋天时，柚子熟了，母亲摘下来，储存好，到冬天还能吃。大约因为土质的问题，这棵树结出来的柚子汁多味酸，与市面上柚子的味道略有不同。然而，一家人中，总有一两个人喜欢这种味道，过年回家，常念叨这些柚子。有诗人说，味蕾是有记忆的。大概就是这个道理。树上经常有鸟雀驻留，在房间里，能听到鸟儿们叽叽喳喳的絮语，那时只觉景色平常，现在想来，真是充满了诗情画意。

曾经有一株桑树，在禾堂的南边。树干长得很粗壮，每年发出新芽，一条一条，枝枝茂盛。桑叶是个好东西。小时候，我们热衷于养蚕玩，就像现在的孩子养宠物。方圆几十户人家，仅我们家有桑树，孩子们都到这里来摘桑叶。母亲任由孩子们去摘，用慷慨的态度温暖着他们。蚕宝宝一天天长大，到结茧、化蝶，应该有我们家这株桑树的一份功劳。而明年春天，一切又开始轮回。

禾堂东头，伯伯家种了一棵葡萄树。树有些年纪了，藤很粗很长，一直缠绕到伯伯家的楼上，树叶子也密，形成了一个小小的树棚。这棵葡萄的果子不大，但结得多，很甜。暑假时候，伯母常打一盆井水，摘几串下来，招呼我们一起去吃。井水有冰镇的作用，葡萄经过洗涤，变得清甜可口。鸟雀似乎嫉妒人类能够享受如此美味，常飞来偷偷啄食。伯母拿了笤帚，大声吆喝："号嗤——号嗤——"那定是在赶偷食的鸟儿了。不知哪里听了传说，说是七夕的晚上，坐在葡萄架下，可以听到牛郎织女的私密谈话。有一年，我真的坐在那里聆听，听到的只是虫鸣。古人说："姑妄言之姑听之，豆棚瓜架雨如丝。"那夜我所见的，没有雨，葡萄架下微微如丝的月光，在记忆里却清晰得很。

"山果熟，水花香，家家风景有池塘。"用这句词来形容村里人的房子，是很贴切的。我家的禾堂边上，有一眼塘。平时用以洗衣、洗猪草、洗农具等。里面养了许多鱼，草鱼、鲤鱼、鲫鱼等，品种很多，记得一条很大的花鲤鱼，色彩斑斓，十分好看，时时在水中游动，引得路人驻足凝视。这大概是所谓的"锦鲤"！

老屋在村子的西北角，往前走，是屋瓦亭亭如盖的院落。往后走，是水井，是田，是地，是巍巍的青山，是几户住在山边的人家。

在这样一个环境中，老屋送走了亲人，送走了岁月。

唯山间明月、树边清风，和游子们年年如斯的思念，依然在这里徘徊。

正房

正房为“正”，这里发生的事情，用“重大”二字来形容或许并不为过。

什么为“重大”？

我想，父亲的死，应该算得上。

父亲就死在这间房子里。

父亲“文革”前读了好几所大学，计有常德师专、湖南邮电学校大专班等。他很少给我们谈起往事。偶有一两次，听他说起在长沙读邮电学校的事情，说几个同学到某个茶楼去喝过茶，这大概是他最得意的回忆了。而更多的，是他对为什么辍学的记忆。“吃不饱，脚都肿了。我们几个逃回来。路上没东西吃。好多时候饿得走不动，在地上爬。”他说这些话时，是轻描淡写的。但稍知道那段历史的人，可以想见当时的惨状。

父亲终究没有从大学毕业。即便如此，有过大学经历的人，在湘西老家并不多见，因此，回到家乡，便安排了工作，在中学当教员，慢慢做了校长。

我依稀记得上学前，父亲偶尔将我带到黄茅园中学抚育的一些镜头。为了照看子侄辈，他利用自己是老师的便利，把哥哥和堂哥们都带到这所学校上学。有时，家里农活太忙，母亲顾不过来，我也被带到学校里。在学校，大多数时候，父亲和哥哥们去办事或上课，我一个人留在房子里。没什么可玩的。只好到窗边，看学生们在操场上体育课，看他们穿着各式各样的鞋子在操场奔跑。或是学了体育老师的口令，大声地重复，结果惹得一顿骂。

有一次，黄昏，父亲带我去散步，出了学校，到了镇上。不知怎么的，我和他走散了。我们是从一条小路出去的，我实在找不到原路，只得从大路绕回学校，一边走一边哭，感觉那短短的路程是如此漫长。父亲早已在学校等着我。他的表情如何，我已记不清楚，一定急坏了吧。

父亲为人严正，也很固执。他年轻时即有高血压症。他告诉我："原本当年要去当兵，体检时说是高血压，没当成。"然而，多年来，他不吃药，不治疗，我行我素。抽烟、喝酒等不良习惯，保持了好多年，直至年老时才戒除。有时急公好义，为不平之事，还大发脾气。

终于，得了脑出血。第一次，治愈；第二次，偏瘫；第三次，迁延了两个多月，走了。

最后的一个月，他就睡在正房。堂兄岩哥伴着他，照料他。就像他当年带着这些侄子们在身边读书一样。多年来，父亲和子侄辈的关系一直非常紧密，无形中，有种精神领袖的味道。堂哥们愿意听他的话，听他的指挥。他也关心他们，事无巨细，体贴入微。岩哥伴着他，在这间有些昏暗的正房里，给他翻身、擦澡、喂药。他已经说不出话来，对一些重要大事，征询他的意见，也只能通过他的摇头、眨眼等动作，来揣摩他的意思。记得，母亲曾说，离去前一夜，母亲一一问他对子侄辈们是否放心，他一一表示无所牵挂，第二天便安然逝去。

与那些经历坎坷的知识分子比起来，父亲的一生并不算波折，他的人生最后一瞬，定格在正房里。不知那一刻他想的是什么。

或许，病痛的折磨，使他厌倦了这个世界。死后，他葬在屋背后的高处，依然注视着老屋，注视着这个与他有着亲密关系的地方。

父亲逝去后的那一个春节，我从远方回到老家过年。大年初一早晨，我走到正房，只见母亲在哭泣。她用湘西农村特有的哭腔，诉说着父亲的无情，抛下她一个人独自离去。正房里光线很暗，床是空荡荡的，家具简单而陈旧，一张桌子，一架烤火用的“圆盆”，板壁上还贴着上个世纪八十年代的明星画，母亲的哭声在正房里回荡，轻轻地、压抑地，富有穿透力，使人觉得整个老屋里都充满了哭声。这个场景，深深地烙印在我的脑海里，只要一想起，心里就会隐隐作痛。父母亲其实常常争吵，似乎并不融洽，父亲一旦离去，母亲又念念不忘。父母间那种特殊的难以名状的感情，或许并不是我们后辈所能理解的。

母亲是侗家人，也是知识分子。她是“文革”前的中专生，原来在安江农校读书。有一次，电视上放关于袁隆平先生的片子，母亲说：“这位老师教过我们。”母亲嫁给父亲，和那时的大多数人一样，父母之命、媒妁之言，简简单单地，就这么成了。用母亲的话说：“你爸用一只鸡做彩礼就把我娶过来了。”婚后的生活一定非常艰苦，那时挨饿是常有的事。父亲在学校当老师，我家这样的“四属户”（那个年代，农村有人在外拿工资的家庭叫四属户，“四属户”俗称“半边户”，意思为家庭主要成员一半在单位就职，一半在农村务农）在生产队不受欢迎，母亲每天都得出去干农活、挣工分，还得饱受生产队干部的冷眼，认为我们家没有男劳动力，出工少。

母亲的青春年华和老屋是相联结的。按着年月推算，老屋是母亲嫁给父亲好多年后才修建的。这应该大幅提升了当时的居住条件。因为这，母亲对老屋怀了一种感激之情。在老屋里，她含辛茹苦地抚育我们，饱尝了艰辛和煎熬。从我记事起，母亲就不断地劳作。不是在田里、地里，就是在山上，干不完的农活，做不完的事。平时，在厨房里忙前忙后，洒扫庭院，收拾菜园，没有一刻轻松。

更难受的是要承受伤逝。我们本来有五个兄弟姐妹，那时候缺医少药，我的一位姐姐小娟、一位哥哥阿奇很小就夭折了。时至今日，我仍不愿记叙那些听来的描述他们逝去时的情形。可以想象，母亲是如何肝肠寸断、如何撕心裂肺。哪一位母亲对失去自己的孩子会不心痛呢？仅仅想一想当时的情形，我的心都是颤抖的。

母亲以侗家人特有的坚忍，承担了这些苦难，渡过了悠悠岁月中的多次难关。

母爱伟大，胜过世上任何感情。小时候，我多次生病。有次病重，发烧好久未退。躺在正房那间木床上，我问母亲："我会死吗?"母亲说："别说不吉利的话，不会的。"然后大哭。好在，乡村医生的治疗，竟起了作用，慢慢地，我的病好了。母亲担忧、痛心的神情，印在我的脑海里，难以忘怀。

这一切，老屋做证，正房做证。

它静静地看着这些事情发生，不发一言。

母亲曾生过一场大病。

当时我在读小学，邻居跑到学校告诉我："你妈病了，快回去。"回到家里，母亲正躺在正房的床上，翻来覆去地喊痛。乡村医生已经给打上了点滴，但不见好转。亲人和邻居们围在边上，不知所措。我当然更不知道怎么办，只知道大声地哭。哥哥、姐姐责备我："只知道哭，哭得我们心都乱了。"乡村医生建议送到医院去，母亲死活不肯，固执地要守在老屋里治。父亲和大家没有办法，只有依着她。后来，从乡卫生院请来李舜光大夫，诊断一下，说是得了中毒性痢疾，打了几针，不痛了，病情也逐渐好转。因为这，我记住了李大夫的名字。

这场病，让我知道了母亲对老屋的感情，无论如何，她都不愿意离开这里。老屋在她心中的分量，显然不是我们所能掂量的。后来，我们这些做子女的星散到外地工作，母亲偶尔会去看看我们，都不会长住。她时刻惦记着老屋。那是她的心魂所在。父亲去世后，我们曾试图接她出来住，无论如何说不动她。

如今，她依然一个人在山村里守着老屋，自己种点儿小菜，过着安闲的岁月。

老屋是她生命中的一部分，在那里，她的心才会安宁。

正房留给我的，并不全是苦难的回忆。更多的，是欢乐、是温馨。

我清晰记得，冬天时，我们一家人在这间房子里打牌、聊天，在烤火的“圆盆”上一坐到半夜的温暖场景，也记得父母在这间房子里辅导我做作业时的温馨时光。或者，我在灯下读书，母亲在边上纳鞋底……这些点点滴滴的细节，凝固成正房里温煦的光阴。

我不时会在记忆的阳光里翻晒那些日子。

它不会逝去。

它在我的心里。

侧房

侧房是长方形的，堆满了杂物。

沧桑而荒凉，一见即让人心中涌起惆怅之感。

这间房子当时的情景，已经慢慢淡去。唯记得，那时的屋梁上，有一窝燕子，时时在那里叽叽喳喳叫个不停，平添不少乐趣。

有一次，门关了、窗闭了，燕子飞不进来，在门外急急惶惶的，叫声中充满了躁动和不安。我赶紧把窗打开，它们一拥而入，像是松了一口大气，叫声变得欢悦和快乐。

没家的感觉不好受。即使鸟类，也是一样的。

这间房子靠近灶屋，放了些坛坛罐罐。

有一个大坛子，里面盛放了酸盐水。一些新鲜的红萝卜、红辣椒，被母亲洗净、晾干后，投放到里面，不几天就变酸了。捞出来，或炒了吃，或直接吃，味道极好。

印象中，母亲经常把蒜薹切成段放到坛子里，味道很独特。每当胃口不好时，捞出几段，用来佐饭，效果惊人。

坛子里的酸盐水还有一些很妙的用处。

炒鱼、虾之类的水产，放一点儿，可以去掉腥味。

有一道“擂蔃头”的菜。先把蔃头放在擂钵里擂碎了，掺上辣椒等作料，再倒上半杯酸盐水，用筷子搅匀，一道湘西风味的“擂蔃头”就做好了。味道浓郁，足令我们的味蕾战栗。

几乎村子里每家人都有类似的坛坛罐罐。

想来是湘西贫穷，肉食少，只得把菜蔬做出不同的味道，来满足人们多样化的口腹之欲吧。

用了这些坛坛罐罐，菜蔬也可以吃得长久一些。

慢慢地，竟变成湘西美食中的一道风景了。

这间房做过我的“避难所”。

那时，生了病，会请村里的赤脚医生福满来诊看。从小，我就怕打针，以为那是恐怖的事情。偏偏，碰上发烧这种事，福满总是二话不说，两个字：“打针。”

而小孩子，抵抗力比大人要弱一点儿，一年到头，通常会感两回冒，或是发几次烧。当这时，派人去请福满。福满的性格“耐”得很，一点儿都不急。他慢腾腾地走来，背个赤脚医生专用的诊箱。一番望闻问切，便说：“有开水没有，要打针。”

看病是在正房里。他这话一出，我立马吓得大哭。母亲要去烧开水或者回答福满的问题，见我哭得大声，就叫哥哥或堂姐带着我，“躲”到侧房里。正房里亮着灯，侧房里是黑暗的。从侧房里，能清晰地看到福满在准备针筒、药水等，内心里的恐惧潮水般袭来。哭声越来越大。

等母亲烧了开水，福满用开水给针筒等消好毒，一切准备就绪。侧房的黑暗也无法庇佑我，只得在哭声中接受打针。母亲、堂姐哄人的话语，抵不过福满那冰冷的针刺。

如今，福满早已作古。岁月流逝，母亲和亲人们对我的爱意，在记忆中格外温暖清新。

因为这间房子离灶屋近，有一段时间，这间房成了餐厅，全家人在这里吃饭。如此，便留下了许多聊天谈话的欢乐时光。

父亲壮年时，能喝一点儿酒。

有一次，喝了两杯“竹叶青”，有点儿兴奋，不断地表达着自己的“理想”：“等过两年，把灶屋这边拆了。盖几间砖房子。住在砖房子，那可好了。”这几句简单的话，他重复了好多次。母亲说：“你爸喝醉了。”

他只是兴奋。这个理想对于他，或许真的很重要。后来，约在我读小学五年级时，他的这个理想实现了。

有理想的人，是快乐的。

父亲那次和理想有关的神态，留在我的脑海里。

吃饭，就偶有剩饭、剩菜。哪怕是残羹冷炙，母亲也舍不得丢掉。

她在侧房的梁上挂一根绳，吊上一个篮子，把剩饭、剩菜放在里面。母亲说：“这样可以防老鼠偷。”

老鼠是防住了，但防不住我。

一天中午，我从学校回来，吃了一个生红薯，还觉得饿，就去找剩的饭菜。饭没有了，只有半碗青菜。恰好有个小伙伴在家吃完红薯，来叫我一起去上学。见我在偷吃青菜，也参与进来。不到一分钟，两人把半碗青菜吃得精光。然后，把碗又放回到吊篮里。

晚上放学回家。见到母亲严厉的神色，我心里好一阵紧张。没想到，后来遭遇的，并非暴风骤雨，不过一句：“以后不可这样了。”眼神里既有关爱，又有责备。

半碗青菜，多么小的一件事。然而，依旧长驻在记忆里。

因为和母亲有关。

拖卧房

拖卧房在侧房的北边。这间房里，有一架楼梯，可通到楼上；后门，开向屋后的水沟。

开窗，可望见后山和菜地。菜地边有很多树，橘树、李树、枇杷树，给我印象最深的，是那丛青绿的芭蕉。

它们的存在，让拖卧房富有绿色的生机。

很早的时候，拖卧房没有楼板。从侧房跨进去，把脚往下探约一尺的距离，踩到了潮湿的土地上。

这样没有楼板的房子能做什么用呢？

放柴火、堆杂物……

母亲买过一些兔子，笼养在这间房子里。

都是长毛兔，眼睛红红的，毛长而白，如一个个白色的精灵，煞是可爱。我时常去看它们，割草喂它们。

兔子的毛长了。母亲会用剪刀细心地把毛剪下来。这些毛是极好的纺织材料，村里专门有人收购。积少成多，一年下来，能给家里换来一些收入。

这是养兔的主要目的。——和现今养宠物的概念完全不同。

从这个意义上讲，拖卧房为家里的经济状况是做过一些贡献的。

日子渐渐宽松，家里给拖卧房安上了楼板。于是，成了哥哥的书房。等哥哥去外地念书，又成为我的书房。

从读初中到参加工作，很长一段时间，我盘桓在这间房子里，阅读、思考、背诵，给自己积累知识。这些年读过一些书，写过一些文字，表达过一些观点，但最初的发轫，是在这间房子里。没有那段日子的阅读，我就走不出大山。

2000年左右，我写过一篇叫《午夜听雨》的散文，有一段写到这间房子的情形：

多年前，我曾住在乡下。家境贫穷，几间瓦屋傍青山，便成了我劳作之余休息读书的所在。山里也多雨，盛夏时节，月明星稀的夜晚，也会突然吹来几片乌云下上几场。这时，瓦屋成了绝妙的听雨之处。依然是纷乱的书桌，依然是一卷诗书。雨在屋外匆匆忙忙地舞蹈。听瓦背上雨珠跳落的声音，琮琮铮铮，有“大珠小珠落玉盘”的雅致。瓦是专为雨设置的乐器。雨的弹奏也堪称绝妙。时缓时急，时轻时重，像海浪的咆哮，又如情人的细语，让人生出许多遐思。雨大了，屋外的树叶子被敲响。那株芭蕉，噼噼啪啪的，如若沙场上萧索的战鼓。檐滴也下来了，叮叮咚咚，银铃般的声音，像是风铃，又像是少女的欢笑。此时，往往是深夜了。怕我读书疲倦的母亲每每会端上亲手做的甜酒鸡蛋，嘱我不可太过劳累。那一刻，温暖与感激便洋溢在整个心房里，而瓦背上的雨声却愈加清脆了。

抑扬顿挫的雨声，宛若一段美好的往事。念及这样的辰光，脑子里便浮出李义山的诗句："君问归期未有期，巴山夜雨涨秋池。何当共剪西窗烛，却话巴山夜雨时。"这两处闲愁的相思在雨意缠绵的夜里何等的焦肝灼胆、刻骨铭心啊。只是，李商隐要寄给的是他至爱的娇妻。如今，我要寄达的，却是念我想我甚苦早已垂垂老矣而仍居山中的母亲。唉，往事如烟了。

想念往事时，人的情感会变得柔弱。

曾有一段时间，我在乡下中学教书，精神十分迷惘。"我要到何处去？我要做什么？"这样的命题时刻困扰着我。

我无处诉说。只得在拖卧房里，把自己交给书本。

某一个黄昏，没来电，我点了蜡烛，待在拖卧房里看书。秋风起来了，穿过窗棂，竟有少许的寒意。前途在哪里呢？未来在哪里呢？我从书本中抬起头，只见一弯新月斜斜挂在天幕。于窗前的芭蕉树叶间，依稀能看到一些星星的光影。我提笔在本子上写起来，一看，是这样几句：

日暮霜风起，
斜月小窗西。
抚书书不语，
问烛烛泪滴。

诗句幼稚，代表了当时的心境，却不是辛稼轩“为赋新词强说愁”那样的意绪。

人常悔其少作。

我今天翻开了这篇“少作”，心里涌起的不是悔意，而是岁月易过的怅惘！

拖卧房是读书的处所。

在这里，除却读文学专业书籍和英语以外，常读的就是武侠小说了。读得最多的是金庸的著作，四处借来的《射雕英雄传》《神雕侠侣》《倚天屠龙记》等经典，都是在那盏昏黄的电灯下读完的。

大部分时间，是趴在床上读。粗麻做的蚊帐，透光性不好，遮住了灯光。只好把灯拉到床头，挂在帐杆上，然后把头伸出来，慢慢享受小说的美味。好多时候，不知不觉到了深夜。甚至，鸡都叫了数遍。这时，才依依不舍地放下书本，小睡一会儿。

这样的阅读体验，真是一种幸福啊。夏夜，忘记了蚊咬；冬夜，忘记了寒冷。如此入迷，如此专注，现在要找回那样的状态，恐怕很难了。

多年后，我进入一所大学的文学院深造，金庸先生正是这所文学院的院长。有次，与同学一道，与金庸先生座谈，听他娓娓叙述他的写作经验，我们也说了对他作品的一些感受。

那一刻，我脑海里掠过的，是那些在拖卧房里读武侠的夜晚。

有一本书我不得不提。它是我在正房谷仓边的小架子上找到的。

或许只有半卷吧。它是那样残破。书页上铺满了厚厚的灰尘。拿起一抖，粉尘四起，一片迷蒙。

那时候，没有多少书可读。有这半本破书，已经是天大的喜事。

很快，我沉浸进去。文字是繁体的，许多字认不得。但情节引人入胜，说到了猢狲什么的，降妖伏魔，打打杀杀，好不热闹。

这本书就是《西游记》。

有一段时间，我反反复复阅读这本书。它成了我拖卧房岁月中的良伴。

这本书给予我的收获，不仅仅是名著的滋养。更重要的，从这本书开始，我接触到了繁体字。这对于我而言，是一次别样的文化启蒙。在日后的岁月中，我读到了不少繁体竖排的文字，我一点儿都不觉得为难，相反，有着某种亲切感。渐渐地，我对中国古代文化产生了兴趣和依恋。至今，我依然保持着读古书的习惯。

究其根子或缘由，大概可以追溯到这半卷残破的繁体版《西游记》。

曾经，碰到村里一位老人，我和他谈起一些旧日的事情。他拿出一本手抄的《论语》给我看。我当然认得。他奇怪，说："想不到你是个读得懂'老书'的人！"老书，这是村里人对"繁体书"的说法。他哪里知道，很久以前，我就读过繁体版的《西游记》呢！

潮湿的环境，木质的结构，注定了拖卧房不能长久地坚固。

近两年，我两次回乡，都会在拖卧房里待一会儿。基本没有立足之地了。地板已坏去，零星地散布着破洞。窗斜了。那张简易桌子，布满了杂物和灰尘，歪歪地立在那里，诉说着往事不再。空余的地方堆着木柴，或者是已经干枯了的油菜秆子。到处布满了蛛网。我想走动一下，不得不时时用手拂去拦在眼前的蛛丝。

我待立良久，心里充满了感伤。

没有什么好说的。

日子，得一步一步往前走。一些东西会逝去，一些东西会到来。

归京后，我在博客里为拖卧房写下了这样一句话：“当年苦读的地方，如今变成了柴房，两个字：沧桑。”

灶屋

灶屋在老屋西头。

和房子不同的是，灶屋上面没有楼板，只有椽条和瓦片。四周钉了些板子，到处透风，空荡荡的。

灶，是灶屋里最明显的标志。它大大咧咧地立在那里，占据了好大一块地方，颇有一点儿当仁不让的味道。灶前面有一块空地，这是堆放柴火用的。从楼上，可以把柴火直接扔到这里。

灶前，有一张凳子、一个树桩、一个铁夹（火钳）、一个火筒、一把柴刀，这些都是烧火时所必需的。人坐在凳子上，拿起铁夹夹了柴火往灶里烧。碰上大块的木柴，就拿了柴刀，放在树桩上劈烂。如果明火灭了，拿火筒用劲吹，火便复燃起来。这一整套工具必不可少。

灶至少有两个孔。一孔，平时用来煮饭、炒菜，上面可同时架三个锅或炉罐；另一孔，一般是架一口大锅，过年过节时，才用来烧水做豆腐、杀猪等。岁月流动，灶时时改装，有时变成三孔，在两孔中间，另添一孔，大小介于二者之间，以备不时之需。

灶的正上方，常挂一个大大的木笼子。灶里烟火腾跃上升，在这里缭绕。我们把这个笼子叫“烙”。过年杀猪后，“烙”上常常放满了肉，这是在“炕”腊肉。干豆腐、腊鸡、腊鱼等，也都是放在这里“炕”制的。

烧熏用的是纯柴火。每天都会两三次举火，因此，腊肉熟得快。一个月后，腊香味就出来了。两三个月后，腊肉已经熏得黑黑的，烧、洗之后，可以看出金黄透亮的颜色来，泛出诱人的油光。

这就是著名的湘西腊肉。

在老家，却只能算一种平常食物。

灶屋是母亲活动最多的一个场所。

除了农活，母亲许多时光都耗在灶屋里。煮饭、炒菜，操持一家人的吃喝问题。这是每天必做的功课。我们干了活，可以稍微休息一下。和我们一起干活的母亲，放下活计，接着又进了灶屋。湘西女人的坚忍，在母亲身上体现得很充分。

那时，每家人都要养几头猪，这是全家主要的经济来源之一。

炆猪食由此变成了一件重要活计。把猪草、杂粮等，盛在一个大炉罐里，放在灶上炆。熟了，加上糠，拿搅食棍用力搅匀。这时的猪食太热了，要用瓢挖出一些来，放有食盆里晾着，等差不多了，再掺上潲水，端到猪栏里给猪吃。一盆猪食重量不小。虽然离猪栏只有几步远，但要端着猪食走，是非常吃力的。母亲长年累月做这样的活，所受的劳累可想而知。

猪食熟了，那个巨大的炉罐还要抬下灶来。我们在家的话，会给母亲搭一把手，帮着把炉罐用扁担抬下来。如果我们不在家，母亲只得一人勉力为之。有时，不得不爬上灶去，两手提了炉罐，慢慢挪往闲置的灶孔。那身影，瘦小而伟岸，可说是所有湘西农村母亲的剪影。

剁猪草也辛苦。明早要炆猪食，今晚就得把猪草剁好。一把菜刀、一块菜板、一个木盆、一张矮凳，母亲坐在矮凳上，一手拿着菜刀，一手握紧红薯藤等猪草，“笃笃笃笃”在菜板上剁起来，那些长条的、宽扁的菜叶、猪草，在母亲的手下迅捷地变成了碎片。剁猪草这个活，非常耗时，有时，到深夜，我们已经睡下许久，还能听到灶屋里传来“笃笃笃笃”的声音。这个印象，至今烙在我心里。

借助于灶屋，母亲每年养几头猪出来。换来的钱，用在供我们读书、给家里建房子、补贴家用等方面。桃李不言，下自成蹊。母亲从没有讲过她的“贡献”。可我们谁又能否认呢？

在伟大面前，再华丽的言语都是渺小的！

那时的灶屋，如果以现在的建筑标准来看，应该属于危房。彼时湘西乡村，一般人家的房子都是如此，不可能有过多的奢望和追求。能避风雨，能有个栖身之地，已经很好了，哪还敢谈及其他呢？

后来，果然出了事故。

有一年，湘西大雪，连绵地下，几天几夜，山野田畴都成了白色。

屋顶积了厚厚的一层。

那天，母亲正在灶前烧火炆猪食，突然间，“哗啦啦”一阵响，大雪的重压之下，屋顶的一根横梁断了。顷刻，瓦片和着雪，纷纷掉落下来。母亲躲闪不及，被一片瓦打中头顶，顿时血流如注。

伯母和邻居们听到声响，迅速集中到我家灶屋，把母亲扶到正房里。派人请来赤脚医生福满。

有位邻居，特意跑到小学里叫我，还到大队部给在远处中学上班的父亲打了电话。

我放下书本，飞快地跑到家里。福满已经给母亲上了些止血、消炎的药，包扎好了。

母亲见了我，说：“没有什么大事。怎么把娃娃叫回来了？耽误他读书。”

哪可能没有事呢？

接下来的数天里，母亲经常头晕。失了一些血，受了惊吓，不仅在身体上，而且在心理上都要等一些时日才能恢复。

生活得继续。灶屋受损，将就着还能用。母亲拖着伤躯，第二天就在灶屋里忙活了。

隐患虽在，敌不过现实生活所需。

天晴后，父亲找人把灶屋修了修，又支撑了好几个年头。

灶屋里，有许多温馨的小瞬间。

过年了。屋外茫茫白雪，屋内温暖如春。父亲带着哥哥、姐姐和我，在灶前的火盆上烤糍粑，或者烤猪肝。香味浓郁，亲情满满。简单的场景，让人心里感到特别柔和。

家里收了红薯、洋芋，堆在拖卧房里，大多用来喂猪或者卖掉。然而，它们实在太美味了。我们烧火时，常常忍不住拿一两个红薯或者洋芋，放在灶膛里烧。那时基本没有什么零食，烤红薯或者烤洋芋，是主食之外的美好享受。如今，在都市街边，偶尔会看到有人在叫卖烤红薯，这常勾起我对灶前烤红薯的念想。思念，有时候是寂寞、隐秘而长久的。

过生日，在现今，似乎是一件大事。我们小时候的生日要简陋得多。自己都常常忘记了生日。上学、干活，每天忙碌着，哪里记得住。母亲却记得。到我们过生日时，最大奖励是一个鸡蛋。姐姐的生日和我相差一天，我在前，她在后，按道理，应该合在一起，过得隆重点儿。然而，从来没有。不管是谁，每到生日，就是一个煮鸡蛋。有时，因为家里的活实在太多，专门要腾出手来煮鸡蛋都不可得。母亲折中一下，炆猪食时，在里面放一个鸡蛋。猪食炆的时间长，鸡蛋熟的时间短。一会儿，母亲取出鸡蛋来，放在盛水的勺子里冷了，递给我：“你今天过生日，吃了这个鸡蛋，就像狗子一样好养。”话语朴素真挚，祝福含义特殊。母亲没有过高的奢望，只求我们健康平安，如同村子里的小狗一样。鸡蛋虽然沾了点儿猪食味，但在我的嘴里，充满了关爱的异香。

简单的烹调，我就是在灶屋里学会的。上小学了，父母都忙，有时，我们得自己弄些吃的。母亲教我煎鸡蛋，煎糍粑，炒青菜，淘米、煮饭。慢慢地，也能做一点儿饭菜。有谚云：“穷人的孩子早当家。”其实，穷不穷不重要，关键是要参加劳动、经受锻炼。有次看一个综艺节目，一群城里长大的爸爸带着孩子在野外生活，连极简易的饭菜都做不了。我只能苦笑。如果是我，不要说准备了现成的食材，就算没有任何食材，也能想办法整出一顿吃的来。

灶屋平时是母亲的“战场”，特殊时期，我们也曾操持过。有一年秋天，父亲生病，住在镇上的医院，母亲在医院看护。哥哥带着我和姐姐，在家里干农活、做家务。此时，正是收获油茶的季节，哥哥和姐姐上山摘茶籽，我在家里做饭。因为经验不足，我没找到放米的地方，只得在装猪粮的桶里，舀了一竹筒碎米煮上，结果被哥哥一顿训。那些天，在邻居们帮助下，我们摘完茶籽，照料好猪、鸡等畜禽，虽然磕磕绊绊，倒也清清爽爽，该干的活都干了。母亲伴着父亲从医院回来时，看到我们“自立自强”的一面，充满了欣慰。我们也觉得自己长大不少。

猪栏

我家灶屋是和猪栏连在一起的。那时湘西的房子几乎都是这样的。

这样做，有一个便利——喂猪方便。不然，端着沉重的猪食盆，走一段稍远的路程，不是所有农村妇女吃得消的。

如此，在灶屋里劳作，便会经常听到猪的叫声。它们只要不睡觉，就不断地吵闹。如果灶屋里正在炆猪食，“香味”飘到猪栏，它们更加忍不住“美食”的诱惑，在那里嗷嗷乱叫，辅以爬搔的动作，或者更猛烈些，用头撞猪栏，用嘴啃猪栏，好像这样可早一点儿吃到猪食。

食盆一放进猪栏，它们一哄而上，“吧嗒吧嗒”地吃起来。两只耳朵有节奏地上下颤动，嘴里发出满足的叫声。有些猪自恃比较壮，发出力来，挤走或咬走那些弱小的猪，以为可以独享美味；或者，几只猪势均力敌，为了多吃到一点儿，不免争吵打架，搅乱饮食秩序。弱肉强食的表演，此刻在猪社会得到充分展现。这时，母亲或者我们，从灶前的柴堆里抽一根棒子，狠狠地抽打它们，直到它们能和平共处、共享餐食为止。这事情好像简单，但要达到预期效果很难。记得，我曾用力过大，打断过一些棒子，但猪们依然故我，并不听我的训斥和吆喝。不知这是由于猪本身难以管教，还是美食对它们的诱惑力实在太大？

对猪，有一件事，我心存愧疚。时光久远，我记不起是哪一年了。大约是上学以前的时光吧。那时生活穷苦，平时饭菜里的油水和荤腥不多。某一天，不知受了什么刺激，我突然非常想吃肉。我把自己的愿望给母亲说了。这是一个当时无法满足的愿望，母亲无能为力。

或许太馋了，或者是太不懂事。我对着猪栏大哭起来。

父亲走进来。想看看发生了什么事。

母亲说：“娃娃想吃肉，你看怎么办？要么，你从猪身上割一只耳朵下来。”听了这句话，我的哭声更响了，边哭边叫：“我要吃猪耳朵，我要吃猪耳朵……”

父亲当然不会听从我的要求。笑笑，走开了。

往事成风。

我实在想不通当时的自己，为什么这么无理取闹。那些猪，如果能听懂我声震灶屋的哭声，大概会表示鄙夷吧！

真是惭愧呵！

父亲对猪的感情，和我是不同的。他当然不像我那样年幼无知，以为猪就是用来吃的。父亲知道猪的经济价值对于一个农村家庭的意义，因此，在养猪的过程中，他尽心尽力。

在路上，看到什么菜叶子，他让我捡起来，说，拿回去给猪吃。有时，我在家里削洋芋或红薯，皮掉在了地上，他说，可惜了，应当集起来，炆给猪吃。诸如此等细节，生活中很多，昭示着他对猪的关心。

父亲被猪咬过一次。

猪长大了，不能长期留在栏里。村里一般有两种处理方法。一是整个卖掉，把猪绑在猪轿上，抬到对门的马路上，有人专门收购；二是请来屠夫，杀了，在村口一斤一斤地卖。两种卖法所得的收益，应该差不多。第一种办法，简单，明快，一手交钱，一手送猪，一会儿就完事了。第二种办法，需要花去一整天的时间，但猪的内脏等可以留给自己吃。各有利弊吧。

那是一个秋天的清晨，天刚麻麻亮，山村里弥漫着雾气，一切都在朦胧中。猪叫声突然传来，很大声，夹杂着凄厉的味道。我披衣冲到灶屋里，只见父亲和一位邻居站在猪栏里，想把猪拉起来，赶到外面，绑上猪轿。猪大概意识到此去的前景不妙，在猪栏里打圈圈，躲避着父亲和邻家大叔的追逐。

就这样，来回反复，好久都没进展。忽地，父亲大叫一声

“哎哟！”捂着手跨出了猪栏。他右手的大拇指被猪咬了。猪牙尖利，加之带着焦急愤恨的心绪，咬得很用力。父亲用左手狠命地握紧伤口，血不断流出来。母亲飞快地请来医生福满。福满倒是不慌，慢腾腾地止血、消炎、包扎。那一定是很痛的。父亲有着湘西男人的硬气，哼都不哼一声，或许是那时年轻，挺得住。为了慎重起见，福满给父亲打了一支破伤风针。

猪最终被卖掉了。猪的命运，注定要走向卖场或屠场。如同众多卑微的生命，即使你再强硬、再不服，也无法逃脱宿命。

父亲的伤好后，坚持着对猪精心喂养的习惯。这并不是好了伤疤忘了痛。猪在农村的经济地位是不可撼动的。父亲，绝不会因为这次受伤，而改变对猪的态度！

灶屋外

一丛翠竹，在一块小小的坡地上，随风而舞。脚下是一条小溪，水声细细，叮当如铃。一株高大的梨树，耸立在路边。每到春来，白色的梨花飞舞，如画如诗。

从灶屋里出来，便是这样的景致。

沿着梨树边的小路往上走，有一处芋子田，后来又变迁为牛栏屋。有一个冬日，我在灶屋里洗澡，不知怎么和父亲发生了冲突。父亲脾气急躁，教育方法简单，动手打了我一耳光。我气不过，也害怕他继续打，跳出木澡盆，裸身跑过梨树，跑过芋子田，一边跑一边叫他的名字，嘴里犟着：“你以为我怕你！你以为我怕你！”天气寒冷，我感觉不到，哭声伴随着委屈凝结在空气中。母亲追上我，给我披上衣服，连哄带劝把我拉回屋里。

如今，父亲已经不在了，母亲老了，芋子田变成了邻居的新砖房，梨树已砍去好多年。

我也到中年了。

灶屋外边，连着一个柴棚。从山上砍来的柴火，先堆在这里，等放干了，再搬到楼上去。

这是一个平常的场所。不知怎的，成了我们的情绪缓冲地。

大概是女孩比男孩要容易生气些。小时候，记得姐姐不时因一些事情怄气。生气了，有时连饭都不肯吃。晚饭时间，我们围在桌子边，准备吃饭，没见姐姐，我问："姐姐呢?"母亲说："在柴旮旯里'打虫'呢！一会儿就好了。""打虫"是老家的土话，"生闷气"的意思。我跑到柴棚里去看，果然见姐姐在那里噘着嘴，不作声。不过，到底是孩子心性，一会儿就好了，恢复快乐如平常。

长辈"威慑"晚辈，村里人的说法比较形象。哪个孩子太顽皮了，当父亲的管不住，通常就会大喝一声："你再皮，你再皮，我一耳光打你到柴旮旯。"有时候，不仅仅是吓唬，还会落实到行动中。小时候，姐姐和我经常因小事吵架，孩子之间，吵吵很正常。可是有一次，她被彻底冤枉了。她扛着锄头，在前面走，我在后面跟着，不知怎么的，她的锄头滑下来了，碰到我的脑袋上，出了一点儿血。大约有些痛，我哭了起来。父亲闻声而来，见此情景，以为姐姐把我打成这样，一耳光过去，姐姐真的倒在柴旮旯了。姐姐哭了半天，委屈得很。我们两人的哭声从柴棚里穿透出去，一定非常响亮，包含着疼痛和伤心。现在想想，父亲的教育方式是很粗暴的。但那时，大人教育孩子，好像都如此。湘西农家的娃娃，没挨家长打的，恐怕没有几个。

柴棚里的棍枝，除了做柴火，还有一些其他用途。上小学低年级时，老师要我们自己找十根棍子，作为数学课的文具。回家给母亲一说，母亲到柴棚里折了一根干的小松枝，"啪啪啪"，折成十截，成了。这实在太粗糙了，哪里像文具啊！我的想象中，应该是削得很光滑的小竹棍。我说：“这样的我不要。”母亲有好多活忙着，没时间管我的这件“大事”。父亲不在家。我只得自己动手。忙活了半天，没有削成自己想要的棍子。于是，又是一场大哭。可有什么用呢？哭声变不出棍子啊。第二天去上学，我没有带小棍子。老师似乎忘了这件事，我并没有受什么惩罚。只是，当年的我，为什么这么固执呢？拿上母亲做的棍子，又有什么不可呢？

许多事情，无法解释了。

还有些地方，不应忘却

老屋的楼上，给了孩子们不少欢乐。这里空间不小，却很少住人。

大部分时节，堆放着柴火、南瓜、红薯等，纯粹是个储物的地方。

因为它阔大，大人们又不常来，便成了我们的游乐场。我们会把自搓的草绳绑在屋梁上，加上一块木板，变成一架秋千。

这是一件很开心的事情。

可是，草绳不太结实，坐到半途，常一绷而断，坐在上面荡秋千的人直摔下来，要么是仰面跌，要么是狗啃屎，由于离楼板很低，也不会受伤，只博得大家一阵好笑而已。

冬天的时候，四野冰冻，鸟雀无家可归，不时会跑到楼上来找吃的。我们拿了筛子，撒点儿米，在上面罩麻雀。偶尔真的抓到过。那时没有保护动物一说，鸟儿变成了盘中的美味。

夏天天热，楼上风大。我们在农活之余，到楼上扫出一块空地来。几个人在上面乘凉，或是一起读书，或是打牌、下棋，把长长的暑假过得惬意而充实。

这样的日子，蛮有意思的。

禾堂是晒谷的地方。

秋收时节，新打了谷子回来，要晒干后才能入仓储放。家里盖砖房之前，只能在这块地方晒谷子，或是挑到平整后的晒谷田去晒。

禾堂的地面是土，晒谷子须垫上专用的物件。家里用的是竹篾编的晒簟，摊开在地上，很大的一块。早上，把一担谷子扒开晒在上面，中午翻一两次，如果阳光够大，到黄昏时就晒脆了。等谷子一收，把晒簟一卷，这个工作就完成了。

晒谷容易，守谷却比较烦。

家里养的鸡鸭，天上飞的鸟雀，都喜欢到禾堂来偷吃谷子。父母农活忙，只有叫我们看顾。我拿着一根长长的竹条子，在那里不时挥舞，来来回回走动，像一个活动的稻草人。

活比较轻松，只是单调得很，免不了开小差，让鸡鸭鸟雀偷吃了谷子，引得母亲好一顿教训。

粮食得来不易，不能让鸡鸭鸟雀这么糟蹋了。

禾堂也是休憩、活动之所。

太阳落山了，暑气消散，我们一帮孩子会在这里玩追人的游戏，你追我赶，大呼小叫，让快乐的声音充满了山村黄昏的天空。

或者，什么也不做，搬几张凳子，大人、孩子们拿着蒲扇，坐在一起聊天，谈古讲今，消磨时光，构成一幅美好的农家闲话图。

记忆中最深刻的，是夏天的月夜，母亲和伯母两人，在忙完一天的活计后，终于可以在月光下，用闲话来化解她们一天的劳累。

她们的话题并不确定，有农事，有见闻，有快乐，有叹息，聊什么并不重要，关键是这一刻，她们的身心是轻松的。她们一直可以絮叨到深夜。

而我，由于村里的电站经常停电，那时经常在月光底下做作业，成了她们谈话的一个见证。

这样的月夜景象，现在哪里还看得到呢？

“池塘生春草，园柳变鸣禽。”

大部分时间，池塘是美好的。

但也有例外。

我曾掉到池塘里。如果不是邻居发现得早，我可能就没了。

农村要清洗的一些器具，常常会先放在池塘里泡一泡。那次，池塘里泡的是一个大大的王桶（村里对一种大木桶的称谓）。我那时大概五岁了。看到王桶在水里，我想，如果能坐到里面，那不就是划船了吗？事实上，哥哥他们经常在王桶里划船，从池塘这头划到那头，或是在里面转圈，有意思得很。可是，当我把脚伸向王桶的时候，王桶向远处漂去，我一下子掉到塘里去了。

池塘本来不深。但对于我来说，如同“小马过河”中的那只松鼠，塘水足以让我承受“灭顶”之灾。我惊慌的哭声触动了邻居余叔。他冲到池塘边，抓住了我的手。母亲闻声，也飞快地跑来。两个大人，连拉带拖，把我救了上来。

好险啊！

回忆起来惊心动魄。

然而，那时，这样的事情特别多。很快，大人们就淡忘了。

我记得清楚，是因为害怕和恐慌，可以叫人刻骨铭心。

侄儿思宝同样曾掉到池塘里。

这事当在上个世纪九十年代中期，思宝只有几岁。每年暑假，他会被送回老屋住一段时间，陪伴爷爷和奶奶。我在乡下教书，这时节，也回到家里过暑假。

池塘里的水比过去浅多了。

思宝不小心掉下去的时候，水刚好漫到脖子处。他没有哭，不知是被吓着了，还是在享受水的滋味，在原地晃来晃去。

这终究是一件非常危险的事情，好在我们马上发现了，把他拉了上来。

换衣、洗澡之后，母亲将思宝的湿衣服等放在筲箕里，带着思宝走到塘边。母亲演戏一样地将筲箕往池塘里捞去，捞一下，喊一声："思娃，上来了没有？"思宝在边上应："上来了。"如是者三。

母亲说，小孩子掉到池塘里，会吓掉魂。这样捞一下，魂就喊上来了，孩子将来就会平平安安的。

真是一个有趣而古老的民俗啊。

如今，思宝已在异乡的德国生活多年。可还记得这件事？可还记得奶奶的呼唤？

有这样的祈福，他一定会平平安安的！

或许我太善感了。一不小心，关于老屋，竟然写下如许文字。

然而，没有说完。

怎么说得完呢？老屋承载的，不仅仅是事情，更是回忆、时光、亲情……

不得不承认，记忆具有一种麻醉和过滤作用。曾经艰难困苦的日子，在岁月深处，慢慢变成了诗意和温馨。

它们像一幅古老的影像，斑驳、陆离，诱惑着我们去念想。它们又像时光碎片拼贴起来的旧画卷，美好、缥缈，我们一次又一次回望，却又触摸不到。

做人家

“做人家”是大多数村里人的自觉选择。我们从小接受的教育，就是要“做人家”，爱惜每一粒粮食、每一件衣物、每一样器具。哪个小孩，即使是不小心打烂了碗碟，也会遭受训斥，如果故意损坏家里什么器物，那迎接他的，肯定是父母的暴揍。

“做人家”，在村语里，是节约、省俭的意思，程度似乎比一般地节省还要更厉害一点儿，有些“主动地去小气”的味道。我想，之所以如此，主要是因为物质太过匮乏，没有过多或剩余的东西用来浪费或挥霍。

念初中时，我到食堂打饭，由于跑得太快，不小心将一坨饭掉了出来。正在维持纪律的张扬老师看到了，严正地喝令我站住：“太不‘做人家’了，这么大的一坨饭竟不要了，浪费粮食可耻，你知道吗?”他误解了我，以为我故意将饭扔在地上。辩解无用，我被罚帮他维持秩序，提醒大家不要把饭掉出来，直到整个打饭队伍散去，才允许离开。

父母一辈，或许是体验过饥饿的可怕，对粮食的省俭，几乎到了苛刻的地步。吃饭时，父亲要求我把碗里的饭吃得干干净净，一粒都不剩，如果碗沿粘了几粒，他会教育我：“要吃光啊，不然，剩几粒饭，脸上就会长几粒麻子!”我不知真假，赶紧吃光。

时间一久，对于粮食的珍惜，竟成了习惯。

母亲奉节俭为财富之源，她叮嘱我，人活在世上要“做人家”，要懂得省吃俭用。“家财万贯，抵不上豆豉下饭。”这是母亲挂在嘴边的口头禅。豆豉为村里常见之物，家家户户都做有一两坛豆豉。缺菜少油的时节，炒一碗豆豉，一粒豆豉一口饭，一会儿，一大碗饭下到肚子里，省下许多买肉、买菜的钱。母亲的这句口头禅告诉我一个道理，即使有万贯家产，也不能放开嘴巴胡吃海喝，应该像吃豆豉一样，省着吃用，否则坐吃山空，迟早败光。

有这样的思想做指导，母亲对钱和物，几近“吝啬”。卖掉一头猪之后的所得，哪些用于还账，哪些用于孩子们上学，哪些用于生活开销，算得清清楚楚，剩下那么一点点，赶紧存起来。如今，身住村里的母亲，可以说完全实现了财务自由，但她依然保持着省俭、储蓄的习惯，不讲究穿着，不在乎饮食，一件衣服穿几年，粗茶淡饭度日月。或许，想起穷困的日子，她心有余悸吧！手中踏踏实实有点儿钱，心中就不慌了。

“做人家”经由父母的示范和教诲，渗入了我们生活的每一个细节。

夏日里，我们围坐着削土豆，父亲把削下的土豆皮扫拢，盛到猪草堆里，说是可以和其他猪草一起炆给猪吃。

家里电灯都是5瓦、10瓦的，只有过年时，才在大房里换上一只40瓦的灯泡，这样一个月下来，用不了几度电，但每次交电费时，母亲还要念叨一下，心痛那几元钱的电费。

家里杀鸡、杀鸭，鸡金、鸭毛是能够卖钱的，父亲把这些物品积攒下来，拿到村部去卖，换得几毛钱，如果我陪父亲去，父亲会给我几分钱，让我去供销社买几颗水果糖（一分钱一颗），让我整天都觉得甜滋滋的。

过年时，家里吃甘蔗，甘蔗渣掉了一地，父亲把渣子扫起来，放到灶前，和其他柴火一道，用来熏腊肉。

走在路上，碰到几根枯枝，父亲拾掇着，说：这可是好柴火！

甚至哪个孩子尿急了，大人也会说，别乱尿，尿到地里去，让菜长得更好。

好久以后，我才知道“物尽其用”这个词，但我们家早在践行这样的理念了。把每一样器物的作用发挥到极致，人固然得到了更多满足，对于物来说，也是价值的最大体现吧。

父母虽然“做人家”，但在有些事情上并不小气。

当衣衫褴褛的乞者经过家门时，母亲会给上半升米，或两个糍粑，有时直接把一碗剩饭倒给他们，用善良温暖乞者饥寒交迫的身心。

对于我们上学，父母从未吝啬过，自己勒紧裤带过得再苦，也要把孩子念书的钱省出来。

村里有一个穷苦的孩子考上了大学，面对学费、路费手足无措，父亲拿出仅有的一点儿钱，帮助他解了燃眉之急。父母经常对我们说：“谁没有过困难的时候，能帮一点儿就帮一点儿！”

这样的家风传承，使得我们这辈人都懂得“做人家”。

那时，父母在除夕会给几毛压岁钱，我们珍爱有加，一年到头舍不得花。

上学时，懂得敬惜字纸笔墨，尽量省着用，以最小的物质损耗换来最丰富的知识滋养。

夏天时，赤膊光脚，在山上田野里干活，少用了许多衣物、鞋袜。

饮食也粗糙，一个煮红薯、一个烧苞谷、一个烤洋芋，午饭就解决了。

时至今日，我对生活要求仍然极低，吃穿住行过得去就可以了，对一些用过的物件，常舍不得扔弃，感觉总有一日还会用到。我不知道自己的这种行为，是否符合这个物欲时代的节拍。但我想，行走在碌碌红尘，在物质上“做人家”，在精神上不虚空，大约算是一种明智选择吧。

“做人家”应该是相当一部分人的共性。

冰心先生的诗集《春水》里有一首《纸船》，开头写道：“我从不肯妄弃了一张纸/总是留着——留着/叠成一只一只很小的船儿/从舟上抛下在海里。”这诗是怀念母亲、颂扬母爱的，她希望纸船能进入母亲的梦里，但我读到第一句“我从不肯妄弃了一张纸”时，心里有一种隐隐的颤动。我也从不妄弃一张纸哦！

前些日，读到一篇散文《外公的“做人家”》（作者羊郎，载《文汇报》2016年4月5日），文章里说，“外公的‘做人家’（意为‘持家节俭’）在上海我们这条弄是出了名的。”“外公平时生活中总是物尽其用、能省就省。”“外公对自己是苛刻节俭的，却从不乏善心。”这些朴实平凡的文字，如同小鸟的剥啄，敲动着我的心房。

我联想到了自己的父母和流逝而去的岁月，“做人家”的日子，永远在我的记忆里，也在我的现实生活里。

电影放映在蓝色天幕下

“今晚有电影看，六点半钟在大队部。”村里通知看电影的方式很特别，生产队长站在队上的晒谷坪里，放开喉咙一喊，大部分人家就知道了。

没听到的，邻居会告诉他。一传十、十传百，一会儿，整个村子里的人都晓得了。

那时，看电影是一件奢侈的事。

村里没有一台电视机，甚至连电都时有时无。日常没什么娱乐，只有过年时，偶尔会在村里的礼堂里，请邻村的戏班来唱唱戏。

这种情形下，电影，就变成了无可置疑的精神盛宴。

多数时候，放电影的场地在村小学操场。

夏日黄昏，夕阳挂在山头，垂垂地往下落，蓝色天幕边有几朵火烧云。时间尚早，一些想占位子的人，陆陆续续地来到场地上。几个青年人，在操场一头，竖起两根杆子，攀爬上去，挂起一块大大的白幕布。电影放映机架好了，在场地正中央。一群小孩子，早早地围在那里，看那个神奇的机器怎么放出会动的人物和画面来。

天完全黑下来时，看电影的人大多数到了。黑压压的，到处是人。站着、坐着，也有走来走去的。有一部分人，身手敏捷，爬上了教学楼，站在二楼，远远地看。还有一些人，实在寻不到地方，就拿个凳子，或找块石头，坐到幕布后面去，反着看。

电影开始了。

喧闹的场所，一下子安静下来。乱飞的电筒光柱，耀眼的火把，瞬间都熄灭了。蓝色天幕中的繁星，好像与黑色的山影连成一片。大家的眼睛，一齐盯向幕布。

放的是什么片子呢？翻来覆去，无非是《智取华山》《南征北战》《上甘岭》《三进山城》等老片子，都是黑白的。因为有战争场面，大家看得津津有味。当时的审美大概以此为标准。听说有电影看，我们的第一反应是：是不是打仗的？好像只要是演打仗的，就是好片子。或许因为信息过于匮乏，感官上能给人强烈刺激的，只有电影上那些战争场面了。

到后来，片子渐渐多了一些。村里放过一次《刘三姐》，已经是彩色的了。我们不喜欢看。刘三姐和一群财主在那里咿咿呀呀地唱，不知唱的是什么意思。大人却爱看，如同看戏一般，为里面的情节所吸引，或兴奋，或叹息，或顿足，沉醉在电影里。我喜欢的，只有阿牛哥在漓江中捉鱼那一段，看他从水底抓起一条大鱼上来，身手叫人羡慕。村里有个花痴，为刘三姐的样子所迷，电影完了，看不到刘三姐了，他跑到幕布处，拼命把幕布掀起来，想从后面找刘三姐。这事，至今村里上了点儿年纪的人，还当作笑谈。

看电影的场景，并不是每次都是欢乐的。

那时候，电影机子少，常是在这个村放了，再拉到另外一个村去放。好多时候，看电影的人到了，放映机子还没到。大家殷殷盼望着，不时派人到村口去打听。月上中天，人影攒动，人一拨一拨地派出去，回来的消息都是："还没来!"叫人好生沮丧。不知过了多久，派出去探信的青年人终于高喊着："来了!"大家欢呼雀跃，一阵苦等没有白费。据说，更早的时候，放映机巨大而笨重，每次放电影，村里得派几个青壮年劳力，走长长的路，去"接机子"。我记事的时候，"接机子"的年月已经过去。但"等机子"的事，似乎并没有好多少。最后，总算是看成了。村里人好说话，时间虽晚了点儿，但只要看到了电影，就没有怨言。

最叫人心躁的，是中途断映。一帮人正看在兴头上，"啪"，停电了。银幕顿时黑下来。大家开了手电、点亮火把，看看是否有希望接着看。放电影的，有时备了发电机，他三下两下接好机器，发起电来，电影接着放。只是发电机声音太大，盖过了电影的声音。村里人不以为意。能接着看，很不错了，哪有什么挑剔的。

最麻烦的，是天上突然下起雨来，如果这时礼堂又没空，那只得一个个淋雨回家。至于电影，第二天或第三天补映。当天是看不成了。这是多么扫兴的事啊！回到家里，心里老牵挂着电影的结局。

看电影要走一段山路。我们打开手电，或点亮火把，缓缓地行进。火把的材料很特殊。收割葵花的时候，把葵花秆子砍了，缚成一捆，放在塘里泡。过些时日，捞起来剖开，把里面的“芯”刮掉，晒干，就成了。这样的葵花秆子极易燃烧。夜里，看电影的人擎着火把、扛着凳子，朝小学操场走去。远远看去，如一条长长的龙，蜿蜒成山路的形状，壮观得很。

电影时间长，小孩子熬不住，常常就睡着了，耽误了观影。记得有一次，好像放一部叫《车轮滚滚》的电影。开映后不久，我睡着了。回来的路上，母亲背着我，姐姐在后面打着火把。不知怎的，我醒了。看着往回走的人们，我突然感到愤懑和悲伤。电影怎么就散了呢？我还没看啦！“我要看《车轮滚滚》——，我要看《车轮滚滚》——”我在路上号啕，从母亲背上溜下来，撒起泼来，不肯回家。母亲没办法。这个时候怎么还有《车轮滚滚》呢？只得边劝边拉，把我拖回家。这大概是惊天动地的一场大哭，哭声一定传遍了村庄和山野。如今我已到中年，母亲也老了，但她还记得我哭着要看《车轮滚滚》的事。少不更事，惭愧！

电影是稀缺物，因而，只要听到哪里有电影，村里青年人会不辞辛苦和劳顿，跑长长的路去寻了看。

有一次，传说离村近二十里地的岩板村放《大闹天宫》，这是演孙悟空的事，大家都喜欢。一帮青年人，来回摸黑走了四十多里路，没看上，因为消息有误。

还有一次，说是十几里外的张家塘村放《红牡丹》，大家急急忙忙地跑过去，也没看到。见青年们第二天垂头丧气的，有人就故意问：“昨晚上那个电影好看吧?”青年人没好气地答：“好看个屁。走了石灰路。”石灰是白色的，这么说，意思是“白走了”。

我曾到相邻的东升村看过一些电影，记得有《少林寺》《精变》《少年犯》等，是学校组织的。当时正在读小学，已有记忆。

对这些电影，如今还有印象，其中《少林寺》印象最深，看完这部片子后，学校几乎变成了练武场。原来同学之间打闹，没什么规矩，受了《少林寺》的影响后，不仅打斗前要先摆出架势，而且打斗过程中还有配音，“哈哈，嗬嗬……”好像自己的武功真的很高似的。当然，难免有的同学受些皮肉伤，但湘西孩子生来强悍，第二天又和往日一样了。

放电影也是村里人办喜事的一个节目。哪家娶亲、庆生，除了常规礼俗和大吃大喝之外，喜欢热闹的人家，会请大家看一场电影。地点不再在村小学的操场上，通常是在办喜事人家的禾堂里，如果秋收后，则放在他们家稍大一点儿的稻田里。

此时，时间已经流转到上个世纪九十年代，部分人家有了电视机，来看电影的人不那么多了。我去看过几次。蓝色的天幕下，繁星点点，田野里到处是秋虫的鸣叫。在这种环境下，放什么电影已经不那么重要了。听着自然界天籁般的风声、虫声，看着远处的星光和近处的树影，经常感动得说不出话来。

艰难跋涉中，不觉又走到了城市。现在，只要时间允许，看电影变得轻而易举。但似乎只是一种感官的刺激和情节的纠缠，诗意消逝了。

有一天，听到歌手郁冬在唱《露天电影院》，才发现，我们这一代人的怀旧，都是一样的。

我家楼下的空地是一个电影院
在夏天的夜晚它不再出现
如今的孩子们已不懂得从前
那时候的人们陶醉过的世界

……

城市里再没有露天的电影院
我再也看不到银幕的反面
你是不是还在做那时的游戏
看着电影的时候已看不见星星

踏着月色，我们去看电视

夜幕降临，新月挂到了对面蓝岗山的顶上，依稀给村里的田畴、山野笼上了一层薄纱。虫声鸣唱，引得空气颤动起来。初夏的风凉凉的，不冷也不热，让人觉得惬意。

恰好，我们已经干完家里交代的活计，做完了作业。坐在家里，或是看大人们做事，或是听大人们闲聊，有些无趣。类似这样美好的夜晚，我们得为自己找一点儿快乐。

隔壁的红丰村已经有几户人家买了电视机。村里几个善于接受新事物的小伙伴，早早去看了几回，回来对我们说起看电视的事，眉飞色舞地讨论武打片里的情节，天花乱坠，唾沫横飞，似乎天下最好玩、最精彩的事，莫过于看电视了。

少年的我们，怎么能抵得住诱惑?!

红丰是邻村，不算远，路却不好走，高低不平，夜里还有蛇虫出没，危险在所难免。大人担忧孩子们的安全，不想让我们去看电视。他们没看过电视，也不知道这东西到底有什么好玩的，在他们眼里，至多与电影、唱戏差不多吧。因此，对于我们的热望，他们常常淡漠以对。

我们有我们的办法。一方面，主动地做家务、干农活，早早地把作业做完，表现得特别好；另一方面，不断地给大人们吹嘘电视如何好看，胜过他们以前看过的任何东西。慢慢地，不知是被我们感动了，还是被我们说动了，在反复请求后，父母们终于同意我们去邻村看电视。但有一个条件：不许一个人单独去，一定要几个人结伴去。

我们在朦胧月色里，在青青禾苗的香味中，踏上了去红丰村的田埂路。

路有两条，一条宽一点儿，约两条田埂那么宽，相对安全些，但有些远；另一条窄窄的，弯弯曲曲，沿江而行，两边长满了水竹和杂草。我们平等地对待这两条路。通常是，去的时候走宽路，回的时候走窄路，刚好“画”一个圈。如果以里程计，这么一趟下来，得有五里地吧。

路上似无甚可记。去时，为了看电视；回时，急着赶回家——都是匆匆忙忙的，无暇感受路途中的诗情画意。

现在回忆，却有另一番看法。可以想象一下，夜里，走在那样的田埂路上，一边是稻田，一边是江水。这边是“听取蛙声一片”，那边如《约翰·克利斯朵夫》里描述的：“江声浩荡，自屋后上升。”这两种声音混合在一起，成为一种交响乐。特别是那江声，哗哗如瀑，用“浩荡”来形容，有一种说不出的贴切。月色蒙蒙的。走在路上，那弯月不紧不慢地跟着你。“暮从碧山下，山月随人归。却顾所来径，苍苍横翠微”。李白这诗不是专门写给我们的，但那“山月随人归”一句，和我们踏着月色去看电视时情景相仿佛。呵，当时的情景，简直到处都是诗意。只是当年的我们，不懂得欣赏，也许是司空见惯所致，而且急急地想看电视或回家，哪有什么心思细细体味周边的景物呢？

就这样，我们匆匆赶到红丰村，找到有电视的那户人家。这家人姓韩，会做生意，家境比较宽裕，买了电视机。看电视是那时农村消磨时间的一种最好方式。电视里播放的内容，对于湘西农村来说，每一项都是新鲜的。斯时农村人的眼中，外面的世界只有精彩，没有无奈。因为了解外界的渠道，实在是太匮乏了，能看到、听到的，仅是美好的一面。

韩家主人有着湘西山民的纯朴、豪情与慷慨。他知道，会有许多人到家里来看电视，早架起一张桌子，把电视机摆到晒谷子的禾堂里，还放了几张长条凳。这样一来，他家的禾堂，成了小小的露天电影院。如果运气不好，下起雨来，就把电视机搬到堂屋里，堂屋是湘西人家祭祀宴客用的，地方宽敞，当成观剧的场所，再合适不过。现在的孩子，如果看到电视机这样搬来放去，不放在卧室里，可能觉得不可思议，但那时确实是这样。电视机不易得，好东西要分享，湘西山民早就在践行这个理念了。

电视机大多是“韶峰”牌的。那个时代，湖南的乡村，所能买到的电视机，大概只有本省产的这个牌子。色彩当然是黑白的，斯时，我们对彩色电视机，听都没听说过，有黑白电视机看，已经非常不错了，哪有其他什么“非分之想”。由于生产技术落后，电视机的样子并不好看，两个旋钮，一个用于换频道，一个用来调清晰度，旋起来，“啪啪啪”作响。电视机顶上，有两根天线，节目不清楚时，手握了天线，四面八方地摇动，找到最适宜的角度，视觉效果会好一些。如果调不到最佳角度，屏幕上麻子点点，如同雪花飞舞。

节目在晚上八点开始。我们所谓的节目，不是指新闻，不是指专题片，而是那些战争或武打题材的电视连续剧。——这些节目，才是我们走远远的田埂路，不辞辛劳追逐的乐趣。

节目少得可怜，只能收播两个台，中央电视台和湖南电视台。

中央电视台几乎没有什么好看的节目，记得播过日本的电视连续剧《血疑》，由于情节不紧张，既不战争，也不武打，不是我们爱看的类型，追看几集后，没有再看过。

湖南电视台每天先转播中央电视台的王牌节目《新闻联播》，再接着播《湖南新闻联播》，然后，约在八点左右，开始播电视连续剧。这个顺序，几乎雷打不动。因此，当播什么好看的连续剧时，我们会掐着时间，准时赶过去。

那时好看的国产剧不多，基本没有看过。给我印象深的，都是港产片。《霍元甲》《霍东阁》《再向虎山行》等，好看！我们一集一集地追着看，每夜踏着月色，走过田埂路，只为知道后面的剧情。看这些电视连续剧，不仅得到了极大的精神愉悦，也映照到我们的日常生活里。比如，白天上学时，同学之间打闹，常使出霍元甲大侠的“迷踪拳”；又比如，大家一说起日本人，就痛恨非常，因为霍元甲是被日本人毒死的。如此等等，足见这些电视连续剧对我们的影响。

剧中的一些话语，我们也记得很牢。《再向虎山行》的主角是姜铁山、容沧海，还提到两个前辈高手苗一岳、李擎天，剧中有一句话形容他们武功之高，“南沧海，北铁山，一岳擎天绝世间”；另有一句豪情满怀的话，“明知山有虎，偏向虎山行”。我们把这些话背得滚瓜烂熟。在学校，同学之间讨论前一天晚上看的电视，不时冒出这些话来，顺溜顺溜的。

《再向虎山行》中有一首插曲，很好听，开首两句是“留步，喂，留步”，唱的是粤语。我们不懂得，以为是“老婆，喂，老婆”，挂在嘴边老这么唱。想起来，蛮搞笑的。

连续剧播放中，经常会插播广告。这些广告反复放，强迫性地印在我们脑海里。有两个广告放得最多。一个是“威力”牌洗衣机，播音语速很快，说什么“广东中山洗衣机厂……”，最后一句是“威力威力，够威够力！”堂弟昌娃子能把整段广告词，一字不漏地背下来，还能模仿播音员的语气，时时逗得我们大笑。另一个是“燕舞”收录机的广告，一个男的，边唱边跳，伴着一句歌：“燕舞，燕舞，一曲歌来一片情——”这两种东西，如今在市场上已难觅踪影了，当时却是开广告风气之先者。前些日，有人在微博上贴出了“燕舞”收录机的照片，出了个问题：“谁认识？”我准确给出了答案。结果博主给我留言：“你认识这个，说明你老了！”想想，还真是。一晃三十多年过去了！

经济慢慢向前发展。后来，村里开始有了电视机，不用去邻村观看了。再后来，我家里也买了电视机。大约在1986年，我读初一。有一天，放学路上，有人告诉我：“快回去，你爸买了电视机回来。”回家一看，果真有台电视机在家里，居然不是“韶峰”，而是“飞跃”，两边是喇叭，中间是屏幕，全村人家中，就我家的电视机是这个样子。不过，到底只是一台14英寸的黑白电视机而已，不值得人长久地兴奋。

后面的事，大家可以想到，电视机更新换代了一代又一代。去年国庆回村，特意到镇上给母亲买了一台最新的彩色数码超薄电视机，装好后，画面质量很清晰，不是当年的黑白电视机所能比拟。

然而，并不能因此舍弃对看黑白电视机岁月的追怀。

穿过田埂路，踏着月色和青草，去邻村看电视的日子，无论如何，是值得触摸和回味的。不仅仅是怀旧，不仅仅是诗意的留恋，在那个精神产品极度贫乏的年代，或许，正是黑白电视机给我们的滋养，让我们知道了外面世界的神奇和美好。

这应该是我走出大山的一种无形动力吧！

捕雀记

稍读过一点儿书的人，都知道鲁迅《故乡》中的闰土描述过捕鸟的乐趣。他说："须大雪下了才好。我们沙地上，下了雪，我扫出一块空地来，用短棒支起一个大竹匾，撒下秕谷，看鸟雀来吃时，我远远地将缚在棒上的绳子只一拉，那鸟雀就罩在竹匾下了。什么都有：稻鸡，角鸡，鹁鸪，蓝背……"

这是很好玩的。

然而，与湘西乡下比起来，这只能算是一种比较简单的捕鸟方法而已。

村子里那些捕鸟的法门，闰土见了也会惊叹。

哥哥制造过一种捕鸟器，比闰土所说的要先进。他用一小截楠竹、一小块纸板、一根木条，加上一些绳线，做成了这个古拙而现代的捕鸟器。

和闰土一样，拿一个大竹匾，用那截楠竹支起来，在纸板上撒点儿米，纸板夹在木条上，木条连在楠竹上。鸟儿去吃米时，纸板跌下来，接着一连串反应，竹匾罩落，鸟儿就这样被捉住了。

这个工具很难用文字和语言描述，只有亲眼见了，才知道到底是个什么模样。无疑的是，要比闰土的高级。闰土那种捕鸟方法，需要始终有人值守，而老家这种办法，装好机关后，不用人去管，等着去收“战果”就行了。

夏秋季节，麻雀较多，我家木屋的二楼上，经常装有这样的“陷阱”，每次能捕到好几只麻雀，几乎没有放空过。

用鸟铳捕鸟，杀伤力最强。

农村里为了打鸟、打野猪，有一两户人家备有鸟铳。

这是一种古老的火枪，枪管很长。扳机像一个小烟斗。打鸟前，先得往枪管里装上硝药，用铁条捅紧，再装上一把铁砂。这时，扣动扳机，“啪——”一声枪响，铁砂呈扇形朝前喷射而去，覆盖的范围非常广。

一个夏日黄昏，我看到守仓人余叔（一位使鸟铳的好手）拿着鸟铳，在生产队的谷仓前逡巡。夕阳将他的影子投在地上，显得很伟岸。

麻雀们不知道危险临近，依旧在叽叽喳喳地吵闹，啄食遗落在仓边的谷粒。见人走近，它们就飞起，等人走远，它们又飞回。一大群，喧哗着，快乐着。余叔大概忍无可忍了。他的职责，就是保卫谷物，不让麻雀吃掉。他端起鸟铳，稍稍向麻雀觅食的地方瞄了瞄。

鸟群似乎感觉到什么，一齐飞起。

枪响。铁砂如雨一样，向鸟群射去。一些鸟从天空跌落，一些鸟继续飞翔。这一铳，大约击落了二十多只麻雀。

自然是丰盛的美味。余叔拾起这些麻雀时，脸上有得意的神色。这是最有效的捕鸟方式，只是未免残忍了一点儿。

“照雀”比较优雅，但效果似乎不太好。

夜晚，一些鸟雀是不回窝的（也许它们本来就没有窝）。它们栖息在树上，两只脚抓住枝条，睡着了，有一点儿像我们坐着打盹的样子。

这个时候，用手电筒照着鸟雀的眼睛，轻轻爬上树，伸手可将它捉住。

据说，手电筒强光一照，雀儿就变傻了，乖乖地等着你去捉。我很怀疑这种说法。

父亲带我照过两次雀，一次是什么也没有照着，另一次照见一只雀，父亲用手电筒直射它的眼睛，我轻轻地往树上爬，然而，还没爬到，它“扑棱”一声飞走了。

照雀或许只是一个传说，虽然有一点儿传奇和优雅，但不具有现实的可操作性。

把鸟灌醉，当然好玩。

我自己未曾做过这样的事，却看过别人让飞鸟变成醉鸟。

村里的碾子屋是麻雀常聚之地，这里作为村里人碾米的场所，有麻雀最喜欢的食物——米。阿四是碾子屋的管理员，拉水闸、开水轮、操控碾米机，都是他的职责。

还有一个任务，就是驱赶麻雀，不要让麻雀吃了村人的米，粮食珍贵啊！碾子屋大得很，麻雀很机灵，阿四或是拿着笤帚赶，或是大声吆喝，麻雀一会儿在箩筐里啄米，一会儿飞到屋梁上躲避。阿四奈何不得，常急得跳脚骂娘。

后来，阿四想到了一个办法。他把米用酒泡过一两天，拿出来撒在碾子屋的地上。麻雀见到米，以为与平日见到的是一样的，习惯性地啄吃起来。约莫二十分钟后，一些贪吃的麻雀开始出现状况，扑腾着飞起，又掉下来，一些吃得少的麻雀，依然能摇摇晃晃地飞。阿四走过去，追逐着，把那些行动迟缓的麻雀捉住，勉强能飞的，挣扎着逃走了。

阿四是我家邻居，我看他玩过这个“醉鸟”游戏，印象深刻。后来，阿四出去打工，和人发生争斗，死在异乡。

时光易过，恍惚几十年了。

有些鸟，在湘西老家是有禁忌的，不能随便猎杀。

像猫头鹰，村里人认为它能预言死亡或者不祥的事，如果它在这边山上“挖坑挖坑”地叫，对面的村子可能会有人要去世了。因此，这种鸟是不能捕猎的。

有一年清明前后，我和几位叔伯兄弟到遥远的山上去扫墓，走过一片青翠的竹林。林间小道甚是幽静，只听见一行人细碎的脚步声。

“那里有一只大鸟！”一位堂哥紧张地压低了嗓音喊道。顺着他手指的方向望去，果然见一只大鸟站在一根竹枝上，闭着眼睛在休息。恰好，我们带了一把猎枪。叔叔拿起猎枪，“砰”的一声把鸟打了下来。鸟在地上扑腾，还活着。原来是一只猫头鹰。

哥哥将这只猫头鹰拿回了家。母亲一见，大叫“晦气！”“怎么能打猫头鹰呢？会遭报应的。”母亲说。也许是巧合，第二天，母亲生起病来，看赤脚医生，打针、吃药，迁延好几天才好。母亲说，都是因为你们打了猫头鹰，才会生这场病。

此后，见了猫头鹰，我都保持着莫名的敬畏。

土雀的窝一般筑在土坎上，是一个长长的洞。

抓土雀，得爬上高高的土坎，用锄头把洞口挖开，然后伸手抓住它的幼鸟（成鸟听见动静，早飞走了）。

堂兄阿罗是一位抓土雀的高手，他在山上放牛时，经常顺便抓一些土雀的幼鸟回来。那些幼鸟还没长毛，肉乎乎的，看上去十分可爱。

土坎一般很高，必须想办法才能上去。

有一次，我的两位堂哥和哥哥发现了一窝土雀，很兴奋。他们找了绳子，绑在哥哥腰上，两位堂哥在坎顶拉着绳子，准备慢慢放哥哥下到土雀窝那里掏土雀。

或许是绳子太旧了，不牢实，刚下去几尺远，只听“啪”的一声，绳子断了。哥哥顺着土坎摔到土坎底，捂着肚子在那里打滚。

两位堂哥赶紧绕下去，扶他起来，好在没有受伤，过了会儿才缓过劲来。

他们肯定不会再掏土雀了。怎么还会有那份心情？

我捉过一回山雀。

记得有一天，从菜地里干活回来的母亲告诉我：“井边那条路沿的石缝里有一窝山雀，你可以去捉了来。”

母亲知道我想捉鸟，出于爱，她告诉了我这个消息。

我迅即去了井边，找到那条石缝。低头一看，一只大山雀正在里面。我把手伸了进去，一下子抓住了那只山雀。我想，这下子它逃不掉了。这时，只觉得食指一阵刺痛，一瞧，原来山雀出于逃生本能，正在用上下喙拼命“夹”我。我一分心，手稍松，山雀趁机飞走了。

石缝里还有鸟叫，我把它们掏了出来，是两只小山雀。带回家后，我把它们关在小笼子里，挂在门口的柚子树上。它们叽叽喳喳叫个不停，在笼子里跳来跳去，很不安。

不久，那大山雀寻了过来，在笼子边飞来飞去，叽叽喳喳和小山雀互相应和，闹个不休，一整天都如此。

我拿米粒放在笼子里，小山雀一粒也不吃。母亲说：“你还是把它们放了吧，不然，它们会急死的。”大山雀不离不弃。母爱伟大，令人感动。听了母亲的话，我把笼子打开，两只小山雀刚刚学翅，每次只能飞一小段距离。慢慢地，跟着大山雀飞远了。井边那个窝，它们是不会回去了吧。

这次事情后，我再没有捕过鸟。

猎鼠传奇

老鼠是一种令人讨厌的动物。

俗语云："老鼠过街，人人喊打。"道尽了对老鼠的憎恶。

然而，在物质贫乏、食不果腹的年代，老鼠亦曾上过我家的餐桌。当然，我们吃的是山鼠，按村里的说法，这种鼠是吃山中的坚果和田里的谷物长大，比较卫生，肉质很香，可以食用。

山鼠体型壮硕，行动灵活，怎么捉到手呢？

山里人自有山里人的办法。

哥哥是一位猎鼠能手。那时，我还没上学，哥哥已经读初中了。他经常帮家里干活。砍柴、割草，有什么干什么。有时，从山上回来，柴草边放着几只硕大的老鼠。他的脸上，有收获的喜悦。这喜悦，不是因为干完了农活，而是因为抓了几只硕鼠。每当这时，他通常会给爸妈说："这次抓了几只大的！"神色间，有小小的得意。

收拾老鼠，需要一些技巧。哥哥是这方面的行家里手。他放下柴草，拾起一只老鼠，用小铁钩钩了，挂在门前的柚子树上。然后，取出专门的小剐刀，"唰唰唰"几刀，把皮剥了。接着，斩头、剁尾、去内脏，一气呵成，整个过程似乎是一场艺术表演，和庖丁解牛差不多。

这个时候的老鼠，已经可以下锅了。放上香叶、蒜苗、朝天椒等作料，一阵爆炒，香味飘出来。凡知晓那个味道的人，回想起来一定会流口水。

有时，抓的老鼠多，一下子吃不完，将其用铁丝串起来，挂在灶上熏，景象颇为壮观。腊鼠肉的味道，不亚于腊猪肉。

哥哥的猎鼠法，极灵巧，也极有效。

他说，猎鼠，用四样东西就可以了：一颗油桐子，两根小树枝，一条树皮绳，一块大石板。

他一边说，一边演示给我看。他把油桐子用火钳夹了，放在火上烤，才一会儿，浓香溢出。再用树皮搓成的绳，将油桐子牢牢地绑了。然后，在树皮绳的两端，系上两根树枝，绷紧，将树枝插入地下，形成了一个小球门的样子。这时，找一块大石板，斜斜地压在树皮绳上面。——整个猎鼠陷阱完成了。

这能捉到老鼠吗？能！哥哥肯定地说。这个“陷阱”，一般放在山洞里，这是山鼠经常出没的地方。它经过时，灵敏的鼻子一定能闻到油桐子的香味。山鼠最喜欢吃坚果。它去啃、去咬，咬着咬着，树皮绳断了。“訇！”石板砸下来，它哪里逃得掉。

原来如此。

这事，看上去非常简单，其实并不简单。

山里人的生存智慧，只有有过山村生活体验的人才感觉得到。

等我读小学时，已经改革开放，家境略好，很少吃鼠肉了，但和老鼠的斗争一直没有断。

我们想尽各种办法，防止老鼠偷吃家里的谷子、地里的庄稼。放老鼠药、用老鼠夹、直接追打，能用的办法都用了。老鼠的智商并不低，一种办法用过一两次后，老鼠识破了，不再上当。不过，老鼠数量多，其中总有一些笨的，或是贪吃不要命的，不时也会落入我们的“陷阱”中。

记得较为确切的，是在红薯窖边抓老鼠。那时，为了储藏红薯，通常在红薯地边的土坎上，挖一个一两米深的地窖，门是用一块一块的木板叠上去的，最上面一块木板可以上锁，防鼠亦防人！把红薯储存在地窖中，经冬而不烂。想吃的时候，到地窖里取一点儿，剩下的可留给来年做薯种用。

冬天的老鼠是饥饿的。对于红薯这样的美味和充饥之物，它们自然不会放过。晨，四野的山装饰着星星点点的残雪，父亲带着我去地窖里取红薯，只见木板上满是齿痕和木屑，被老鼠啃出一个一个的洞来。打开窖门，红薯也遭遇浩劫，好些个被啃得惨不忍睹。

父亲决定治一治老鼠。当时，用得最多的方法是放鼠夹。鼠夹不大，威力却不小。踩开扣上机关后，放在鼠路中，或是放在地窖里的红薯上，老鼠一碰，立马被夹住，有时夹着头，很快死去，夹着腿的，也很难逃脱。因为，夹子边上都是尖利的“齿”，一咬合，非常紧。地窖低矮，容身不易，父亲常让我到里面去取红薯或放鼠夹，有一次，不小心碰到机关，鼠夹将我的大拇指夹住，顿时血水外冒，我痛得大叫一声，赶紧回身到窖口，父亲见状，连忙踩开鼠夹，用嘴将我手指上的伤口吮净，找来草药敷好。这个伤，一直过了个把月才好。由此可见鼠夹的威力。

鼠路比较好找。看看窖门边上的草丛和地面，如果有一条光溜溜的小道，那一定是老鼠通过的路径了。把鼠夹放在这样的通道中，老鼠多数时候会中招。但老鼠是聪明的，也很灵敏。如果鼠夹前几天刚刚夹获了老鼠，上面会留下特有的气味，我们闻不出来，它的同类却察觉得到。老鼠碰到这样的夹子时，会绕道而走。因此，在放夹子前，要将夹子放在火上熏一会儿，清除萦留其上的异味。

这个时候，家境已经渐好，至少温饱是解决了。即使逮住了老鼠，也不再作为食物，而是掩埋或焚烧掉。

吃鼠肉，终究是物质极端匮乏时才会有的行为。

山鼠之外，尚有家鼠。

家鼠大小不一。

大鼠胆子大，危害甚烈，不仅在光天化日之下与鸡鸭抢食，而且敢咬死小鸡小鸭。

有一年，家里的黑母鸡孵了一窝小鸡，毛茸茸的，十分可爱。一个晚上，我们一家到村部去看电影，为保小鸡安全，特意把它们锁在房子里。哪知回来后，找不到小鸡踪影，一只也找不见。屋里屋外，我们找了个遍，一点儿蛛丝马迹都没有。我们猜测，可能被黄鼠狼拖走了。转念一想，觉得不太可能。黄鼠狼进到屋里，无论怎么样，会留下些痕迹。我们在房子里焦虑着、寻找着，突然，我听到轻微的“叽”的一声，像是从床底下传来的。赶紧拿手电，撩床单，一群小鸡全部被老鼠咬死在床下。有一只还在抽搐，其状甚惨。

对这类老鼠，我们深恶痛绝。捕杀的方法主要是放鼠药、设鼠夹，巴不得把它们全部杀死。有时也用鼠笼捉。鼠笼是铁制的，门上有个机关。捕鼠时，先把门开了，扣在一个钩子上，钩子上有肉骨头一类的诱饵，老鼠咬诱饵时，机关发动，笼门落下，老鼠就关在里面了。抓到老鼠后，我们会连笼带鼠一起放到塘里，将其淹死，再深埋掉。

还有一种很小的老鼠，我们叫它米老鼠，迪士尼的米奇或许就是这类老鼠吧。它的活动范围主要在米缸和谷仓周边，偶尔会到餐柜里偷油吃。捉米老鼠很简单。一个大碗、一个小酒杯、一块锅巴就够了。在米老鼠经常出没的地方，把酒杯倒扣着摆好，锅巴放上去，再将大碗支上，碗边压住锅巴。不一会儿，米老鼠闻到锅巴香，钻进去啃。锅巴一动，大碗落下，它立马被罩在里面，往哪里逃？

家鼠令人讨厌，也让人害怕。我家是木楼。夏夜，躺在床上，听到楼上“嘚嘚嘚嘚、笃笃笃笃”响个不停，母亲说：“这是老鼠在跑马！”它们有时甚至在帐子顶上追逐，异常大胆，毫无顾忌。这的确比较恐怖。村子里，曾经有人在睡梦中，被老鼠咬伤了耳朵。

对家鼠，我们都有去之而后快的痛恨心情。

家鼠肉脏，是不能吃的。

我们从来没吃过家鼠。

说到这里，不由得想起大学者潘光旦吃老鼠肉的故事。据其子潘乃穆回忆，抗日战争时期，潘光旦任西南联大教授。大约在1939年，潘光旦家的老鼠夹子夹到一只比较大的老鼠。潘光旦生性不拘泥于常规，对新鲜事物抱有尝试和探讨的兴趣。这次他决定尝尝鼠肉的味道。当晚，这只老鼠被切块红烧。潘光旦全家人分而食之。这件事传出后，影响甚大。连冯友兰的《三松堂自序》中都有记载：“还有潘光旦吃耗子肉的事，也盛传一时。他的兄弟是个银行家，在重庆，听说他吃耗子肉，赶紧汇了一点钱来，叫他买猪肉吃。其实潘光旦并不是为了嘴馋，而是为了好奇。”

孔子说：德不孤，必有邻。看了潘光旦吃鼠肉的故事，我忽然有了“知音”之感。

虽然，我们之间的动机并不一样。

摸黑起早，砍柴割草

夏秋时节，暑气蒸腾，唯早晚凉爽些。

很多农活放在清晨和夜晚去做。

我们年岁小，田里、地里的重活干不了，帮家里砍些柴、割些草，是完全能够胜任的。

公鸡叫时，天才麻麻亮。我们一群半大孩子，将茅镰刀（或柴刀）插在“刀鞋”（一种木制的装刀的套子）上，扛上扦担（功用类似于扁担，两头是尖的），陆续向山上走去。

走到半山腰上，歇一歇，一伙人谈笑一番。找块磨刀石，把刀磨锋利了。“磨刀不误砍柴工。”刀磨好了，砍柴、割草要快一些。

山路蜿蜒向上，路上有石有草。露水挂在草叶上，被我们的脚晃落下来，把地面濡湿了。大多数时候，我们穿的是草鞋，露水滴在脚背上，有一种冰凉的感觉。

山中的早晨，有些寒意。

我们顾不得这些，一路走到山里去。

农田承包到户后，山也承包到户了。

砍柴，只能去自家山上。

大家进到山中，一个一个分开，散落到各自的山里。

有一座山叫长麻子山，这是很高很大的一座山，山上树木以松、杉为主，间有其他杂树，还有密密麻麻的灌木丛。我家的山，是长麻子山的一小块。

我们砍柴，大致分为两类，一类是捡干柴，一类是砍湿柴。所谓捡干柴，就是拾那已经枯干了的柴火。这样的柴火，担到家里就能烧。砍湿柴要麻烦得多。力气大的，一般得爬到树上去砍松枝或杉枝，像我力气不够、爬树又慢，只能砍一些灌木，谓之“茅柴”的。松枝比重大，特别重，一小捆能把人压得直不起腰来。记得有一次，哥哥帮我砍了一小担，我挑着走了一小会儿，承受不住，不得不撂了挑子。茅柴最轻，即使好大一捆，挑起来也不重。

刚从树上砍下来的柴，不能直接烧。若放进灶里，不见火燃起，只看到滚滚浓烟从灶膛里飘出来，呛得全家人眼泪直飙。湿柴砍下后，通常要挑到大石头上，晒上一些日子，等干了，再担回家去烧。到这时，柴没那么重，挑起来轻松得多。

爬树砍柴，对我们来说，是件很平常的活儿。但危险也无时不在。清晨，露水沾满树身。站在树枝上，一手抓着树枝，一手拿柴刀用力砍。因为露水的缘故，脚下一滑，仅仅小小的一滑，瞬间可能酿成大祸。有一次，一位堂姐爬在一棵杉树上刳树枝，一不小心，从几米高的树上跌落下来，地上一根小而尖的树桩插进小腿，血流了一地。大家七手八脚，赶紧把她抬回家里，及时请赤脚医生做了手术，方保无虞。此一过程，说起来似乎轻描淡写，处在实际情景中，绝对惊心动魄。

乡里贫穷，对物质看得重，有时也贪几担柴的小便宜。隔壁有个村，叫赛罗田，山上的柴火长得特别茂盛。我们眼红，在夜深人静之时，常跑到赛罗田去偷柴。由于柴火多，顺利的话，一会儿可以砍一大担。静夜里，砍柴时，“梆梆梆”的声音传得老远。赛罗田的守山人，时常循声而至，吓得大家落荒而逃，砍好的柴火也不敢拿。运气再差一点儿，还有被抓住的，处罚其实不重，不过是把柴刀、扦担没收了。可是，被抓住终究是件丢脸的事，柴刀被缴，回家会挨骂，弄得心里极度不爽。即便如此，偷柴这事也没有绝迹。可能大家并不是要偷柴，而是要借此证明自己的胆量。哪个小伙伴没到赛罗田偷过柴，似就不足以谈人生。

割草的地点要自由得多。

我们不断地往山上爬，直到看见公路。海拔已经很高了。公路边的山势一般平顺些，长满了茅草和灌木。到了这里，大家星散开去，自然而然地，一人占住一个地段，挥动茅镰刀，割起草来。

割草是个力气活，也是个技术活。不熟练的，只能左手握草、右手用刀，一把一把地割，速度极慢。如果是老手，那不能叫割，简直就是“扫”草，只见他右手刀影飞舞，左手随便拢一拢，一大把草到手了。一早下来，老手割下了一大担茅草，生手还只有一小捆。割完草后，老手的双手没什么变化，生手的双手不是起泡就是被茅草割开好多口子。山里人，有着互帮互助的传统。这样的时候，老手常将自己的草匀给生手一些。每每下山回家，大家都挑着大大的一担草。

割草是辛苦的。

一个早上下来，汗水和露水混在一起，湿透了我们的衣服。渗进被茅草割伤的皮肤里，火辣辣地疼。

更危险的，是在割草时被蜂、蛇袭击。乡谚曰：“七蜂八蛇。”说的是在农历七八月份，蜂、蛇最毒，稍有疏忽就会被蜇伤、咬伤，后果很严重。我亲眼看到伙伴在割草时被蜂蜇了眼皮，肿得像个馒头，什么也看不见。我们一帮人又是背又是扶，把他弄回家。按照乡里长者教的办法，找一位年轻妈妈要了点儿乳汁涂上。等了好些天，才消肿。

山上多野果，割草有口福。尤其是农历三四月间，公路两边的山上会长出一种鲜红的莓来，这种莓结在树上，伸手可摘，入口甘甜，味美至极。老家的人将它叫作“三月泡”。割草的间隙，我们就去找“三月泡”这样的野果，享受天然的美味，为艰辛的劳作增添许多趣味。后来，我专门查了“三月泡”的资料。它的学名叫山莓，一般在海拔三百米至一千五百米的向阳山坡、溪边、山谷、荒地和灌木丛中生长，根、茎、叶、果均可入药。

如今，“三月泡”已成一个温馨、遥远的旧梦。

摸黑起早，砍柴割草。

劳动写满艰苦，也充盈着快乐。

少年时的我们，曾那样高强度地劳动过。回想起来，竟那样美好。

或许，有了这样的劳作经历，人生的旅途中，不论经历何种困苦，我们才能淡然应对。

与蛤蟆为敌

“蛤蟆”这个称谓，应该是蛙类动物的统称，但村里人只把青蛙叫作“蛤蟆”。对于其他同类，村里人从不这么叫。

比如说蟾蜍，村里人称其为“南风官”，相当文雅和好听。

有一种蛙，体型比青蛙小，皮肤呈土色，身上粗糙不平，村里人叫它“癞皮蛤蟆”。

另一种黄色的蛙，生活在山上，身材略微瘦小，村里人呼其为“黄蛤蟆”。

河里生活着两种蛙，一种大，一种小，夏夜里，都喜欢爬到石头上乘凉，村里人把大的叫“石蚌（bàng）”，小的叫“岩蚌”。

只有在着急分辨不同类型蛙的时候，村里人才偶尔把青蛙叫作“青皮蛤蟆”。这种情况是很少出现的。

村里人把青蛙一概地叫作“蛤蟆”，大约是一种尊称吧。

蛤蟆是害虫的天敌，是庄稼的朋友。这个道理，村里人是懂得的。但村里人更晓得，蛤蟆的肉味道鲜美，在缺肉少油的岁月里，蛤蟆是一种无上的美味。

两相比较，村里人更愿意选择后者。如果没有肉身的存活，哪来那么多益虫、害虫的想法？明知蛤蟆是“益虫”，村里人也难以抵消饥饿的冲击和美食的诱惑。

抓捕蛤蟆，成为那时村里人最常见的一项农余活动。我得承认，我不仅参与其中，还表现出极大的乐意和兴趣。

冗长的暑假，是我钓蛤蟆最频繁的一段日子。

盛夏，阳春时节种下的秧苗，已经长高，密密麻麻地挤在水田里。蛾子、蚂蚱、稻飞虱等，无拘无束地在禾叶间飞；蝌蚪、小鱼、蚂蟥、水蜘蛛等，自由自在地在水里游。如此充满了生气的稻田，没有蛤蟆怎么行呢？

“呱呱，呱呱……”蛤蟆果然叫起来了。不时地，在水里连续跳跃着，一会儿，经过好多株禾苗，留下一串水响。

运动中的虫子，如果碰上了蛤蟆，那只能怪它们命不好。大人们告诉我，蛤蟆只吃动着的东西，一只虫子在那里一动不动，蛤蟆就无法发现它。事实上，真的是这样。按照这样的思路去钓蛤蟆，成功率非常高。村里人对蛤蟆习性的认识和总结，来自于多年的观察，当然是奏效的。

钓蛤蟆的工具很简单。一根竹条，一根线，就够了。有时候，我们心血来潮，还找一根大头针，弄弯了，作为钓钩。大多数时候，这个钓钩用不上。钓蛤蟆不同于钓鱼，钓鱼靠钩子钩。钓蛤蟆时，如果不是用那种四面都有钩的立体钩，就很难钩住蛤蟆。通常是，我们弃大头针钩而不用，在小竹条上绑一根线，在线头上绑上饵料，这样就完全够用了。

用什么做饵呢？也不复杂。蛤蟆饵与鱼饵有很大不同，鱼饵是真正给鱼吃的，即使泡在水里，也能让鱼儿闻知其味，吸引鱼儿来吃。蛤蟆饵纯粹是骗蛤蟆，随便弄一个东西就可。有时候摘一个南瓜花的花蕊绑在钓线上；有时候就近摸一个田螺，把田螺肉撬出来做诱饵；更多的时候，直接从家里拿一坨棉花，紧紧地捆在钓线上，蛤蟆怎么咬都咬不掉，可以反复用，省去了换饵食的麻烦。

装好棉花饵，站到了田埂上，把钓线连着饵从禾苗上垂下去，直到田底。这还不成，得用手抖动钓竿，一上一下、一上一下，节奏匀称，像摆手的招财猫一般，当然，节奏要比招财猫快、幅度要比招财猫小。随着手的抖动，棉花饵也一上一下有韵律地抖动。蛤蟆见了正动着的小东西，一个劲往上扑，用劲咬。这个时候，往往会听到“啪、啪、啪”的水响，那是蛤蟆看见了饵食，以为是虫子在那里飞舞，匆匆忙忙地赶过来。有时，会有好几只蛤蟆同时看见舞动的饵食，四面八方奔过来抢食，到处是激动的水响，场面热闹得很。

上当受骗的蛤蟆见猎心喜，一口吞下棉花饵。此时不能急着起竿。待一会儿，等蛤蟆真的把棉花饵吞到肚子里，才能拉起钓线，否则，一起竿，它把嘴一张，饵吐了出来，做的是无用功。起竿是一个技术难度较高的活儿，双手、腰身、双腿要一起配合，哪一个动作不到位，蛤蟆就可能跑掉。先是抬竿，手往上一扬，竹条抬起好高，一只蛤蟆咬住钓饵，在钓线一头晃荡。接着，两膝下蹲，空着的手往前一揽，把蛤蟆往胸前或腹部一抱，紧紧地抓住它。这些动作，描述起来费了好些文字，实际上一气呵成，仅是几秒钟的事。这是需要些功夫的。像我们这些经常钓蛤蟆的人，有时也会失手。蛤蟆不是荡到一半掉回田里，就是在临抓到手时，一滑溜又跑掉了。

临钓到的蛤蟆跑掉，固然令人气沮，但由于经常如此，便习以为常。搞笑的是，有些蛤蟆记性不好，丝毫不懂得“吃一堑长一智”的道理，刚刚侥幸从钓竿下逃走，如果见到钓饵继续在那里舞动“勾引”，它又忍不住去咬饵，真是“好了伤疤忘了痛”，结果，终于被抓住，逃脱不了被烹饪的命运。这只能说明，蛤蟆的智商确实比较低，它咬饵的行为，很可能仅仅因为动物本能的驱动。只是这个本能，不经意地，把它一次又一次推向了死亡的深渊。

蛤蟆入手后，要么放在篓子里，要么用一根铁丝串起来，挂在腰间。小伙伴们采取的方式，一般是用铁丝串。半天下来，可串上二十只左右，收获很是丰硕。现在回想，串这种办法，蛮血腥和残忍的。但当时，大家都这样，好像天经地义，不觉得有什么不妥。对于肉食的渴求，大大冲淡了对蛤蟆“临终关怀”的感情。都要吃它了，还管那么多干什么？

我和几个小伙伴钓蛤蟆的地方，大多在山边的梯田上。常去的，是羊垭口、长麻子山、老口冲等处的稻田。这些地方都在海拔较高的山边，从屋后的山路往上，要走一段较远的路程。或许正因为有点儿偏，去这里钓蛤蟆的人不多，故而田里的蛤蟆一直很繁盛。在此处钓蛤蟆，收获自然比在平地稻田里多。而且，山边多泉水、树荫，钓得久了，可以在泉水边休息，几个人比拼钓得蛤蟆的多少，聊聊钓蛤蟆的经验，做一些山野孩子的游戏，蛮有意思的。

钓蛤蟆时，我们只穿一条大大的短裤，打着赤膊，手持钓竿，穿行在山边的田埂路上。随着钓竿的挥动，蛤蟆一只一只地被我们抓到手中。这种收获的愉悦是难以言表的。湘西盛夏的正午，太阳很烈，晒得皮肤辣辣地痛。我们浑然不觉，完全沉浸在钓蛤蟆的欢乐中。以至于一个夏季下来，我们的皮肤变成了棕红色。大人们平时也不管我们，待得有一天，发现我们这样的肤色，不由得哑然失笑。他们用了一个生动的比喻，来形容我们当时的样子：“一个个简直像红螃蟹一样！”贴切、形象得很。

暑假的事，当然还有很多，钓蛤蟆算是比较常干的一件。等秋天开学时，我们去学校报到，发现大多数同学的脸都晒成了棕红色。显然，大家的暑假生活大抵差不了多少。

村里的女孩，是很少去钓蛤蟆的。偶尔见到，我们这些男孩子一起大声地喊："妹子家，钓蛤蟆，钓到娘屋偷茶呷！"这话没有什么深刻的含义，"娘屋"就是"娘家"的意思，整句话，大约是嘲笑女孩子钓蛤蟆不光彩。女孩子可能怕男孩子们这样喊，怕羞，一般不出来钓蛤蟆了。

湘西的夏夜是美好的。

暑气微微蒸腾。月色柔和，虫声长鸣，田野间弥漫着禾苗的清香。动物们出来了，它们有的沉浸在水里，有的活动在田埂上，给夜晚的湘西增添了许多生机。

"呱呱，呱呱……"蛤蟆耐不住这个季节的热情，或是感到寂寞吧，一个个溜出稻田，盘踞在田埂上乘凉，享受着不时吹过的微风。

此刻，是捕捉蛤蟆的一个好时机。

我们一手打着电筒，一手捏着尼龙编织袋，走在田埂上。大山朦胧的轮廓在远处隐现。环境是安宁的，我们的心有些微的紧张。电筒的光在田埂上扫描。

寻找蛤蟆的脚步，轻轻的。田埂上种满了作物。有黄豆，有高粱，有红薯，郁郁葱葱。在田埂上行走，即使再小心，也不可避免地会碰到作物的叶子，发出轻微的响声。机灵聪敏些的蛤蟆听到了，赶紧逃避。"扑通"一声，跳入水中，不见了。这个场景，令人想起日本俳句大师松尾芭蕉的名句："古池呀，——青蛙跳入水中的声音。"（周作人译）大师的俳句，显出一种幽幽的禅意，表现的境界，与我们照蛤蟆时毕竟不同。不过，蛤蟆入水那一跳，情景上是一样的。

大多数蛤蟆，似乎并不聪慧。它们肆无忌惮地蹲坐在田埂上，享受着夏夜偶然的凉爽。惬意使它们放松警惕。突然间，一束强光直射它的眼睛。那一瞬间的感觉，应该是晕眩、懵懂和不知所措吧。如同我们在暗夜里，忽然被对面的远光灯晃了眼睛。当我们的电筒照到蛤蟆时，它两眼透亮，固定地保持着原有的姿势，呆呆的，傻得可爱。

我们伸出手，狠力抓去。蛤蟆身上有些湿滑，我们的手是干的，或搓了些土，变得粗糙，一旦抓到，它们就难以逃脱。一只蛤蟆，刚好一握。抓在手里，我们心里是满满的高兴。一个晚上下来，常能收获几十只蛤蟆。它们在编织袋里，不断地跳动、鼓噪。狭小逼仄的空间，闷热、拥挤，它们一定渴望逃出生天。可是，已入囊中，等待它们的结局，注定是悲伤。

不是每次行动，都会有如此多的收获。只有，在异常燠热的夏夜里，蛤蟆才会一个接一个蹲踞在田埂上，守望漫漫长夜的微风。许多时候，碰到的只是稀疏几只，战果不尽如人意。

照蛤蟆也会遇到危险。有时，没照见蛤蟆，倒是照到了水蛇。见到亮光，它在你眼前一晃，迅速地射进水里，绕着S形游走了，激起“哗啦啦”一阵水响，吓人一大跳。这还算好的。有时，打着赤脚的我们，正全神贯注地寻找着蛤蟆，脚下忽然感觉滑腻腻的，头皮立刻一麻，向前或向后跳开，一条蛇飞快地“游”走了。人惊出一身冷汗，心久久无法平静。

还有，一些“不友好”的村里人，怕别人踩坏田埂上的庄稼，在田埂上放一些荆棘。晚上看不清，不小心就踩到了，刺扎进脚底，让人倒吸一口凉气。个别的，并不真放那些物什，只是吓吓人。村里有一个叫等娃的，田埂上种了甜高粱，他怕村里的孩子偷吃，在田埂一头竖了块木牌，上面写道：“此田坎，有炮弹，炸死人，我不管，严禁大小人上田坎。”文字通俗易懂，读起来朗朗上口。其实，他并没真的放上炮弹，纯粹吓人而已。但我们晚上照蛤蟆时，自然而然，避开了。算是对他的尊重吧。

村里人关于照蛤蟆，还有很恐怖的传说。流传最广的一种说法，就是在夏夜里照蛤蟆的时候，会看到大脚印，如果跟着这些大脚印往下走，慢慢会走到深山里，最后会碰到鬼怪，被它害死。大人讲起这个传说来，轻描淡写地，但我们听得毛骨悚然，以至于去照蛤蟆时，都不敢单独行动，必须约几个小伙伴结伴而行。假如碰到了大脚印怎么办？大人们传授的办法很简单，不要跟着它走，赶紧回家。他们还说，只有心术不好的人，才会碰到大脚印。我小时候照过好多次蛤蟆，都没碰到过大脚印。这么说来，应该算个好人吧！

下田抓蛤蟆，大都是没带捕钓工具时的无奈之举。

暑假里，我们走过田埂路，到江里去洗澡。大热天，泡在江中的水潭里是很舒服的。走过稻田的时候，我们听到了蛤蟆叫。它叫得那么放肆，让我们听出了挑衅的意味。几个小伙伴一商量，干脆不去洗澡了，下田捉蛤蟆去。

没带什么工具，只有徒手去捉。在田中叫着的蛤蟆，是捉不到的。你在田中走，它听到水响，早逃开了。哪里的蛤蟆可以捉到呢？我们是知道的。因为是梯田，不少田有石头砌成的坎。石坎上有一条条的石缝或一个个的石眼，还长了一些杂草。那些大一点儿的石缝或石眼，通常是蛤蟆歇凉的场所。我们沿着石坎，搜索着那些石缝、石眼，躬下身子，拨开杂草，仔细地往石眼里瞅。运气好的话，会看到一只大大的蛤蟆，正蹲在里面，眼睛盯着你，和你对视着，悠然自得，完全没有意识到危险的来临。你伸进手去，一把抓住了它。

这样的好机会并不多。大部分蛤蟆，喜欢藏身在水田里，游逛着找虫子吃，或者是钻在水底的烂泥里，享受着清凉。因此，搜遍一整丘田坎，最多只能捉到两三只蛤蟆。而且，手伸到石缝里去，如果不是事先瞅得仔细，不小心就会摸到蛇，这当然很危险；脚踩在水里，会受到蚂蟥的威胁，烂泥里，还有一种叫作“泥蜂”的虫子，不小心踩上了，它用尾巴上的针扎你一下，“哎哟”，神经不坚强的人，恐怕难以抵挡那种剧痛。

有了这些因素，我们一般不会采用“摸石缝”的方法去捉蛤蟆。只有在心痒特别难挠又来不及回家拿钓竿等物时，才偶尔为之。

秋天来临的时候，田野变得更加空旷。稻子收割了。稻草被扎成草个子，一个个散放在田野里。

水也干了。大人们把稻田晾起来。过些日子，把地翻了，可以种些油菜、萝卜等冬阳春。

我们赤了脚，在田里走。或翻泥鳅，或捡稻穗，舒适惬意地做着家里分配的农活。

这个季节，蛤蟆慢慢变得懒惰起来。随着天气变冷，它们躲起来了。钓是不行的，晚上用电筒照不到了，石缝中也很少看到。怎么才能找到它们呢？

它们就在秋后的田野里！

它们躲在那些稻草个子下面。把稻草个子逐个拎起来，藏在底下的蛤蟆蓦然见到光亮，赶紧跳开。我们手忙脚乱地追赶。这个时候，田里没有水。蛤蟆跳得再快，也跑不过我们。十有八九，都将它生擒到手。

天气转冷后，稻草个子下面，实际能找到蛤蟆的机会也不多。这种方式，应该是所有方式中，最有诗意的一种。高而旷远的天空，一望无垠的田野，精灵般的孩子拎提着稻草个子。这样的情景，即使只是想一想，也叫人心醉。

冬天一到，蛤蟆按照节令的安排，早早地钻到土里冬眠去了。

这个季节，我们也像动物一样，蛰伏起来，很少到田地里活动。偶尔地，大人们到田里去翻地，准备种些菜蔬。我们跟着去，帮助干些播种之类的小活。锄头飞舞，土块在寒冷的空气中，被翻过来、敲碎。忽然间，我们发现一个小洞被挖了出来。一只蛤蟆，慵懒地蹲在里面。我们把它拿出来，它睡眼蒙眬，一副懒得搭理你的样子。我们把它放到旁边，用松土埋了，继续干活。

冬天不是捉蛤蟆的季节。冬天里捉到的蛤蟆要放生。这个不成文的规矩，村里人坚持着、流传着。

什么时节做什么事情，万物都有自己运行的规律。

这是必须遵守的。

民以食为天。蛤蟆最终被捉回了家中。接下来，无非是剥皮、去内脏，经过一番冲洗、烹饪的程序后，成为盘中的美味佳肴。

辣椒炒蛤蟆，是湘西农村的一道常见菜。有此菜在桌，大人会多抿几口米酒，孩子会多扒几碗饭。没钱买肉的日子，这是难得的美食。

蛤蟆，还可做药用。村里哪家孩子身体虚，有这样一个方子：将一只蛤蟆收拾干净后，连它的肝一起，用白糖蒸了吃。据说，可以调养孩子的身体。儿时，母亲也给我做过这个药膳。效果如何，时光久远，记不清了。

如果捉的蛤蟆多，一时吃不完，我们会用盐腌了，放在灶头上熏着。过些日子，就变成了腊蛤蟆。这样制作而成的蛤蟆，风味是很独特的。

有诗夸蛤蟆曰："独坐池塘如虎踞，绿杨树下养精神。春来我不先开口，哪个虫儿敢作声？"以虫子的眼光看，蛤蟆无疑特别威猛。可是，任何动物到了人的手里，都显得虚弱无力。被捉的蛤蟆一定会感叹，人类真野蛮。但有什么办法呢？一些习俗形成后，短时间内是难以改变的。现在，湘西一带的餐馆，还保留着"青椒炒青蛙"的菜，供食客们选择。

捉泥鳅

事隔多年以后，我会想起父亲带我去捉泥鳅的情景。

那个时候，我还不知道《捉泥鳅》这首童谣。

我只懂得，拿着篓罟（一种竹篾编制的可以盛东西的器具），跟在父亲身后，等着他把抓来的泥鳅丢进里面。

这是一件快乐、惬意的事情。

“照泥鳅”，一般在春末。

那时，田里刚下秧，水浅浅的、清清的。天气开始往夏天靠，太阳下山后，田埂上留着一点儿余热，青蛙“呱呱呱”地叫成一片。

泥鳅贴在田埂边的水底，一动不动，像一根小树枝。要捉这样的泥鳅，用手是不行的，它很滑溜，稍不注意，从指缝间就溜走了。

怎么办？有一个很“凶残”的办法，用一排粗大的缝衣针，大约有一百多颗吧，排成一排，夹在两块长长的竹篾之间，连篾带针做成一个约一米长的“扎子”（那排针绑在扎子的头上，约十至二十厘米）。有了这个武器，泥鳅就很难跑掉了。

季春时节，父亲带着我，拿着手电，一个田埂一个四埂地照，见有泥鳅潜伏在水底，父亲用扎子猛地扎下去，多数时候，泥鳅是跑不掉的。它被钉在扎子上，痛苦地扭动着身躯，成为人们的美餐。

我当时根本不知道保护动物、热爱自然这一说，只觉得“扎泥鳅”是一件无上快乐的事。父亲不带我去扎的时候，我带着比自己更小的伙伴去扎，收获也很丰富。我曾扎到过足有半斤重的黄鳝，甚至扎到过水蛇。

“翻泥鳅”，在秋天稻子收割后。

这时，一些打算用来种冬阳春的田，放干了水，还有些泥泞；一些留作冬水田的，依然满满是水，就这么泡着，等到明春再深耕种水稻。

在这种环境中抓泥鳅，诀窍在一个“翻”字。翻什么呢？翻泥巴。父亲是这方面的“巧匠能手”。跟着他走在田里，我常常不得要领，不知道哪里有泥鳅。父亲总能于平常处找到泥鳅的“洞”。那是泥鳅的“气孔”。

在水已经放干了的田里，父亲看到泥鳅洞，用手指往洞里一伸，确定泥鳅所在的方向，然后，双手迅速地把泥巴翻起来，不一会儿，把泥鳅抓出来，扔进我提的篓罟里。

在冬水田里翻泥鳅，难度要大一些。父亲常用的办法是，先用泥巴把泥鳅洞边上围起来，将水凫干，接着把洞周围用手深翻一圈，使洞成为一个“孤岛”，再用双手把这个孤岛端起来，泥鳅十有八九在这个孤岛中。泥鳅在水田里极其滑溜，不小心就滑走了。父亲的手似有魔力，泥鳅一到他手里，便变得老实了。他的手像一块能吸泥鳅的磁铁，每到秋收捉泥鳅的时节，不知有多少泥鳅从田里吸上来。

捉泥鳅的方法大概还有很多。

有一年，我陪父亲到一个比我家更山的山村里去办事，看到水田里散放了一堆小竹笼一类的器物。父亲给我解释，那是捕泥鳅的一种工具，竹笼预留了一些孔眼，这些孔眼编得很有技巧，从外到内是逐渐缩小的（像漏斗吧），到最后刚刚容得下一只泥鳅钻进去。这样一来，人们在竹笼里放上饵料，闻味而来的泥鳅钻进去后，一般都钻不出来。

有时候，早上去收竹笼，里面满是泥鳅，挤得紧紧的，壮观得很。这个器具我原来未曾接触过，也没有见过。父亲说，这个叫“zuǎn”。是个什么字呢？父亲不知道，我也不知道。后来，在书中读到一个“籫”字，意思是盛碗、筷的竹笼。我想，这个“籫”，和捕泥鳅的那个“zuǎn”应该是类似的吧！

往事消散得很快，数十年一晃过去。

如今，化肥农药使用得多，田野的泥鳅变得非常稀少。——老家的亲人们说起这件事，常常发出遗憾的喟叹。

而我，在异乡的城市里，偶尔听到《捉泥鳅》这首童谣，记忆依然会不自觉地被搅动，飘向乡下捉泥鳅的那些日子。

滑冰去

冬夜，北风吹拂，发出哨子一般的声响，接着，听见“沙沙沙”的声音。母亲说：“落沙批子了。”

所谓的“沙批子”，就是沙雪，一粒一粒的，有如小沙子。沈从文先生说它们是“子子雪”，或者叫“雪子”。他在《过柳林岔》里多次写到这种雪，他说，“今早开船时还只七点左右，落的是子子雪，撒在舱板上船篷上如抛豆子”，“雪子落得很密。真冷。若落软雪就好了”，“现在还大落子子雪，同雨一样，比雨讨嫌”。在《鸭窠围的夜》里，他又写道：“天快黄昏时落了一阵雪子，不久就停了。天气真冷，在寒气中一切都仿佛结了冰。便是空气，也像快要冻结的样子。”沈先生的这种感觉，我非常熟悉。每次读这些文字，我都感到一种亲切的温暖。

沙雪之外，常见的有“泡雪”。这种雪很轻很软，能飘起来，被风一吹，很是壮观。古人说：“燕山雪花大如席。”文学作品中说的“鹅毛大雪”，便是这种雪吧。《水浒》里“林教头风雪山神庙”一章对“泡雪”有极好的描绘，说是“正是严冬天气，彤云密布，朔风渐起，却早纷纷扬扬卷下一天大雪来”，又填词描绘道：“玉龙鳞甲舞，江海尽平填，宇宙楼台都压倒，长空飘絮飞绵。”实在形象得很。

又或者，不下雪，只下点儿雨，刮上一夜风，路上就被滑溜滑溜的冰盖住了。湘西乡下这样的气候是很多的。记得有一年，我们去海拔较高的麻塘山的亲戚家去拜年，一路上都是冰冻，地上全由冰覆盖着。村里人给这种气候现象取了个生动的名字：“路光盖”。走在“路光盖”上，摔跤成了常事。我们一行，不时有人跌倒在路上，发出“哎哟”的喊声。为了防滑，我们找来草绳，绑在鞋子上，稍微好一点儿，但并不能阻止我们继续跌跤。那一次走亲戚，我竟摔了二十多跤。

不同的雪，不同的冰，给我们呈现了不同的风光。

沙雪景观幽微不显，早上起来，只能看见草丛里有些雪粒的残留，如若下得久，地面上也会积一些，如同结晶的盐。沙雪一般不会下太久，故不会积得太多。

泡雪极美，门前的屋顶、树梢、大山全是一片白，唯有池塘、小溪、井水处没有积雪，腾腾冒着白汽，既壮丽又秀美。这种景象，让人常感到语言的贫乏，不知用什么词语表达，只能在心里惊叹它的美好。

冰冻时，也有别样风光。屋檐下、巉岩边，都有长长的冰溜子。山上的树叶冰住了，摘下一片来，看上去如同装在水晶相框里的照片。有时，冰冻过重，山上的松树、杉树等会被压断。走在山林中，听到树被冰压得发出“嘎嘎嘎”的声音，愈发衬托出山野的寂静来。那种静，或如沈从文先生所说：“这时真静，我为这静，好像读一首怕人的诗。这真是诗。不同处就是任何好诗所引起的情绪，还不能那么动人罢了。”这样的体验，是很奇妙的。

不管何种雪，或者冰，都是孩子们的游乐场，是我们滑冰的乐园。

在泡雪上滑冰，速度快不了，有些迟滞，得用力撑动滑竿才行。雪太软太松了，滑板压上去，“嘎嘎嘎”地往下沉，无形中有了黏性，不那么顺溜。

在沙雪或冰上滑，速度快得多。它们表面坚硬、滑溜，几乎没有阻碍。脚一踏上滑板，还没用力，人已向前直溜出去。稍有不慎，摔个仰面八叉的，很常见。不过，对于孩子们来说，摔不摔无所谓。关键是有了滑冰的机会。为了这个机会，大家从上一个冬天等到了这一个冬天。

而今，因为雪或冰的降临，又能够滑冰了。

整整一年的等待，终于有了一个结果。

雪一落下来，我们就开始筹划着滑冰的事。

我们先在自家的楼上、农具房里、房中角落边翻找，平时不太用的玩具都找出来了。竹子做的弓、茶木制的陀螺、杂木削的军刀……全是自力更生做出来的，绿色环保，结实耐用。山里孩子的创造力就是好啊。

运气好的话，会找到一副滑板。竹子做的，此去经年，颜色彻底转黄。底部磨平，十分光滑，显见得是在冰上滑行了多次。如果还没有破，这样的滑板就是上品，无论是在泡雪上还是在冰上，都能迅速地滑行。如果破了，只好弃之不用，得上山伐竹，重新制作滑板。

大雪压翠竹。

我家后山栽了许多楠竹，年年笋生竹长，渐渐成了竹林。与邻居家的竹林，连成一片，远看苍翠连绵，美丽无边。这时，雪盖住了竹冠，或是冻住了竹叶，无端增加许多重量，整个竹子弯下腰来，一丛一丛，俯首低眉，白绿交融，却也壮观。

砍回竹子，锯成小段，约半米的样子，从中均匀劈为两半。在靠近竹节的地方，留出三四寸长。围着竹节近处砍削，把多余的竹料剁去。然后，点燃稻草，将竹节处放在火上烤。待竹皮渗出水珠来，再用力将它折弯，持续地压几分钟，用雪或冷水浇在上面，定下型来。接下来，把底部磨光，前后用刀稍稍加工得美观些，一只竹滑板就做成了。

村里人滑冰，很少见拿双竿的。大多数时候，用一根长竿，要么是竹竿，要么是木杆，在触地的一端装上铁尖，可以一下子戳进冰雪里。滑冰时，两脚各踩住一只滑板，滑冰竿放在两腿中间一撑，人“嗖嗖嗖”地往前蹿去，速度快极了。如果碰到下坡，想“刹车”，则身体半蹲，将臀部坐在滑冰竿上，竿子的铁尖紧紧地咬在冰上，速度就慢慢地降下来了。

雪橇的材料比滑板用得要多一些，制作原理却照样简单，无非就是在滑板上装上几块木板。这样的雪橇比滑板要方便些，可以坐在上面，由人在前面拉或后面推，慢慢享受就行了。自己一个人玩，则比不上滑板方便，也得用竿子撑，否则动不了。大多时候，滑雪橇须在平坦路面或缓坡上进行，如果坡太陡，可能冲下高坎，摔得鼻青脸肿，甚至发生更大的危险。

雪落得大的话，屋前平常晒谷用的禾场积了雪，拿出滑板就能滑。

但湘西山区大多数地方海拔不够高，气温不够低，再大的雪，一两天也融化了。而且，禾场毕竟太小，刚摆开架势滑，还没来得及用力，已经从这头到了那头，难以满足孩子们跃跃欲试的心。

于是，往更高的山上去。

山间有公路，直通到隆回县。这里海拔高，村里下一点点雪，此处就有厚厚的冰。开始滑之前，得走长长的路，冰天雪地，盘山而上，好几十里。我们头上白汽蒸腾。

我们通常会在龙庄湾中学边上停住，这里已经是一个制高点，再往前，则徐徐下行，到了龙庄湾镇上。由此处，我们折返滑下来，原来是全程而上，这时是盘山向下，一路飞驰，耳边风声呼呼，两边的白色山川、树木，迅疾向后退去，我们一帮人大呼小叫，非常过瘾。先前雪地行走的艰辛，换来风驰电掣的快慰，两相比较，无疑是值得的。

偶尔有得意忘形的同伴，滑到兴奋处，双手把滑竿举起来，高呼着“冲啊！”结果，速度过快，控制不及，一个筋斗冲进路边的灌木丛里，把树丛上的雪弹得老高。我们赶紧冲上去扶。被摔之人须眉皆白，全身是雪。他朝我们摆摆手，立身而起，掸去身上雪粒，走到远处拾起竿子，两脚踏上滑板，呼喊一声，继续向前冲去，如同一支箭。其实，村里滑冰的孩子，哪一个没有这样的经历呢？

公路上绝少行人，更不用说汽车。整个的山和路，是我们任意玩耍的乐园。可以想一想，四处一片白茫茫，几个孩子，在这巨大无边的白色中间移动，如同几个黑色的精灵，游移在皑皑雪原，这是不是很动人？

偶尔，有人出门办事，在山间公路上走。有一次，碰到一个叫老嘲的人，看我们呼啸滑来，他大喝一声：“谁让你们在这里滑的，把路都滑坏了！”我们中间，有几个不认得他，见他如此凶神恶煞，心里畏惧，赶紧加快速度，从他身边滑走了。他在后面哈哈大笑，得意至极，大约觉得自己的玩笑开得很成功吧。

掐指算来，老嘲如今也老了。

故乡的孩子们，还在盘山公路上滑冰吗？

第三辑

民俗风土

一群人，一个村，天长日久地累积、沉淀，形成了她独有的生活习俗。

在这块绚烂而沉重的土地上，驻足、眺望、沉思。

我看到了神奇，她有那么多事无法解释。

我听到了庄严，她对待一切如同宗教。

我感到了丰赡，她给予我质朴的美学熏陶。

我读到了愚昧，她告诉我什么是落后，什么是守旧。

民俗，一群人的表情。

风土，一个村的符码。

我在这里长大，我在这里浸染，我在这里流连。

她烙在我身上的印迹，又怎会轻易拭去？

爷爷的『法术』

我出生时，爷爷已经去世好多年了。

他是一个很有名气的木匠。

长大后，我经常听到村里的长辈谈论爷爷的事迹，说起他的手艺。

爷爷读过一些古书，字写得好。

家里有一本记载家人出生年月的“生庚簿”，里面的字是爷爷留下来的。毛笔行书，行云流水，自有一种风采。我未出生时，爷爷早已替我取好名字。多年后，我走南赴北，遇见很多人，碰到过很多事，不少人对我说：“你这个名字不错。”

我在想，爷爷大概是懂得一些“术”的。

爷爷能唱戏。那时流行的是“唱花灯”。爷爷是唱花灯的好手，反应快，唱功好，十里八乡的人都知道。

花灯是什么？这种民间文艺似乎已经失传了。县志上有这样的记载：唱花灯，男执扇，女执帕，相对边唱边舞，以月琴、二胡伴奏，词极俚俗，甚得民众欢迎。

爷爷唱花灯时的样子，想必极风光。

爷爷的木工手艺是乡里一绝，且还会玩“法术”。

我多次听乡邻讲起他的一个故事。

有一天，爷爷在一户人家做木工，有个外乡人从门前过，突然跑到门口，对爷爷骂了些污辱的话。爷爷不作声，继续安闲地做着木工活。

一抹斜阳映照在门前的晒谷场上，把场边的李树照出金黄色。外乡人走远了。爷爷拿起竹钉，一锤一锤钉进木马里，然后，卷起一根纸烟，坐在门槛上抽起来。眼睛眯着，若有所思。

一会儿，夕阳下出现了一个人影。他焦急、惶惑地走来。看到爷爷，他“嗵”的一声跪了下来，双手抱着头：“请您老放过我，小子我有眼不识泰山。您大人不记小人过，放过我吧！”磕头如捣蒜。他的头疼得厉害，大颗大颗的汗珠从额头上落下来。爷爷看他虔诚悔过，拿出工具，把木马上的竹钉取了出来。说也奇怪，那人的头立时不疼了。他弱弱地，在边上垂手而立。

爷爷把手一挥：“去吧！”夕阳正红，把爷爷的手势映得老长。那人跪下再磕了一个头，怯怯地远去。

爷爷的事迹，是真的吗？对乡邻活灵活现的讲述，我是相当怀疑的。

事隔多年，也已经无从查考。

可因了这些传说，因了自己淡淡的虚荣心，我倒很愿意被称为木匠的后代。

每当提到木匠这个称谓，我就会想起夕阳下的爷爷，想起他的神奇来！

认『亲爷』

“亲爷”在村里人的语言里，就是“干爹”的意思。“爷”不读“yé”，而读“yá”。

认“亲爷”，大约是许多地方的民俗。然而，不同的地方，有不同的动因和目的。或者，为了人丁更加兴旺，认认干爹，等于多了一门亲戚。或者，家庭经济困难，给孩子认一个干爹，能得到一些经济方面的支持。

村里人认“亲爷”的动机，似乎并不在上述之列。我们不追求什么亲戚关系，也很少有经济方面的诉求，唯一的愿望，是通过认“亲爷”这种行为，消除孩子成长途中的灾异。通俗一点儿说，孩子命中可能有灾星，在成长过程中，会遇到许多坎坷，如果认了“亲爷”，孩子的人生路途将不会有那么多灾难，会变得平坦通畅一些。

这样一来，当“亲爷”的便有了一些风险。你想，这个孩子认你做“亲爷”，他的灾星没有了，那究竟到哪里去了呢？当然，是转移到你身上来了。因此，当“亲爷”的人，要么懂得“法术”，要么命很硬，要么本身就是一个无牵无挂的人。如此，做“亲爷”，方可无碍于自己的生活。

村里有两个大众化的“亲爷”，一个叫韩尧成，一个叫刘子金。

这两人一直没有娶亲，常在村里和周围的乡村流浪。晚上居无定所，有时睡在别人家的柴棚里，有时睡在屋檐下。吃饭全靠别人施舍。

那个韩尧成，我长大后还碰到过几次，他经常拎着一个脸盆，持一双特别长的筷子。凡是哪家人办红白喜事，他就凑过去，把别人吃剩的一些汤汤水水，全部倒进他的脸盆里，用那双长筷子，稀里哗啦大吃一通。

韩尧成还有一则广为流传的逸事，大人们时常谈起，听之令人捧腹。话说有一天，他在家里饿极，发现母亲珍藏了一升糯米，于是偷出来，劈开一张凳子做柴火，煮熟后，一股脑儿吃下去，吃撑了，一边痛得在地上打滚，一边大骂自己的母亲：“谁叫你藏糯米的，害我胀得要死啊！”

刘子金没有韩尧成这么多传说，为人老实一些，但也不折不扣是一个无依无靠的流浪汉。

像这样的人，无所谓“命”不“命”的，村里人让孩子认他们做“亲爷”，他们自然愿意。而且，多收几个干儿子，多几个吃饭的地方。由此，他们就成了村里许多孩子的“亲爷”。

或许是因为“亲爷”不好找吧，村里不少人，让孩子认石头、大树等神秘事物做“亲爷”。

我家屋后的半山腰上，有一处我们砍柴、割草时歇肩的地方。那里有一块巨大的石头，从上面斜斜伸出，下面由一块稍小的石头撑着，形成了一个岩屋的样子。烈日暴晒时，我们常在大石下避阳；倾盆大雨时，我们会在大石下躲雨。坐在小石上，回头仰望大石，可以看到大石的表层上，依稀印有一个人身的轮廓，看上去如一尊佛像。村里人把这块石头叫作“岩坨菩萨”，意即“石头菩萨”。大概惊异于这块石头像“菩萨”，村里许多人，把孩子认到它门下，叫它做“亲爷”。相信如此，便可保佑孩子平安到老。

在村口的石拱桥头，有一棵大枫树，那是村里的风水树，时常有人在下面烧香朝拜，树上挂满了红绫。这样的树，在村里人眼中，威力十足。于是，有许多孩子变成了这棵风水树的“寄崽”，也就是“干儿子”。村里人认为，树神一定会和“岩坨菩萨”一样，保护自己的孩子平安健康地成长。

神秘的湘西，生长着一些神秘的人物。

村里有道士、老士等，都是懂得“法术”的人。这类人神神道道，据说能捉怪打鬼。他们不怕什么命运的捉弄和邪神的破坏。村里的孩子要认他们做“亲爷”，他们不会有什么顾虑。

我的满公（我爷爷最小的弟弟）就是这样一位神秘人物。他曾经参加过地方武装——雪峰部队，也曾经在村里打死过落单的日本鬼子。这样的人，本来就叫人敬畏。听说，他还会念一些咒语，施一些“法术”，村里称之为“弄手法”的，被他咒了，那人就会生病、遭殃。许多人都避着他，但同时，也有不少人请他做孩子的“亲爷”。对此，他是比较乐意的。这大约算得上是有头有脸的一种表现吧。

有一位老士，我们称他为“良公公”的，住在我家屋背后，懂得唱土地（祭祀土地神的一种礼仪），家里有法杖、宝剑、木鱼等法器。按他自己的说法，他能够捉鬼、惩怪。村里人敬佩他的法力，不少人把孩子送到门下，认他做“亲爷”。

村里人的心中，这类人不似凡人，而是神的代言者。有他们护佑孩子，孩子肯定会安然长大吧！

我也认过一位“亲爷”。

在我很小的时候，父亲的脸上长了一个大包。有位眼盲的算命先生路过村里，母亲抱着我去算命。算命先生说：“这个孩子命太硬了，克父亲，要给他认个‘亲爷’才行。”后来，由热心人帮忙张罗，认了住在章家界上的吴启老人为“亲爷”。他会做篾匠活，是一位能人，传说懂得很多“法术”。我读小学的时候，由堂哥带着我（吴启老人同时是堂哥的“亲爷”），走了很远的山路，去探望他。他家周围都是翠竹。他挖了竹笋，热情地招待我们。也不知是巧合，还是算命先生预言的神秘，我认了这个“亲爷”以后，父亲脸上的包竟慢慢地好了。

后来，又听说，吴启老人一个和我年纪相仿的儿子，因病去世了。有一种说法是，“亲爷”的儿子是被“寄崽”克死的。现在想想，这种解释真是毫无道理，当时的医疗水平太差，一次平常的发烧感冒，就可能要了人命。和“寄崽”有什么关系呢？只是，山里人哪会想那么多？一切，交由不可解释的命运和神灵去掌控了。

认“亲爷”和孩子的成长相关，大人们对这件事都高度重视。一重视，就有了相应的仪式，以示隆重。

记得，先由大人把孩子带到“亲爷”家中，“亲爷”按照礼俗，请他们村一位德高望重的老者做见证。老者先在“亲爷”家中的神龛上，装香、烧纸、请祖宗。然后让“亲爷”和“亲娘”坐在神龛前面的板凳上。孩子随着老者的手势，跪在两人前面，叩三个响头，叫道：“亲爷、亲娘。”“亲爷”“亲娘”看孩子叩完、叫完，扶起孩子，递给孩子一份特殊的礼物：一只碗、一双筷子。意思是，“端了爷娘的碗，要服爷娘管”。

仪式完成，孩子便有了“亲爷”。“亲爷”每年会到孩子的家里来，带些山里的礼物，看望孩子，说些祝福的话。这是一幕很温馨、纯朴的情景，也算是湘西特有的人文一景吧！

在湘西，认“亲爷”是一种很常见的风俗。

但翻阅我的记忆，发现女孩子很少被大人安排认“亲爷”。个中原因，想是“重男轻女”的传统观念在作祟吧！村里修族谱，不少家族把男丁写得很详细，女的则常一笔带过，其根由，不用说是一样的。

岁月变迁，村里认“亲爷”的风俗大约还保留着，“重男轻女”的观念，则一定改变了不少吧！

善咒

生长在湘西山村，每时每刻都会感受到神的存在。

在很多节气或某个神的生日，乡人都会举行一些仪式，或者开展群体的祭祀活动。

就连一些最日常的生活细节，也会看到神的影响。

巫风，如水在海绵里一样，充盈了整个村庄。

我曾听母亲念过两个咒语，这么多年了，一直未曾忘却。

其一：

天杀你，
地杀你，
不是我杀你，
脱去毛衣换布衣，
十字路上转人身。

这个咒语是念给鸡、鸭这些禽类听的。过年过节，或客自远方来，乡里常会杀些鸡、鸭庆祝、招待。杀鸡、杀鸭时，执刀人要先念这个咒语，然后下刀。咒语饱含了人对禽类生命的悲悯，给予转世轮回的祝愿和期待。

大多数时候，还会在边上放些纸钱，洒一点儿鸡血在上面，敬烧给土地爷，祈福风调雨顺、鸡肥猪壮。

母亲在做这些事的时候，是虔诚的，神情肃穆。

让我觉得，神就在我们身边。

其二：

乾坤一点大，日月一横长。
包罗万象转，土煞自云藏。

山中的房子，是木质的。我们要挂什么东西，通常是在柱子上钉一颗钉子。每当要钉钉子时，母亲会叫我们念这个咒语。不然的话，眼睛就会长“翳子”，像钉子戳在上面一样难受。念了这个咒语，那些兴风作怪的“煞神”便会被镇住。

我不知道这事情的确切性，但有那么几回，我们忘了念咒语，结果眼睛痛起来。

这是巧合呢?

还是真的有某种神秘性?

很多年前，我研读过宗白华的《流云小诗》，也接触过斯宾诺莎的思想，泛神论作为一种哲学光辉在他们的作品中闪耀。

现在，我重新回想这些事，发现泛神论并不是多么高深不可解的理论，在家乡的村子里，在那些朴素的咒语里，不都存在着么?

「弄手法」

沈从文在《凤凰》一文中写过“放蛊”的事：“放蛊的方法是用虫类放果物中，毒虫不外蚂蚁、蜈蚣、长蛇，就本地所有且常见的。中蛊的多小孩子，现象和通常害疳疾腹中生蛔虫差不多，腹胀人瘦，或梦见虫蛇，终于死去。病中若家人疑心是同街某妇人放的，就往去见见她，只作为随便闲话方式，客客气气的说：‘伯娘，我孩子害了点小病，总治不好，你知道什么小丹方，告我一个吧。小孩子怪可怜！’那妇人知道人疑心到她了，必说：‘那不要紧，吃点猪肝（或别的）就好了。’回家照方子一吃，果然就好了。”

在我的记忆里，村里似乎没有“放蛊”的说法。是否真的发生过这样的事情，我不敢确认。类似的事，大概是有的。有时，哪个孩子莫名其妙地肚子痛或者头晕，大人就疑心到有人在作祟。

不过，我们不叫放蛊，这样害人的行为，村里人有一个专用词语——“弄手法”。放蛊，仅是“弄手法”的一种方式。

会“弄手法”的，一般是神神道道的人。

道士、老士、仙娘、巫婆，大约都懂得“弄手法”。对这些人，我们保持着一种严肃的敬畏。村里人请道士做法事、邀老士唱土地、约仙娘算命，我们内心里再好奇，也只敢远远地看着，生怕走近惹恼了他（她），给你弄个“手法”就麻烦了。

除了人会“弄手法”之外，鬼神也常常会做这样的恶作剧。父母早早地告诫过，走过寺院、土地庙时，不要乱讲话，得罪了神仙，会“弄手法”作怪的。

在村里人眼里，古树、巨岩等都带有鬼神的权威。走过树下、路过岩边，我们小心地抱以静默、庄严的姿态，不敢惹是生非。

“弄手法”的后果很严重。

最严重者，如同“放蛊”一样，“终于死去”。那时医疗条件差，得病早夭的小伙伴有好些个。求医求神求佛，一切办法用过，还是无法挽救之时，有的大人把一腔悲苦化作无名怨恨，作惊天一哭一骂：“哪个绝代佬给我家娃弄了‘手法’啊，你这个剁脑壳死的！”可到底是不是被人弄了“手法”，谁也说不清楚。

一物降一物，有人“弄手法”，便有人“解手法”。

按照村里人的说法，如果哪个人中了“手法”，不一定要施法者本人来解，懂得“弄手法”的其他人也可解。比如，身患病痛时，我们不清楚病因，村里的赤脚医生治疗不见效，常想到的，就是有人在“弄手法”，得赶紧找人解。于是，村里的几位道士、老士等，这会儿成了热门人物。“解手法”的方法，因人而异，有的要摆出大排场，杀鸡、烧纸、舞剑，一应俱全；有的简单地摸摸头，给杯水喝，就行了。效果如何，不一而足，有的依然如故，有的真好了。假如某君治好的人居多，村里人有事没事会去找他，他无形中具有一种很高的威望，慢慢成了“高人”。

住我家屋后的良公公是一位老士，懂得唱土地、捉鬼等许多神秘的事，也会“弄手法”“解手法”。有个冬日，我发起烧来，母亲有些焦急，找赤脚医生太远了，且到良公公那里试试吧。我坐上良公公家烤火用的圆盆，良公公拿了碗凉水，在我额头点了几滴，又在我绯红的脸颊上点了几滴，然后，手指在碗上画着圈，口中念念有词。母亲让我把作过法的水喝了。约莫十分钟后，我的烧退了。我不知道自己是否真的被弄了“手法”，但良公公给我退烧的事，印刻在我的记忆里，是千真万确的。

许多时候，被人弄了“手法”只是村里人的一种臆想。谁没有个头疼脑热？谁没有个逆境低谷？碰到这种情况，由于思维惯性，村里人不会去查找主客观原因，想当然地归咎于被弄了“手法”。

比如，在山上砍柴、割草时，树高草深，不小心迷了路，半天走不出去。恰好有懂行的大人在场，他举了柴刀，大喝一声：“谁在弄我们的‘手法’?!”村里人天真地以为，这样的叫喊，可以“识破”“手法”的诡计，让它失去“法力”。我们靠着星光、溪流等指引，最终走出了迷路的场所，心头充满了欢悦。可这和“手法”有关吗？“识破”真有这么大的威力吗？

“手法”使人厌恶，“弄手法”的人令人憎恨。对于那些会“弄手法”的人，我们无一例外地“敬鬼神而远之”。

关于这类人，有一些段子传出。其中有个段子是这样的：话说某人会“弄手法”，而且有一副花花肠子。他看中了村里的一位姑娘，于是，在姑娘经常走过的地方弄了一个“手法”、下了一个咒语，姑娘一旦从那里走过，就会自动到他家里去找他。哪知，一头老母猪那天不知怎么跑了出来，恰好经过了他设置的“手法”。结果，老母猪径直跑到他家里，闹得天翻地覆！

听过这个笑话，大致可以知道村里人对“弄手法”者的态度了。

有年味的年

过年是一种盼望、一种念想。

天气转凉的时候，我们一帮小孩子，掰着手指头，数着日子，望着“年”的到来。

盼过年，到底盼什么呢？其实，无非吃、玩等事。就是这些看似简单的事情，构成了浓浓的“年”。

让我细数一下年味中的往事吧！

杀年猪

湘西农村，物质贫乏。平时，难得吃上什么好东西。过年时节，在“吃”的问题上，要好好地补一补，大大“挥霍”一番。

猪是一定要杀的。

村里面能换钱的办法不多，养猪是一个重要手段。每家人，一年里，至少会养一头猪。记得小时候，我家住在木房子里，灶屋和猪栏紧挨着。在灶上煮好猪食，放在猪食盆里搅匀，可以直接端进猪栏里。

猪吃的主要是糠和猪草，那时还没有饲料、添加剂这些东西。

母亲在菜园子里种了一些给猪吃的菜，我们放学后也经常去野外打猪草。用土办法养的猪，长得很慢，常常一年才能出栏。这样喂大的猪，是“绿色”的、环保的。

猪长大后，大多用猪轿抬走卖了。但总会留一头，过年时杀了吃。

杀猪是一件大事，也是一个技术活。村里会杀猪的不多，记得有两个人，一个叫“蒙警子”，一个叫“松把带”。当然是外号，叫得久了，本名被遗忘了。他俩大概有地域分工，各管一片。我家所在的小村落，好像是松把带负责的。

看松把带杀猪，有一点儿庖丁解牛的感觉。从他拿出屠刀，直刺猪心，到烫水去毛，到挂放槽血，到清理内脏，到切割分块，一气呵成，熟练非常，中间没半分停顿。如果不考虑那一点点残忍，你可能会看得心驰神往、目瞪口呆，为其技艺所惊。

年猪一杀，当日便大吃一顿，谓之杀猪菜。猪肉经过简单的炖、煮，新鲜可口，清香馋人。亲友和近邻聚在一起，大块吃肉、大碗喝酒，热闹非凡。这种纯朴和快乐，在城市里，是看不到的。

留够了过年吃的，剩下的猪肉，常会用特殊的办法，保存起来。

一是做腊肉，把肉用盐腌了，一块一块挂在灶的上方。农村里烧的是柴火，经过一两个月，肉被熏亮了，一滴一滴往下掉油，腊味足了。此时，取一块下来，可蒸、可煮、可煎、可炒，无论哪种做法，都美味无限。

二是做风畅肉。也先用盐腌了，一块块挂在通风的地方，让它自然风干。半个月左右，味道就成了。其味不同于腊肉，但同样叫人垂涎。

猪的全身都是宝。那时，吃肉的机会不多，对猪身上的每样东西都很珍惜。

猪血拌上糯米，加点儿香料，灌在一截截洗净的猪大肠里，风干。哪天想吃了，取下来，放在米饭上蒸熟，再切成小饼状，食之香美。这就是血粑。

取几块肉剁成肉泥，加些胡椒、香料，灌进小肠，便为香肠。

将猪血、豆腐、香料等和在一起，捏成拳头大小的圆球，慢慢烘焙，干后可储存甚久。这是著名的猪血丸子，或叫血豆腐。食时，可清蒸，可煎炒，风味独特。

猪肚里的板油、肠边油等，熬煎后，油沥了出来。剩下的是油渣。这也是一味好菜，和辣椒一炒，保准你口水直流。

村子里对一些东西的吃法，与城市相比，可能有大不同。像猪肝，除了通常的炒着吃以外，大多时候是烤着吃。切一块下来，用刀在上面画上井字格的纹路，抹上油、放上盐，放在炭火上烤，一会儿，浓香扑到鼻子里。和羊肉串相比，我觉得烤猪肝的味道更美。

猪胆太苦了，一般不直接吃，先挂在梁上风干一阵，再取下来烧烤，食之可以明目。烤猪胆我没有吃过，年年都是父亲吃的，味道极苦。

直肠有一股怪味，洗了很多遍，还是无法消除。父亲把几个鸡蛋打了，和香料一起灌在里面，放在锅里煮，然后切了吃。这是他的专利，我们吃不下。

胰子油大概是猪胰脏边上的油吧，味道或许不怎么样，村里有人却能生吃。据说屠夫松把带能一口吞下，眼都不眨一下，也算奇人了。

舂糍粑

“二十八，打粑粑。”

舂糍粑，是和杀猪同等重要的事情。这是一个技术活，也是一个集体活。说是技术活，因为不管是蒸糯米，还是打糍粑，都得有点儿讲究。说是集体活，是因为需要男男女女、老老少少，许多人一起来完成。

先要蒸糯米。米是上好的糯米，雪白，软和，都是自家山上的水田种的。在前一夜，米泡好了。舂粑这天，主人早早起来，请蒸糯米的师傅，把糯米放到巨大的蒸桶里。村里人把蒸桶叫作“甑”，这词十分古雅，在《孟子》中就有了。

灶火烧得旺旺的。师傅在边上守着，不时查看，观察糯米的变化。等糯米熟透了，变成了糯米饭，师傅会告诉大家：“可以舂了！”等待着舂糍粑的三位后生，听到这个声音，拿着粑杵，摩拳擦掌，跃跃欲试。

糯米饭用脸盆盛起来，一位年纪稍长的汉子，从蒸米师傅那里接过脸盆，跑到后生前，把糯米饭倒进石臼里。后生们紧紧捏住粑杵，先慢慢地揉压两分钟，待米饭紧致了，举起粑杵，有节奏、有秩序地往石臼里舂去。

这是一幅力量的美图，非常动人。

师范时代的寒假，我曾参加过舂糍粑，可惜气力不济，常两个回合，便得找人替换。

舂啊，打啊，约莫十分钟的样子，一臼糯米饭全部变成粑状。为首的发一声喊：“起！”三位后生把粑杵往石臼底一插，略旋两圈，合力往上一抬，整臼糍粑被抬到了离石臼不远的案板上。案板上抹了煎熟过的茶油，糍粑不会粘在上面。

一位专司揉糍粑的大妈，用油绳往每个粑杵上一勒、一拉，一大团糍粑干干脆脆地落到案板上。大妈两手沾油，将这一大团使劲地揉上几揉。接着，熟练地揪出一个一个拳头大的粑团子。边上，早就等满了准备揉粑的女人、孩子。他们接过粑团子，慢慢揉压，那些粑团子，一会儿都变成了扁圆的糍粑。

糍粑放在案板上，过几天，风干了，便可以收藏。

为了防止它长霉，开春后，母亲会用王桶装满山泉，把糍粑泡在里面。要吃的时候，捞几个出来。

糍粑浸在定期更换的泉水里，能够一直保存到夏天而不变质。

吃糍粑，方法不止一种。

常见的有甜酒煮糍粑、白菜蕻煮糍粑、油炸糍粑等。我记得最深刻的，是烤糍粑。

冬日的湘西，阴寒潮湿，常用火盆烧木炭取暖。这时，把粑架（专门用来烤糍粑的一种铁架子，如果没有，就用火钳代替）架好，拿了糍粑放在上面，不断地翻烧。糍粑在火气催逼下渐渐鼓胀，表皮微微隆起，起了金黄的硬壳。这意味着大功告成，美味可以入口了。如果再在熟糍粑中夹一块油豆腐或霉豆腐，更爽！

记忆中，每年正月初一的早餐，父亲会在灶前的炭盆里，烤上一个糍粑，和我们分享。按照他的说法，这是“元宝”，吃了以后，一年会顺顺利利。父亲烤糍粑的技术极好，烤出来的糍粑香气浓溢，叫人难忘。如今，在城里过年时，经常会想起父亲烤的糍粑。恍惚间，他离开我们很多年了。

做豆腐

过年要吃豆腐，不知是哪个时代传下来的规矩了，一直这么坚持着。

村里每家人都会种一些黄豆，产量不是很多，但足够做几桌豆腐的。

做豆腐，首先要磨豆子。

小时候，家里有一副石磨，上下两半，合而为一。上扇顶部有个小孔，边上是一个把手，把手连着推磨用的长柄。一根长绳，从屋梁上垂下来，系着长柄。磨豆时，两人配合，一人推拉长柄，转动磨盘；一人将泡发了的豆子，从上面的小孔一勺勺喂进去，时而加一点儿水，让豆浆顺利流到磨盘下面的盆或桶里。

那时我还小，力气不足以推动磨盘，喂豆子的手法又不匀称，所以喂豆子的任务，常由姐姐来承担，母亲则担负着推磨的重任。偶尔，给母亲搭把手，帮着推推，觉得很吃力，不一会儿就出汗了。

等到小学毕业，村里引进了磨豆浆的机子，用电动机带动，快捷许多。挑着豆子到碾坊，十多分钟打完了。磨完时，由于加了水，半桶豆子，变成满满两大桶豆浆。挑回家，得走一些路程，颇费力气。有一年，我挑了一担豆浆往家里赶，走到堂屋门口时，累得不行，咬着牙，想一口气挑到厨房去，结果在跨堂屋门槛时，气力不济，脚磕了一下，将一些豆浆泼在地上，挨了好一顿骂。

大锅煮豆浆，柴火烧得旺，很快热气腾腾，翻滚开来。这时，用大勺将豆浆舀起，放入一块大纱布中，纱布下是一个大桶。纯豆浆透过纱布沥进桶里，豆腐渣留在纱布中。

该放石膏水了。俗语说："卤水点豆腐。"村子里做豆腐，不用卤水，用的是石膏水。把石膏放在火里烧透，捶碎成粉，用水兑好，放到豆浆里，豆浆慢慢变化，分离成豆腐花和水。这个程序需要技巧，放多了，豆腐太老，放少了，豆腐太嫩。执行这个程序的，都是有经验的人。

最后是成形。每户人家都有"豆腐匣子"，用木板做成的四四方方的匣子，上下四周都有纹路。架好豆腐匣子，四周放上细纱布，把豆腐花舀进去，盖好，再在盖顶压上磨盘或者其他重物。水挤出来。过得两三个小时，打开匣子，豆腐印上了木板上的纹路，变成工工整整的方块。拿刀切开，大功告成。

豆腐的储存和吃法，花样很多。

最常见的是用油炸好，腌上盐，放在坛子里，可以吃到来年夏天，我们将其称之为"煎豆腐"。

或者，将豆腐切成小方块，放上一个星期左右，令其自然发酵，然后加上白酒、辣椒粉、香料等，放入坛子里。过一阵，打开坛子，香味飘溢，滋味适口。这是霉豆腐，又叫"朽豆腐"。

或者，切成长条状，像熏腊肉一样熏起来，干了，炒着吃，味道很香。这叫"干豆腐"，或称"香干子"。

豆腐渣也能吃。

新鲜的豆腐渣，有种清香，放上葱炒，色香味俱好，有人命名曰"雪花飘"，颇形象。

有一种做法，给豆腐渣放上盐，揉成团，一个一个焙干，存起来，慢慢吃，味道独特，像豆豉，村子里就叫"豆腐渣豆豉"。

物尽其用，每一样都不浪费。

蒸甜酒

甜酒，有的地方叫醪糟。

我的家乡一直叫甜酒。我以为，这种叫法是准确的。因为它本来是酒，且甜，还有比叫“甜酒”更合适的吗？

过年时，母亲总要做一点儿甜酒。

工序并不复杂。突出在一个“蒸”字。

上好的糯米，米白而细长。用井水泡了，整整一天一夜。米慢慢发胀、变软。

母亲拿出小蒸桶，将糯米装好，放到灶上。

开初，柴火烧得很旺。等蒸桶顶上冒出白汽，火逐渐地减下来，用文火慢慢蒸。

到差不多的时候，母亲掀开蒸桶盖子，轻轻抓一把糯米饭，放在嘴里一嚼，说：“熟了，可以了。”

刚蒸熟的糯米饭特别香。母亲抓几把，捏成几个饭团，分给我和姐姐等人。清香扑鼻。

母亲把糯米一勺一勺盛出来，放到筛米用的筛子里，摊开，让它冷却。这得掌握时间，冷的时间过长，糯米变成干硬的，不合用；冷的时间过短，糯米太软，也不合用。须不冷不热、不软不硬才好，这是要一点儿技术的。

糯米饭冷热适宜后，母亲找出酒曲。湘西集市上买来的酒曲，都是丸子状。母亲把丸子捏碎了，撒在糯米饭上，慢慢和匀。

接下来，还得“蒸”。不过，不用大火蒸了。

母亲用一个陶罐，把和好酒曲的糯米饭放进去，密封好。放到火盆上，上面盖着被子，慢慢地“焐”，或者叫作“蒸”吧。

湘西的冬天比较寒冷，用来取暖的火盆是经常烧着的。烧火的办法很特别，木炭烧着后，用灰盖上，也不灭，可以维持一整天，就那么热着。

陶罐里的糯米，在火盆的热度下，逐渐发酵。火不能太大，也不能太小，母亲对火候把握得很好。

如果火候过头，或者欠缺，酒就酿坏了。乡里多禁忌，这代表着不好的兆头。因此，到这一步时，我们从不敢去掀开被子看酿酒的进展，也不敢去问“是不是酿好了”一类的问题。

母亲是“蒸”甜酒的高手，似乎没有失败的记录。

过三四天吧，甜酒“蒸”好了。

打开陶罐，香甜的味道扑面而来，尝尝，清冽。

甜酒的吃法很多。

从陶罐里舀出来的，叫生甜酒，可以直接吃，味道略有些冲。

或者煮着吃，放红糖或者片糖一起煮，甜酒变成暗红色，是吉祥的色彩。

大多数时候，是将糍粑切成小方坨，放在甜酒里煮，用来做午餐或者夜宵。湘西的寒冬，一家人围着火盆取暖。深夜里，母亲去厨房煮了甜酒糍粑。大家吃了再安睡，一个晚上就不觉得冷了。

甜酒具有滋补的作用，村里人生了孩子，常会用甜酒煮鸡蛋给产妇吃。记得有一次，我去村里的合作社买甜酒，那位柜台里的阿姨第一句就是：“你们家有谁生孩子了?”哪里啊，平时也要吃甜酒嘛!

吃甜酒应该还蕴含着某种风俗。我第一次去拜见岳父母，刚进门，岳母用甜酒煮了鸡蛋、红枣等招待我，味道实在甜极了。大约她希望我们一生甜甜蜜蜜吧。

甜酒经得起放，越放度数越高。

春天蒸的甜酒，到夏天舀出来喝时，酒糟少了，大部分化成了酒。这酒比普通白酒更容易醉人。小时候，一位叫作晓娃的邻居，因贪喝甜酒，醉了一天一夜。武松上景阳冈打虎前，饮的大概也是这种酒。他酒量大，喝了十八碗，亦醺醺醉矣。

城里如今也能买到甜酒，但味道似乎要差得多。何时才能再吃到家乡的甜酒呢？

吃年饭

湘西乡里，对年饭很看重。

年饭不是年夜饭，年夜饭是大年三十那个晚上，自家人的团聚和宴飨。而年饭，是用来招待客人或整个家族团聚的。

比如，今年某家新嫁女，女婿来拜年，当岳父的要大摆宴席，把自己的兄弟叔侄全部请来，炒上最好的菜，拿出自酿的酒，痛痛快快地吃喝一场。

你家的女婿，也是大家的亲戚。你是亲岳父，那你的兄弟就是伯岳父、叔岳父，等你的宴席摆完，就轮到他们展示热情了。他们会协商好，轮流地把宴席摆下去，宴请这位女婿，把家族里的人叫上作陪，气氛热闹至极。

年饭，不仅是一种宴请，更是一种乡情，一种亲情，一种仪式，一种狂欢。

年饭没有确定的时间。客人来了，轮流招待，先是主家做东，然后是叔伯兄弟做东。

只要不出正月十五，这种轮番式的宴请，都叫年饭。

即使没有客人来，“喊年饭”也是必不可少的风俗。如果这一家族有五兄弟，那从初二到初六，每天一家，今天在你家吃，明天到他家喝，一直要吃个遍。

不然，没有算过年。

年饭的宴席是丰盛的。

其实不需要做多大准备。过年前，猪、鸡、鸭、鱼这些“硬菜”早就准备好了。

干活的人也是足够的。

只要说这家人“喊年饭”，家族里所有能干活的人，都会早早去帮忙。烧火的烧火，切菜的切菜，煮饭的煮饭。按部就班，井井有条。

掌厨人并不是外请的，一个大家庭里，总有那么一两个菜做得好的。不见得是大厨师，但做一顿年饭，足够了，味道绝对不差。

菜很威猛。

肉是主菜。一年到头忙农活，就等着过年时，多吃点儿肉，多喝点儿酒。

首先是蒸膀腿，一般是腊膀腿，足有十多斤重。这道菜似乎没什么技巧，将熏腊了的膀腿，放在柴火上蒸。熟透了，舀出，端放在桌子中间，大功告成。其时，膀腿热气腾腾，香气漫溢，切一块下来，蘸一点儿自制的油泼辣子，一咬，油顺着嘴角流下来，过瘾！这道菜是喊年饭时必备的。如果没有这道菜，年饭的气氛出不来。大约是过去的日子穷，有这么一道菜，方能大快朵颐，满足口腹之欲。

扣肉是一道常见的菜。这个菜大家都见过。做法并不复杂。将新鲜的猪肉，用水焯一下，然后，给猪皮抹上一层甜酒，放到油锅里炸一会儿。肉皮慢慢变成金黄色或酱黑色，给人一种视觉上的美感。这时，切一大块肉，一刀一刀划成块，放到碗里，再摊上些盐菜或霉干菜，放到蒸锅里去蒸。约个把时辰，熟了，找一个一样大的碗，把蒸好的肉倒过来，“扣”在碗里，一碗“扣肉”就做成了。扣肉的口感很好，肥而不腻，落口即溶，乡里人笑称其为“落口溶”，都喜欢吃。

有一种肉叫“坨子肉”，大约因形状而得名。烹饪之法十分简单。将五花肉切成一个一个的小方坨，放到锅里，用清水煮熟，撒上一点儿葱、姜即成。这种做法，保持了肉的原味和清香，甘美可口。如果在入口前蘸上一点儿油泼辣子，味道更好。

鸡和鱼是不能少的。无鸡无鱼不成席。鸡，一般和木耳炖着吃；鱼，先用油炸酥，再和白菜一起煮了吃。味道鲜美，难以言传，只可意会。

通常会有板鸭。湘西的板鸭须用湘西农家的酸辣子、酸萝卜来炒，味道独特，用以下酒甚好。

蔬菜会有一两种，自家房前屋后的地里种的，味道纯正，绝对的绿色食品。记忆比较深刻的是猪油炒红菜薹，略带苦味，回味久久，叫人思念。这种菜在北地很少见到，资料上说，红菜广泛产于两湖地区，唐代已是著名菜蔬，列为土特产向皇帝进贡，曾被封为“金殿玉菜”。没想到，这种小时候经常吃的蔬菜，还有这样的文化内涵。

最后一道菜，常常是面条。这在北方人看来，不可思议。面条是主食，怎么能做菜呢？然而确实是这样。湘西的主食是米饭，面条或许由此成为菜品。把挂面用油汤一煮，放点儿韭菜或葱花，就是一道菜。这道菜端上，标志着所有的菜都上齐了。据说，面条很长，拿这道菜殿后，寓意天长地久、情意长久。

年饭是丰盛的。

几家人轮流喊年饭，主人抱了朴素的感情，常想一家比一家做得更热闹些。湘西评价人热情与否，宴席是否丰盛，主要看桌上有多少个碗。超过十五个碗，年饭算是丰盛的。实际上，很多时候，都超过了二十个碗。也就是说，桌上摆了二十道菜。

简直有些奢侈！

通过这些碗，可以想见吃年饭的盛况。

年饭开饭的时间要么是中午，要么是下午。如果是中午十二点钟开始，大家慢慢吃、慢慢喝、慢慢聊，可以吃到晚上。如果是下午五点钟左右开始，时间往后延伸，可能会吃到深夜。

虽然年饭的酒席非常丰盛，但真正说起来，吃年饭的人并不在乎吃多少，最关键的是这个过程，一年到头，好不容易有这么一个家族团聚的机会，可以在一起喝喝酒，叙叙旧，谈谈各自的生活和工作。这是十分惬意的事情。

湘西保留了很多古老的风俗。有些风俗用现代的眼光看，有些不那么“进化”。比如，吃年饭时，女人和孩子在一起吃。男人们占了主要的桌子，在一起喝酒。现在还是这样，显得男女不那么平等。这也有一个好处，女人和孩子大多不喝酒，一会儿吃完，玩其他的去了。男人们会边喝边聊，吃上很长的时间。

男人们在酒席上的位子是有讲究的。上位是客人或长者。下位也是长者，地位比上位略低。坐在两边的四人各有分工，其中一人负责斟酒，一人负责端菜，另两人专门陪酒。各人的责任清清楚楚，丝毫不乱。一般来讲，专司斟酒的“把壶人”酒量最好，常由喊年饭的主人担任。他会极力劝酒，自己以身作则，主动喝酒。目的是为了让人多喝酒，如果不喝倒一两个人，就显得不够热情。

喝酒的过程是热闹的。女人和孩子们吃完散去后，男人们会一轮一轮往下喝。菜冷了，女人们拿去灶上热热，再端上来。一顿饭下来，热个五六次很正常。

酒是米酒，放在炉子上温着。喝酒不用杯子，用的是碗。一喝，就是一大碗。屋外大雪飘飞，屋里暖意融融。

冷天喝热酒，暖意在心头。

酒意上来了，大家会猜拳。拳令和各地一样，常见的是："一生敬，二红喜，三夺财喜，四季长情，五子登科，六位高升，七拱桥，八仙过海，九龙长，十全开。"酒席上的人轮流往下猜，谁输了就饮一大碗酒。逸兴遄飞，快意人生。

如果这样不过瘾，男人们还会猜"梅花拳"。这种"拳法"，如同美丽的酒歌，先是两个猜拳人唱，到高潮部分，全桌的人一起唱，声震屋瓦，开心如仙。

两人先是唱：

鲜花的酒呀，两朵的梅呀，
二红四喜两朵梅且是喝得酒呀！

唱了这个开头，两个人就猜拳。用的也是唱腔。"六位高升且是喝得酒呀！""八仙过海且是喝得酒呀！"不断唱着战斗下去，直到分出胜负来。

输赢一分，轮到输家喝酒。这个时候，大家歌声跟着起来。如果是长者输了，大家会一起豪兴地唱：

小的来端杯呀，
大的来喝酒呀！
喝了这杯享福酒，
还有两小拳呀！

唱完歌，长者端了酒碗，仰脖饮干，继续猜拳喝酒。

这样的人生，哪里有什么忧愁呢？

成年后，我常常参与这样的酒席和猜拳。给我印象最深的，是在小叔家里吃年饭。每年几乎都是吃到深夜。席散了，他还煮了甜酒给我们做消夜。灌了几个小时的酒，哪里还吃得下。但他做的几味下甜酒的凉菜（我们叫“茶菜”）味道极好。有干豆角、酸萝卜、油焯蒜苗等，爽口爽心，叫人留恋。

小叔家在半山腰，离我家还有一段路程。我们踏着雪，沿着崎岖的山路下行，寒风一激，酒意翻涌，脚下打滑，不时跌倒。堂哥老岩喝酒最多，有一次摔到水田里，成了个落汤鸡。现在想起来，觉得有些危险。当时却不觉得，大家大笑一阵，继续摸黑前行。

笑声回荡在正月的夜色里，久久不绝。

这就是年饭，这就是湘西的美好！

舞龙灯

湘西的农活很重，到了过年这几天，终于可以轻松些。积淀了一年的劳累，要通过休闲、放松的方式释放出去，让身体慢慢恢复。

等到来年春耕，才可以生龙活虎地去劳作，去重新点燃一年的耕种和希望。

舞龙灯，是村里人休闲的一种方式。

据说，村子里的龙灯起源于唐朝。如今，这么原始的龙灯，只有在这里才能看得到了。

无形中，这给村子里的龙灯赋予了一种文化的味道。

村子里的龙灯，以竹为骨，以纸（土制的纸，薄而有韧劲）为皮，灯内用自己熬制的纸烛照明。龙灯长短不一，九节、十一节、十三节，甚至更长，均为单数，这里面大约有什么禁忌。

尤为奇怪的是，村里的龙灯，龙头与龙身是分离的。曾听母亲说过，这是因为恶龙为害乡里，有位勇士将龙头斩下，才消除了祸患。村里龙灯所展现的，就是已经被斩之龙的形象。这是不能连起来的，如果连起来，只怕乡里又要遭殃了。

传说增加了神秘，增加了人们的玩兴。从正月初一到十五，村里的龙灯每个晚上都没有停歇。

它提供给人们的，不仅仅是娱乐和欢快，也是一种古老的传承和念想。

舞龙灯的人，都是村里的青壮年劳力。

他们是粗壮的。天寒地冻的时节，他们举着龙灯走过大大小小的山路。从这一家到那一家，从这座山到那座山。路不好走，坎坷崎岖，有时还结了冰，他们如武林高手一样，腾挪闪跃，如履平地。

这样的行走和跋涉，展示了超强的体力，展示了湘西山民的强悍。

他们又是灵巧的。平日里，他们不善言辞，表情木讷。舞起龙灯来，他们一下子变了。他们跳，他们转，他们组合队形，他们一齐呐喊。他们脸上泛出红光，眼睛放出神采，一种原始的强力在他们身上涌动。

你会被他们感动，感动于他们的技艺，感动于他们的节奏，感动于他们的力量。

他们的舞龙灯表演，完全可以称得上一场原生态艺术的盛宴。

并不只是我们村有龙灯。上面的红丰村、红岩村，下面的东升村、北升村，都会舞龙灯。

有时候，十里八乡的龙灯会聚集在镇上，进行声势浩大的龙灯聚会。

山镇不大，几十条龙灯加上小宝灯等，几下就把各个街道挤得水泄不通。各村来的龙灯，在这样的场合中，会大肆比拼，“秀”出他们最好的功夫来，博得阵阵喝彩和叫好。赢了的，脸上有光，露出得意的神态；输了的，也不懊恼，从容下场，暗暗努力，准备来年再战。

这样的集会，小时候常常有，现在少些了。大约，政府觉得一帮山民聚集在一起，安全不能保障，随时可能发生踩踏等事件，因此取缔了。

这种善意的管理是可以理解的，但民俗中那种美好、那种传承，随之没有了。

毕竟是一种遗憾吧！

官方的聚会没有了，民间的小范围“争胜”还不时发生。

邻村的龙灯从我们村路过，我们村的龙灯抓住机会，发一声喊，跑上前去，将他们拦在路上。

比“舞”开始了。你舞一段，我舞一段，舞出不同种花样来。

村里龙灯可舞的花样，实际上也就十几种，邻村的也差不多。大家舞完了，又从头再舞，直到一方认输为止。

大多数时候，过路的龙灯会输，因为他们没有主场优势，带的灯烛不够，又没有啦啦队。舞到一定时候，他们的龙灯渐次熄灭。

对于输赢，他们心里不快，却并不十分在意。最多留下一句狠话：“等你们的龙灯过我们村时再说！”如果我们村的龙灯真的经过他们村，结果常常是相似的，放出一句不软不硬的狠话，铩羽而归。

想起来，这种略带刺激又不血腥的“斗艺”，蛮有趣的。

舞龙灯，当然不只有龙灯，还有许多其他“配角”。

印象最深的，是村里几个平时喜欢开玩笑的活跃分子（有点儿类似舞台上的小丑），在舞龙灯的时节，扮成唐僧师徒四人、艄公、艄婆等；还特意找一位女子，扮了蚌壳精。龙灯开始时，他们会在一个很大的场地里（通常是村小学的操场），表演操练一番。

村里人来了，里三层外三层地围着，树上、楼上爬满了人。中间的场地上，唐僧师徒四人表演得正起劲。电灯不太亮，一个人拿着火把在场边走来走去，不时将一把松明粉撒在火把上。“砰”的一声响，腾出一团火来，周围唰的明亮一回。猪八戒的运气总是不好，他想与那蚌壳精调笑，一不留神被蚌壳精把脑袋夹住，挣扎好久都无法挣脱，狼狈至极。看他在那里苦苦挣扎，人群里不断发出叫好声。气氛是欢乐的。

小孩子常参与到舞龙灯的活动中。

小孩要参加，得有“准入证”。办这个“准入证”，是很容易的。只要家长用竹篾给他做一个小小的灯笼，用小竹棍提了，就可参加舞龙灯的队伍。小孩子们提着小灯笼，随着龙灯走村串寨，成为大龙灯绝好的映衬。这些小灯笼，村里人给了它一个好听的名字，叫“宝灯”。由于参加的小孩子多，每人一个宝灯，在山间行走，星星点点，颇有诗意。即使只有这些宝灯，大约也能独立构成灯的小森林了。

另外，还有牌灯（四四方方的一种，如一块牌子）、鱼灯、牛灯等，都由小孩子或少年人担纲。

我一直是宝灯群中的一员，提着父亲给我做的宝灯，走到这家，跑到那家。山高路窄，还要过田埂，有时不小心滑到冬水田里，冰寒刺骨，应该是特别难受的。但几乎没感觉，每当跌倒，我总是提着宝灯迅速爬起，照样一路小跑。兴奋战胜了寒冷，心里的快乐远远大于不小心滑跌带来的不便。就这样，和小伙伴们一道，坚守在自己的宝灯阵营里，直到深夜龙灯会结束，才各自散去。

舞龙灯，最大的目的应该是为新一年的岁月祈福。

龙灯会走遍村里每一户人家，把美好的祝愿送上。每户人家的情况不一样，祝福的话语也不一样。

舞龙灯时，有一个人专门负责讲祝福的话语（村里人称之为“讲好话”）。这个人口才要好，记得许多诗一样的祝语，善颂善祷，朗朗上口，让主人听了眉开眼笑。比如，主人家盖了新房，那人就大声说：“龙灯头上一点黄，今日特来贺华堂。恭贺华堂幸福长，年年富贵添吉祥。”每说一句，周围的人大声应和“好咯！”主人受了祝福，要答以感谢的话语，一般也是四句，同样齐整好听有内涵。随之，奉上钱、米、糍粑、烟、酒、糖果等作为酬谢。这个仪式，一般在主人家的堂屋（即中堂）里完成。这间屋子里有主人家的神龛，龙灯停留在这儿，既是对主人的尊重，又包含了祭祀的深意。

从堂屋出来，如果主人家够热情，他家门前晒谷的禾场又宽敞，那么，龙灯会在这里滚舞一回。大家高兴地喊着叫着，把龙灯舞成一条旋滚的火龙，壮观极了。这也是答谢主人盛情的最好方式。

龙灯先到谁家、后到谁家，是有预报的。

龙灯晚上才出来，但早在白天，有人会把晚上要走的路线先走一遍，通知这条线路上的每户人家。

晚上，龙灯出来了。灯未到，鼓先行。

两人抬了一面大鼓，另有一人提着一面大锣，三人按照一定的节奏，边走边敲，锣鼓声响彻村庄。

这是信号。

锣鼓一过，约半小时，龙灯抵达。

有锣鼓声，就有龙灯。锣鼓声停，龙灯也停。每晚的锣鼓声停下时，都已到了深夜。

舞灯的人们回到出发时的地方，大多数时候是在村子的小学里。大家清点这一晚的成果，看有多少钱、多少烟、多少糖果……钱会存起来，等到下次活动再说。那些烟、酒、糖果等，当场就分了。凡是参与的，不论长幼，见者有份。多么激动人心啊！我们提宝灯的小孩子，常分得一些瓜子、花生、饼干什么的。对这些成果，我和其他小伙伴很满足。觉得一个晚上没有白跑，掉到水田里的那些艰辛，被几颗糖果带来的欢乐迅速冲销了。

到正月十五，龙灯会结束了。按习俗，龙灯不能保留，要组织“散灯”。

这依然是有仪式的。

这一夜，村子里各家各户会将一些香烛点插在牛栏、猪圈和门前路边，祝福新的一年光明顺利。做完这些后，大家将当年舞过的那条龙灯，放到河边，慢慢烧掉。

然而，龙头不能烧，须保留着。等到明年，从“头”开始，这个龙头又将带领新的龙身完成祝福的使命。

哦，龙灯。

唱戏

早先时候，春节到了，晚上舞龙灯，白天看戏消遣。

唱戏的地点，一般在村里的礼堂。这个礼堂是多功能的，开会在这里，放电影在这里，议大事在这里，唱戏在这里。礼堂紧邻村里的小学，是村里的公产，也是大人、小孩平时玩乐的地方。

戏有很多种。村里请的戏团，大多数是小黄村的阳戏团。小黄村爱唱戏的人多，有自己的戏团。十里八乡的人想看戏，就请他们来演。他们也乐意，一来可以展演自己的技艺，与乡亲们同乐；二来可以得些报酬，补贴家用。剧团演员都是村里以种地为生的农民，唱戏纯粹是一种业余爱好，如果能挣点儿钱，也是一件好事。

阳戏在全国其他地方似乎未见流传。这些年来，我走过东南西北好些地方，未曾看到或听到别人谈起阳戏。资料显示，这种戏仅在湘西一带流行。它的由来源远流长，具有浓厚底蕴。

据说，阳戏形成于清嘉庆、道光年间。之所以叫“阳戏”，有两种说法，一是认为是种田人、种阳春人演的戏，艺人大多是农民，并且长期在农村演出，所以称之为“阳戏”。另一种说法是因为傩戏与阳戏同班演出，傩戏是为娱乐鬼神而演，称“阴戏”，阳戏在庭前扎台唱戏，主要是娱人，故称之为“阳戏”。

阳戏有南路和北路之分。南路阳戏流行于吉首、泸溪、凤凰、麻阳、怀化、芷江、黔阳、会同、新晃、溆浦以及贵州的松桃、铜仁、玉屏、天柱、锦屏、黎平等县市，北路阳戏则流行于沅陵、古丈、永顺、大庸、桑植、龙山、保靖、花垣以及湖北的鹤峰、来凤，四川的酉阳、秀山等县市。

按这个分法，老家的阳戏应该隶属于南路阳戏。但它和北路阳戏有什么区别，我没有研究，无从得知。

阳戏的剧目似乎是很多的。

然而，年代久远，大多已经不记得了。有印象的，是那个许多剧种里都有的《刘海戏金蟾》。情节和花鼓戏里那个《刘海砍樵》差不多。讲年轻樵夫刘海和狐狸精胡秀英的爱情故事，颇具奇幻色彩，同时很温馨。

比起花鼓戏，阳戏的唱腔似要柔和些，韵律比较简单，听过几遍后，我们也能哼唱几句。有时，几个小朋友，在闲暇时，唱念做打一番，非常有意思。

看戏对于村里人来说，是一件盛事。

大家早早从家里出来，赶到礼堂，聚集在一起。手里带了瓜子、花生一类的东西。都是相熟的，大家边嗑边聊，家长里短，村闻趣事，热火朝天。

戏开演了，有部分人热衷于听戏、看戏，不再言语，认真看起戏来，到精彩处，免不了喝彩叫好。有部分人，对演什么戏是无所谓的，依然嗑瓜子、聊天，这全然是“社交第一、看戏第二”了。

又有一种相亲的，双方都没见过面，说不好下一步会如何进展，由牵线人带到戏场里，两人隔得远远地坐着，并不寒暄和说话，见个面，如果双方都觉得好，便继续交往下去，慢慢地成了姻缘；如果两人觉得不合意，就当没这回事，依然过自己的生活。在这里，戏场变成了最好的相亲掩护地了。

作为小孩子，看戏并不在“看戏”，实际上在看人、看热闹而已。因此，事到如今，已经记不得剧目的名称来。演员中，倒记得其中一个演胡秀英的演员，好像很漂亮，她的演技和唱腔折服了村里人。她的名字应该是张一兰吧。戏一散，孩子们议论的是戏里的武打场面，大人们议论的是张一兰，说张一兰如何如何，真是“戏里是非谁管得，满村争说张一兰”了。

算起来，张一兰如今快六十岁了吧。

打篮球

村里有时会组织很健康的集体活动，比如，打篮球。

村小学有一个篮球场，露天的，地面是土，完全原生态。两个篮球架也不规整，特别是两个篮筐有点儿歪，松松垮垮的，显得吊儿郎当。

即使是这样，村里人也很喜欢这里。平日里，孩子们会拿着球到这里来打一打、玩一玩。有时候，人多，就打半场或全场。大家打球都是野路子，动作不那么正规，更没有什么裁判，打起来的时候犯规很常见。大家不管这些，把一场平常的球打得十分开心，欢乐洋溢在小学的上空。

过年时，村里在外工作、读书的人回来了，这里面有一些篮球打得好一点儿的。晚饭后，小学里聚了很多人，参与打球者甚众。免不了分成几队，轮流上阵。输的下场，赢的留在场上继续战斗。

分队时，并不是随机的，经常是这个院子、那个生产队的自成一队。村子虽小，分队的地域性却十分明显。各队之间的玩乐，渐渐地，有了地域比赛的性质。比如，我们这一队的人，都住在唐家湾（其实没几个姓唐的，但地名如此），另一队的人，则是韩家院子的，这一场比赛就变成了唐家湾对韩家院子的比赛。这种分队比赛法，很容易激起集体荣誉感，打起来比较激烈。看球的人，自然而然，根据自己所在的地域，分成了不同的啦啦队。

村里的负责人大约看到了这一点，过年时干脆出面组织篮球比赛。这个组织活动极为松散，没有报名，没有领队，没有教练……过年那几天，村长每天都到篮球场，看大家打球，为了表示是比赛，他顺便承担了裁判的角色，判定谁胜谁负。比赛没有资金、没有奖杯、没有颁奖仪式……，比赛结束时，村长会大声宣布："今天某某院子的队获胜，明天接着再打！"赢了的十分高兴，输了的也不气恼。第二天，这帮人依旧到球场上去，继续比赛，或者有其他的队新参与进来，结果同样有输有赢。

村里组织这样的比赛，仅是为了玩乐，没有什么高大上的目的。村里人纯朴简单，打球就是打球，哪有什么其他的想法呢？但实际效果是明显的。那些年，村子里偷鸡摸狗的现象少，人们也团结，想来这与村里组织这样的集体活动不无关系。

过年时，乡里有时也组织篮球比赛。由于村里人经常打篮球，与其他村比，我们占有优势，好几次都夺了名次。

乡里穷，乡政府没有水泥球场。好在边上的木鳖电站有一个水泥球场。几个村的篮球比赛，要专门走到那里去打。

我曾代表村里去打过一次。球场边是静静的群山，背靠飞流直下三千尺的飞瀑。打球声、水流声、叫喊声……混杂在一起，在这样的环境中打球，应该是人生难得的际遇吧！

匠人

人生于村，除了田里、地里那点儿事，免不了要修屋造房，免不了要筑路架桥，这些事情，不是普通的农人所能操持，须由专业工匠操作。

经过口授身教，代代相传，村里慢慢有了一批匠人。

这些人，不是专职的。平日里，他们耕种田地、经营山林，有需要时，他们马上以匠人面目出现，在自己擅长的领域里，展现出较高的专业造诣。

匠人秉承师训，有人请他们做工，他们认真对待，极其负责，尽自己所能，精益求精，生怕自己的手艺不好，引起主人的不快，或是毁了自己的名声。他们这种敬业的态度，放到现在，应该叫作“工匠精神”吧！

村里，从山间地头到家园房舍，从日常器具到路桥建筑，到处都有能工巧匠的身影。

他们如一道风景，活跃了山村的生活。

木匠

我说过，我是木匠的后代。

我爷爷是一名老木匠，他的盛名在十里八乡传唱。他的手艺，他的风采，他的种种传说，仍有一些老年人不时提起。

我没有见过爷爷。我出生时，爷爷已经去世很多年了。我只能从乡邻们零星的言谈中，得知爷爷的一些事迹。

这位木匠，当年是神一样的存在。

我的三伯继承了爷爷的衣钵。我家有木工活时，会请三伯来做。当是时，三伯带上几个徒弟，拿了工具，在堂屋里架上木马，一忙好几天。由此，我得以近距离地观察他们干活，听他们闲谈，了解他们的生活和手艺。

木匠的工具，常用者有斧、锯、刨和墨斗等。一棵树从山上砍下来放干后，要变成可用之材，得经过许多程序。第一步就得用斧头砍削。一斧一斧地斫，把废材砍掉，或做梁，或做柱，或做横方，慢慢有了大致的模样。进一步，用锯子来修整，用刨子来美化，使之成为房子或家具的一部分。

我多次看见三伯用斧头砍斫树木。树木架在木马上，三伯站在一边，手握着长长的斧柄，一下一下地斫着，不紧不慢。别人说三伯的斧头用得好。我看不出这个“好”来。他并不“运斤如风”。不过，那些木头，在他耐心、缓慢的砍斫下，变成了齐整、美观的材料。这也是需要长久积累而成的一种功夫吧。

三伯做活时，很少使用铁钉。他用的是腊竹钉。把楠竹砍下山，锯一截放到灶上面的“炕”（熏笼）里，过一段时间，竹子就“腊”了。

做木工活时，三伯取下竹子，削成钉子模样。打家具、造房子，这些腊竹钉被钉进木头里，固定着相互连接的木料，使它们更加坚固。

按三伯的说法，腊竹钉比铁钉更经用，铁钉会生锈，竹钉不会。而且，“腊”了的竹钉，不容易朽坏，是传统木工的上上之选。

墨斗是木匠不可缺少的器物。

这种工具很有趣，由线轮、墨盒、墨线组成，墨盒在前，线轮在后。墨线拉出时，从墨盒经过，蘸着满满的墨水。如果要把一根粗木，锯成合乎尺寸的材料，就得用到墨斗。三伯先用八字尺在木料两头量好尺寸，拿竹笔蘸墨做好标记，再从墨斗里将墨线拉出。线头是一个锥子，将锥子插在标记上，再拉，一直到这头的标记，紧紧按住。这时，三伯把手伸至线上，拈起，上扯，下弹，一条黑黑的直线印在木料上。如斯再三，几条直线“弹”好，沿着直线锯下去，一根方直的木料就成型了。

有时，我在边上看着，三伯让我帮助“弹”线，结果常常是用力不匀，墨汁四溅，直线边上溅满黑点，形状有如蜈蚣。我的手上，也是漆黑一坨，滑稽得很。

刚锯好的木料，表面粗糙难看，锯齿的印迹到处都是。用这样的木料打家具，再不讲究的人，也觉得无法入眼。这时候，刨子开始发挥作用。

三伯先用短刨子刨去凹凸不平的表层，再用长刨子细细地刨。有时刨不动，他就把刨子拿起来，用油布在刨底擦一擦，再刨，果然光滑多了。

他一边刨，一边不断地将木条抬起来，一只眼瞅上去，另一只眼用力闭着，不停地变换着角度观察。原来，他是在检查木条表面刨平了没有。那模样，很像打枪瞄准的姿势。

我学着他的模样，闭了一只眼睛瞧，却看不出木条表面的起伏或平缓。不过，“睁一只眼闭一只眼”这种功夫，倒是学会了。

有些人，两只眼要么开着、要么闭着，很难掌握“一只开、一只闭”的技巧，他们参加军训要射击时怎么办呢？

湘西早先有很多木质的楼房。木匠真正显功夫的时候，就是造房子。

如同造家具一样，老木匠们起房子时也很少用到铁钉，他们用榫、楔这些办法，把房子的架构搭好，将楼板、壁板铺好，技术高超，基本没什么缝隙。起木房子，最隆重的要数上梁仪式。俗语里有“挑大梁”的说法，大梁安装得好，一座房子才能稳固、坚牢。三伯说，上梁前要祭梁、敬鲁班祖师，梁木得安上铜钱，用红布包好，然后放鞭炮、念口诀上梁，很庄重的。

这种时刻，木匠理所当然是主角，无论哪个场合都由他主持，杀鸡祭梁时，他会念：“此鸡不是平常鸡，鲁班先师祭梁鸡。千年基业万年基，红血宴梁兆大吉。”上梁时，他要念：“主家请我来上梁，登上新屋亮堂堂。一上一步人气旺，二上二步子孙强，三上三步家道兴，四上四步状元郎，五上五步五谷丰，六上六步六畜壮。”全是吉利的话。鞭炮鸣响，叫好声喧天，乡邻们大约并不知道木匠在说啥，只是热热闹闹地围观。主人家摆上酒席，招待大家吃喝，这真是很快乐的事。

现在，新修的房子都是砖混的，很少再见有人修木房子。老的木房子正在衰朽，如同村里一茬一茬老去的人们。偶尔走进老房子，斑驳的光影中，还能看到大梁上那块已经古老了的红布，似乎在向我们诉说着什么。

做棺材是人生的一件大事。

村里人把棺材称作“千年屋”，意思是，人死后要住在棺材里面长达千年或更久。从这个称谓中，可见棺材在村里人心中的分量。造棺材的木料都是又大又圆的硬木，不易损坏和腐朽，价格不菲。村里人常常要花数年之久，才能积攒起这些原料。

三伯经常受邀给人造“千年屋”。程序挺复杂的。我观察过他们干这个活，但记忆不深。唯独记得是“圆盖”时，也就是整个棺材完工的时候，有一个仪式，得烧纸祭奠，主人家还得摆一桌饭菜。

棺材上好漆后，一般停放在柴房或楼上。在湘西走动，在民居边，不时可看到这个长方形、黑幽幽的大家伙。这时，不要吃惊，这可是主人家的“圣物”，也是当地木匠手艺的结晶。

老家的木匠似乎很稀少了。如今，家具是从店里购买的，建房子需要的木工活也少了。年轻人都外出打工，不愿意学这样“土”的技艺。这门古老的手艺，正慢慢从乡村消失。

如今，城里家中有些东西坏了，大都是我自己修理。

追根溯源，是我的骨子里还有一点儿木匠的基因吧！

锯匠

锯木条这个简单的活，难道还需要专门的匠人？

怎么说呢？如果只是一般的木料，锯成几段或是两片，木匠自己就能胜任。但是，大树砍回家后，不锯成方条或板子，根本就无法使用。这是重体力活，木匠一般承担不了。这时候，锯匠必须出马。

锯匠的锯是特制的，超大，锯片宽约两寸，长约两米。与普通锯不同，这种锯的锯片是横着的。锯板子时，锯片与木板的方向平行。我们平时做菜，常要片鱼或是片肉，刀须横向用力。锯匠锯木板时，锯片的运行轨迹亦如菜刀，只是，力度大不相同。

锯匠干活时，两人搭档。木头架上木马，与人胸齐。高矮相仿的两人，各站在木头的两边，按照木头上事先画好的线条，来回拉动大锯，将一根根原木锯成一块块木板。这个活，技术含量似比木匠要低，一般人经过短暂训练即可担当。我的几位堂叔都是拉锯的好手。据他们说，拉锯时，用力须匀，方向须稳，否则就可能将木头锯成废材，或是把锯片拉断。可见，拉好大锯也是要有点儿技巧的。

“拉大锯，扯大锯，你过来，我过去。”儿歌如此唱，轻松又快乐。但要把一大堆木头全部锯成板材，并不是每个人都能做到。锯匠大多敦实有力，在膂力上胜人一筹。

电锯普及后，村里人大多选择去锯木坊锯板材，或者直接叫人在家里装了小型电锯来锯，快捷而又方便。

锯匠这个行当，大约绝迹了！

漆匠

村里有一个漆匠，叫潘娃。我家当年新做了一些柜子、凳子，都是请他来上的漆。

上漆的工序不简单。首先是刮灰，那灰是用一种面粉般的原料调成，有点儿像现在的建筑材料泥子。家具是用山上的原木造成，木头上难免有些虫洞、节疤，或是木工有时疏忽，两块板子之间出现罅隙。潘娃拿了碗和刮刀，将调好的灰填在这些缝隙和孔洞里，然后刮平。他专注、仔细，一点儿孔隙都不放过，偶尔，还退几步观测一下家具的表面，看是否平整了。后来，我在不同场合，看到一些画家，一手拿笔，一手拿调色板，在画布上涂抹，不时站在远处观看涂画的效果。斯时，我想起潘娃，他给家具刮灰、上漆时，也是在进行创作吧。

刮灰的手法再好，也不能使家具平整如镜。于是，有了另一道工序：打磨。用砂布打磨凸出的地方，那些微微隆起的棱角，渐渐变成平面。经过砂布的洗礼，一些光滑之地，变为略显朦胧的“磨砂面”。漆刷上去后，依附得更紧。

漆的种类很多。按色彩分，有彩色的漆，也有透明的清漆。按来源分，有由工厂批量生产的洋漆，也有从山上采集自制的土漆。

土漆是湘西一带的特产。给棺材等上漆时，须用土漆，不用土漆不足以显示出其庄重、严肃。

制土漆之法，甚为古老。村后的山上长着一种树——漆树。这种树的叶子较尖，形状有如游鱼，枝丫不多，树干直立。树皮、叶子有毒性。上山砍柴、割草时，我们都不敢碰它，碰了后，皮肤当即会发痒，过几天就溃烂，可怕得很。但有的人不怕。村里有个青年，叫铁砣，有阵子，靠割漆为生。他找来一些野生的蚌壳，擦拭干净，在漆树身上割开一道口子，把蚌壳朝上插上，漆树的汁液慢慢地流到壳里。每天，他要给好多漆树上安设这样的装置。第二天，他拎着桶，去山上收取漆汁。这些漆汁，大多卖给漆匠去熬制土漆，价格不菲。我所佩服的是，我们所敬畏的漆树，铁砣视若平常，除了手上经常沾些树汁有些斑斑点点、不易洗净之外，漆树的毒对他不起任何作用。他身上大约有一种特殊的免疫力。

制土漆这个行当，现今应当还在。

只是，在铁砣之后，谁来承担这个活计呢？

岩匠

岩匠也就是石匠。岩石，是他们的工作对象。

雪峰山区，遇雨时滑坡多。道路、地块的边沿，动辄滑下一大块。为了防止土方的滑落，村里人就砌一面石墙，护着松动的土方。砌石墙，需要岩匠。他们凿开石头，按照石头的形状，一块一块垒好，尽量缩小石头间的缝隙。石墙砌成了，高高的，往里略微倾斜，站在底下向上望，看到一个斜斜的平面，似乎一直延伸到天上，雄奇、伟岸。

修路、打房屋地基，也离不开石匠。

山上巨大的花岗岩经由他们剖开，依尺寸“切”成条状，用錾子细细凿平，成为可用的石料。这些石料，请人抬下山，岩匠将它们摆在指定的位置，便成了道上的石阶，或是楼房的基石。

在山上开石，是艰辛的。

岩匠蹲在大石头上，仔细查看纹路，找准錾位，用小錾子凿出几个大孔，找几个矮壮的錾子放进去。他们抡起大锤，用力轮番往錾子上砸，几十锤下去，石头出现了裂缝，终于在某一刻剖为两半。

如是再四，大石变成了石块，石块变成了石条。“咚、咚、咚”，大锤敲击錾子时发出的沉闷声响，在山谷中回荡。岩匠黝黑、粗壮的身躯上，汗水横流，在炽热的太阳下发出光芒，展现着湘西山民的辛苦和伟力。

对岩匠而言，抡大锤的活寻常不过。然而，平常中潜藏着危险。

有一次，有位叫望文的岩匠，正用力抡起大锤砸石头，一下、两下、三下。突然，他惨叫一声，手捂着腹部，在地上打滚，脸色发白，嘴里发出痛苦的喊叫。同伴们围上来，见他的腹部流血，赶紧抬起他送到乡卫生院。

原来，在用大锤砸向錾子的时候，錾子上的一块铁屑被锤子砸下，激荡开来，如同一颗子弹，以极快的速度，冲向了他的腹部，一直射进了肝脏表层。所幸抢救及时，岩匠望文休养了一些时间，慢慢康复了。

这真是个危险的活。为了生存，村里许多人不得不从事这个职业。人生就是如此，有什么办法呢？

大石头在铁锤的敲击下四分五裂。按工程的需要，它们还得“切”成长条。没有电动切石机，只能用最原始的办法，量了尺寸，用錾子慢慢凿。

岩匠的角尺、墨斗与木匠的不同，木匠用的是木制的或者竹制的，岩匠用的铁制的。想来也是，木匠对付的是木头，岩匠针对的是石头，只有用铁制的器具，才能克服岩石的坚硬。岩匠也和木匠一样，用墨斗弹线，规整出石材的大小和形状。木匠弹出的线是黑的，岩匠弹出的线是红的。他们的墨是朱砂调制的，红红的墨迹印在粗砺的石头上，格外醒目。

依循着这些红线的指引，岩匠用手锤敲击着錾子，凿去赘石，凿出一条条纹路，再用平錾细细加工，使其更为平整。石材如若用于祠堂、寺庙等庄严场所，还会刻上简单的画像、图纹，显出拙朴的美来。

錾子是岩匠的必备工具。

由于直接和坚硬的岩石接触，錾子很容易变钝。“工欲善其事，必先利其器。”每次上山打岩前，岩匠都会锻錾子。他们拉动小风箱，烧燃小炉，将钝錾子放在炉里烧，火越来越旺，錾子变红了。岩匠取出錾子，放在小铁砧上，用力捶打，一会儿，钝头变成尖的，看上去很锋利。

岩匠把錾子放回炉里，烧红后，取出，轻轻地放到盛了冷水的盆里，“哧——”，一股水汽冒出。岩匠拿出来看看，似乎不满意，再“哧”，如是数次，终于好了。这就是淬火。火淬得好，錾子的硬度就强，在打石头的时候更加耐用。

岩匠本身如同錾子，日复一日的劳动，使他们疲惫，也使他们焕发出新的力量。这种另类“淬火”，造就了他们錾子一样的人生，不断地磨砺，不断地劳动，直到老去。

盐老鼠，檐老鼠

盐老鼠——偷盐的老鼠。

檐老鼠——挂在屋檐下的老鼠。

到底是怎样一种叫法呢？

别奇怪，我说的并不是老鼠。老鼠怎么会吃盐呢？又怎么能自己挂到屋檐下去呢？

我说的这种动物，学名叫“蝙蝠”。每个人都见过。

夏日傍晚，暑气还没有散尽。

我们坐在禾场上乘凉，拿着扇子，驱赶一天的疲惫和炎热。

蝙蝠以极快的速度，在天空飞翔。它们扇动着翅膀，来回穿插，在空中形成一张蝙蝠之网。太阳已经下山了，天边有火烧云，蝙蝠在这样的背景下飞舞，如同一首诗，那样的壮观美丽。

“它们是在吃蚊子。”母亲告诉我。

如同燕子一样，蝙蝠吃昆虫、蚊子。

湘西乡下，天空中常常飞满了这些微小的生物。它们是蝙蝠的美食。

湘西多岩洞。

年少时，在山上砍柴、割草，偶尔休息的时候，钻岩洞是我们的一种游戏和乐趣。

一个岩洞有好多洞口，我们从一个洞口进去，从不同的洞口出来。

洞内黑黢黢的，伸手不见五指。我们只能用手和脚探路，经常被石头撞得鼻青脸肿。有时，我们会点了火把，一进洞里，就会照见洞顶的石头上那一团一团悬挂的东西，如一个个小小的秤砣。把火把伸过去，它们马上飞起来。原来是蝙蝠！

它们白天睡觉，晚上出来活动。——岩洞是它们栖息的地方。

碰巧的话，会遇到大群的蝙蝠，在火光的威压下，它们“訇”的一下全飞起来，黑压压一片，雄壮得很。

蝙蝠是会咬人的。

有一个夏夜，几个小伙伴在我家的木板房子里玩，一只蝙蝠闯了进来。

哥哥把窗户和门关了。因为出不去，蝙蝠很焦急，四处乱飞，把灯撞得乱摇。

我们一起去追打，真的把它打了下来。我跑了过去，用手抓起，结果被它咬住了食指，疼痛至极。

哥哥赶紧掰开蝙蝠的嘴，把我的手解救出来。然后，用力挤压我手指上的伤口，将毒血挤出，再让我自己吮吸伤口。这么一折腾，似乎不疼了。有经验的小伙伴说，蝙蝠有毒，被它咬了后，及时将毒吸出来，就没事了。

那只蝙蝠呢？事隔多年，我只记得打蝙蝠和被咬这件事。那蝙蝠怎么样了呢？大概是放了。我们应该把它放回湘西的夜空中去了。

我的一位教授朋友，云南人，小时候生活在中越边界上。

他告诉我，“蝙蝠是一种无上的美味”。

他说，捉蝙蝠最少需三个人。黄昏时，一个人拿着树枝用力摇，两个人扯一张网站在前面。那树枝是从当地的一种树上砍下来的，蝙蝠特别喜欢这种树。听到树枝的响声，闻到树叶的气味，蝙蝠会成群地飞过来，毫不犹豫地自投罗网。

“每个都有拳头大小，一个就有好大一碗。”他说，语气很有点儿垂涎欲滴的味道。

我没有吃过蝙蝠。但从朋友的神色看，想来那是很好的味道。和朋友分别，已经十多年了，他的神态印在我的脑海，依然不时浮现。

据药典，蝙蝠是一种药，确实可以食用，具有疏通血脉、散瘀止痛的功效。《抱朴子》里更是说：“千岁蝙蝠，色如白雪，集则倒悬，脑重故也。此物得而阴干末服之，令人寿万岁。”这个功效已经和唐僧肉差不多了。

也有人说，西非流行的埃博拉病毒，是由蝙蝠传播给人类的。那里的人们，由于食物稀缺，习惯性地将蝙蝠和蜥蜴等小动物烤熟来吃，结果染了病。

对于蝙蝠，还是不吃为妙吧！

蝙蝠是一种动物。从物质角度讲，仅此而已。

然而，人类多事，不仅给它写诗，还赋予了它不同的象征意义。

唐代诗人元稹描写中秋景色，用了这样一句诗：“帘断萤火入，窗明蝙蝠飞。”状写的画面诗意盎然，宛然如在目前。

“蝠”和“福”，两字的读音差不多，因了这个缘故，蝙蝠在我们的传统文化里，有幸福、福气的意思，蝙蝠的形象也常出现在许多传统图案中，如“五福捧寿”就是五只蝙蝠围绕着一个“寿”字。

西方对蝙蝠的看法，大多是负面的。我看过不少吸血鬼影片，好多角色是按蝙蝠的样子来塑造的。大概，在西方人眼里，蝙蝠就是吸血鬼的化身。当然，也有例外，那个久负盛名的蝙蝠侠，反而是正义的代表。

中国人对蝙蝠也偶有讽刺的。

明朝冯梦龙的《笑府》里记载了一则笑话：

凤凰寿，百鸟朝贺，惟蝙蝠不至。凤责之曰：“汝居吾下，何倨傲乎?”蝠曰：“我有足，属于兽，贺汝何用?”一日，麒麟生诞，蝠亦不至，麟亦责之。蝠曰：“我有翼，属于禽，何以贺与?”麟凤相会，语及蝙蝠之事，互相慨叹道：“如今世上恶薄，偏生此等不禽不兽之徒，真个无奈他何。”

这个故事很简单，用白话来讲，就是凤凰过生日，百鸟来祝贺，唯蝙蝠没有来。蝙蝠的理由是：“我长着脚，属于兽类，贺你有什么用?”麒麟过生日，百兽去拜寿，唯有蝙蝠没去。它的理由是：“我长有翅膀，属于鸟类，干吗要贺你?”凤凰和麒麟只能慨叹：“现在世风日下，偏偏生出这种不禽不兽的家伙，拿它们没办法!”这个笑话讽刺了现世中那些见风使舵、左右逢源的两面派。

其实，蝙蝠飞在自己的天空中，是好是坏，还不是人类自己心灵的反映和投射?

我至今未弄明白，为什么村里人要将蝙蝠叫作“盐老鼠”，其实它根本不吃盐。资料称，有的蝙蝠喜欢吃鱼、青蛙、昆虫，吸食动物血液，有的喜爱花蜜、果实。而吃盐，是没有的。

有人说，蝙蝠是耗子吃了盐变的。老北京人形容盐放得太多，常说：快变成燕巴虎了。这个“燕巴虎”，就是指蝙蝠。

这种荒诞的传说并不是孤例。广东一些地方把壁虎说成“偷盐蛇”，其根据大约是一样的。而这个根据，就是人们的臆测和瞎猜吧！

可能的解释是，在一些夜晚，蝙蝠找不到回家的路，它们栖息在村里人家的餐橱里。村里人一见，以为是偷盐吃的。那就叫它“盐老鼠”吧！我在自家的灶屋里，确实看到过这样的情形。

当然，这也只是我的猜测罢了。

把蝙蝠叫作“檐老鼠”，讲起来是比较合理的。

清代厉荃在《事物异名录》里说：“蝙蝠栖屋檐隙中，又谓之檐鼠。”

这是从蝙蝠的生活习性来说的。

我亲眼看见过，夜晚，有蝙蝠倒挂在屋檐下栖息。

好些方言词典里收录了这个词，江西《黎川方言词典》中直接写成“檐老鼠”。

山河虽广，对于这个名物，村里人的称呼与国内许多地方是一样的。

至于说蝙蝠是“老鼠”，解释似乎要容易得多。

仔细观察，蝙蝠确实和老鼠的样子有些相像，特别是它的头部，和那些小鼠简直没有什么区别。

所以，它还有几个别名，如仙鼠、飞鼠。

是蝠还是鼠，我其实并不关心。关键是，它能勾起我的许多回忆。

此刻，浮现在我眼前的，是盐老鼠飞满夏日黄昏的湘西乡村。那个景象，美好得如同一场梦境。

沿盆

沿盆是湘西冬天烤火的器具。

沿盆的结构很有特点。一个大方桶，边沿如凳（也许因此而称作“沿盆”），方桶底部放一盆炭火，炭火上搁一层木头架子，木架子上再铺一层竹篾架子。

冬天，湘西苦寒，一家人坐上沿盆，脚踩在架子上，拉一床被子盖着，顿时热和起来，暖暖的气息充满了屋子。

用沿盆烤火有一些讲究，关键一点，就是炭火必须用柴灰盖着，不能有明火。让炭直接燃烧，火光熊熊，不仅烤起来不舒服，还会烧坏沿盆架子。村里的房子都是木制的，如果没人在家，一点点火，可能引起大火灾，后果不堪设想。

烤火的被子小巧玲珑，秀气可爱，大约相当睡被的一半大小。几人坐在沿盆上，把这床小被子盖上，刚刚能够盖住腿以下部分。这个设计真好。上面穿着棉衣，下面烤着火、盖着被，全身暖烘烘的。小被子有两个称谓，一是“盖脚被”，一是“火被”。“盖脚被”从盖的部位而言，“火被”则是就功能来说的。好形象！

沿盆是一家人冬天待的时间最多的地方。

寒冬的清晨，从被窝里一起来，赶紧拨开用灰埋着的炭火，坐到沿盆上；晚上，夜色已深，想起冰冷的被窝，久久不肯走下沿盆去睡。

在沿盆上，一家人打牌、聊天、看电视，热闹得很。有时，我也在沿盆上看书、写作业，想外面的世界。

不知不觉中，冬天就过去了。

那时，村里每天只吃两顿饭，早晚都是正餐，午餐怎么对付呢？

冬天的晌午，掀开沿盆架子，拨开炭火，架上铁制的粑架，在炭火上烤糍粑。糍粑由蒸熟的糯米舂打而成，平时泡存在盛满井水的大缸或大桶里。此刻，经炭火一烤，散发出浓郁的香味。有时，还烤上几块油豆腐。一人一个糍粑，夹一块豆腐，午餐就解决了。

午餐简陋，村里人却百吃不厌，味道的美好是无可怀疑的！

沿盆是乡下的器物。这些年，随着城镇化速度的加快，城乡交流多起来，城里许多东西渗入乡村日常生活，乡村的一些器具也延伸到城里。

如今，在南方城市里，可以见到“现代化”的沿盆了，它经过改装，与沙发一样高，里面的火盆变成电热管，盆沿变得窄而小，实际上就是一个烤火用的长方形木桶。烤火时，打开电源，坐到沙发上，把脚伸到“桶”内，盖上被子，舒适不亚于乡里的沿盆。没有炭火，没有柴灰，这样的“沿盆”清洁、干净多了。当然，和乡下的沿盆相比，烤糍粑等功能，已经消失了。

沿盆的适用性好，改装后似乎应在城市里流行起来。然而，仍然只有湖南一带盛行这种器具。有朋友到上海工作，冬天时触景生情，想起老家的沿盆，给同事说起，上海的同事不知为何物。朋友急得手比脚画，还画了图，同事依然不太明白。

是啊，若非亲眼所见，怎么会明白世间还有这样奇特的烤火用具呢？我在浙江、广西等地求学或工作时，也未曾见过类似的器物。后来到北京生活，冬天有暖气，用不上烤火的用具，更见不到沿盆了。

要体验沿盆的妙处，还得回湘西！

火箱

火箱是一个袖珍的沿盆。

大雪飘落，天气酷冷。孩子们一早来到村里的小学，教室四处透风。孩子们脸冻得通红，小手肿了，鼻涕拉得好长。好冷！

怎么抵御这样的寒冬呢？

几个男孩子钻在教室的门旮旯里，用力地挤，把门挤得“嘎嘎”响，老师过来问：“你们在干什么?”男孩子齐声说：“挤暖和！”

“挤暖和”只是好玩儿而已，抵挡不了寒冷。好在，我们有一件特殊的御寒武器——火箱，一个盛着火的小箱子。村里家家户户都有火箱，如同家家户户有沿盆一样。

火箱比沿盆小得多。

它的形状像一个正方形的小桶，底部有一根横条，其余部分是空的。小桶里放一个陶钵，横条刚好托住陶钵，不至于往下掉。在陶钵里盛上炭火，就可以用来烤火了。小桶上方有一个把手，握紧把手拎起来，火箱成了移动的小“沿盆”。

这是老式的火箱。

还有一种更新式的，全部由铁皮制成，形状和老式火箱差不多，不过比老式火箱轻便些，也洋气得多。我读小学时一直用老式火箱，对拥有铁皮火箱的同学，常抱以羡慕的眼光，期盼能拥有这样一件新式烤火用具。

不管哪一种火箱，烧火的材料是一样的。

常见有两种，一种是“油苦”，山茶子榨油后剩下来的渣子，一饼一饼的，敲一块下来，放在灶火里烧，烧燃后再放到火箱里，用灰盖着。此物经烧，到放学时，还不会烧完，保得孩子一天的温暖。另一种是木炭，烧木炭的人少一些，因为木炭得花钱到集市上去买，村里人不富裕，省一点儿是一点儿吧。

极少数小伙伴，家里实在太穷，没有“油苦”，更没有木炭，只得将灶膛里的茅柴火撮一勺放到火箱里，这种火最不经烧，一两个小时烧完了，剩下寒冷和灰烬。怎么办呢？山里的学校，木柴多，课后，小伙伴会去学校边上捡些干柴、木板之类，放在火箱里烧。开始时，火燃得不旺。小伙伴趴到地上，对着火箱吹。再不行，就抓着火箱的把手，把火箱来回晃，像荡秋千一般，有的小伙伴力气大，把火箱快速晃过头顶，荡出一个圆来，火与灰也不掉下来。火越来越旺，带到教室里，可抵挡后半日的苦寒。

火箱供给我们温暖，也带来许多温馨。

其中，最大的快乐，就是“爆”东西吃。课余，抓几粒黄豆或玉米，丢在火箱里，找两根小棍子，在火灰里不断“翻炒”，不一会儿，听到“啪啪啪”的爆裂声，提示黄豆或玉米已经熟了。用小棍子夹出来，吹吹上面的灰，扔进嘴里，真香！

有的小伙伴带的不是玉米，是一种叫作“爆花子”的东西，比玉米略小，“翻炒”后，爆裂声超大，且能炸出真正的“爆米花”来。这种作物大概是特意种的，大多数孩子家里没有，看着有人在烧“爆花子”，大家眼里全是欣羡的神情。

还有的同学，拿了小陶罐放上米、水在火箱里煮，课堂上，不小心飘出了米饭的香味，吸引了孩子的嗅觉，搅乱了老师的讲授，好玩儿极了。老师也不骂我们，只让那“煮饭”的同学把火箱拎到教室外面去，不要影响其他同学听课。火箱放到走廊后，孩子们的心思也到了外面，不时朝外张望，哪里还能专心听讲？

如今，火箱依然是村里孩子冬天上学时御寒的重要用具。前几年，电视上播湘西冰冻灾害的新闻，有一个镜头，是孩子们提着火箱走在上学的山路上。

那火箱的形状、大小、样式等，和我们小时候提的没有多大区别。

它温暖了一代又一代人的童年，并且还将继续。

猪轿

猪是村里最重要的“经济动物”。

养猪，几乎是每户人家必须从事的工作。小时候，我们最常干的农活之一，就是打猪草。

猪养大了，除了过年时留一头杀了吃之外，其他的都要卖给收猪的贩子。这将换来一笔在当时来说相当可观的收入。孩子读书的学费，购买单车、缝纫机等大件，很多时候都靠卖猪的钱。

猪贩子的车，停靠在村部。从家里到村部，只有弯弯曲曲的山路或田埂路。怎么把猪送过去呢？

能赶吗？好像没有人这么做。猪，长期圈养在猪栏里，对外界陌生得很。想把它赶到村部的马路上去，不那么容易。不说赶这么远的路，就是猪偶尔跑出来，想再把它赶回栏里，都须使出洪荒之力，让人觉得千辛万苦。如果把猪赶上这条夹在水田和菜园中间的小路，不乱跑才怪！

怎么办呢？村里人发明了一种工具：猪轿。

猪轿的结构，体现着山民的智慧。

两根同样长的楠竹，中间用粗粗的草绳织成网兜状，网兜的长度与猪的身长大致相当，网兜边上，还有一些细绳圈，那是套猪嘴、猪脚用的。轿的两头，分别是两根“横竹板”，如同两条短短的扁担。

要运猪时，几个男子汉跑到猪栏里，牵耳朵的牵耳朵，扯尾巴的扯尾巴，将猪拉到猪轿边，齐喊一声“一、二、三，起!”将猪摁在猪轿里，迅速用棕绳捆了，给猪嘴、脚套上绳圈，刚才还暴跳如雷的大肥猪，立马动弹不得，变得服服帖帖，只有嘴里还发出低沉的咆哮声。这时，两个壮汉分别立于猪轿两头，在边上汉子们的帮助下，大喊一声“起!”两人抬起猪轿，飞也似的奔向村部猪贩子那里去了。

有一年在青城山，见有人抬着滑竿上山。那滑竿的样子，与湘西的猪轿颇相似。只是，滑竿中间是一张竹躺椅，不是绳网兜。它们的结构和原理是差不多的。

猪轿这一器物，非湘西所独有。

前几天，读贾平凹写商州风情的《莽岭一条沟》，中间有一段：“万一过路人实在走不动了，只要出一元钱，他们可以把你抬出山去。那抬法古老而别出新意：两根木椽，中间用葛条织一个网兜；你躺上去，嘴脸看天，两人一前一后，上坡下坎，转弯翻山，一走一闪，一闪一软，抬者行走如飞，躺者便腾云驾雾。你不要觉得让人抬着太残酷了，而他们从沟里往外交售肥猪，也总是以此作工具。”

这个“工具”，除了制造原料不一样以外，其形状和功能，与村里的猪轿大致是一样的。

有时，村里的猪轿也用来抬人。哪家突然有人得了重病，村里的赤脚医生束手无策，唯一的办法是送乡医院。送的办法，是匆忙找来猪轿，在网兜上垫上被子，扶病人躺好，再盖上一床被子，找两个壮汉，步履稳健地抬到乡医院去。

曾听说过一件事，村里有位婆娘，性格暴烈，有次和丈夫吵架，要起性子来，抄起一个空农药瓶，装着要喝药自杀的样子。丈夫没看清，以为她真的喝了一瓶农药，不管三七二十一，找人把她往猪轿上一绑，赶紧往乡医院送。那婆娘实际上没有喝农药，看这阵势，当然不愿去医院，在猪轿上拼命挣扎，路上掉下来好几次，摔得鼻青脸肿。丈夫不管这些，仍旧和抬轿的壮汉把她按住，绑在轿上。到了医院，医生觉得人命关天，不信这婆娘的辩解，打针、洗胃、灌药，折腾半天，才算罢休。

几天后，婆娘出院，元气大伤。丈夫找来乡邻，一竿猪轿又把她抬了回去。婆娘受了此番折磨，心里愤恨，却没地方出气。实在憋不过，把那猪轿用柴刀砍烂，扔进灶里烧了。

唉，猪轿何辜！

第四辑

乡语村言

语言是存在之乡。

每一地有每一地的语言。它们独特、鲜活、有趣、生动，不可替代。

吾村的许多话语是很有意思的。

米洛拉德·帕维奇写下《哈扎尔辞典》，韩少功写有《马桥词典》。他们以阐释词语的方式，来叙述故事。

我或许可以模仿他们，写一本《村语词典》。然而，我是清醒的，我有自知之明，我不会狂妄到要与他们比肩。

我只能记下自己对乡语村言的一些记忆。

在这些话语里，我找到了另一个故乡。

控

“把这桶脏水提去控了。”母亲在厨房里忙活，有时会让我做一些事。她说这句话的意思，是让我把那桶水拿去倒掉。

我们不说“倒”，说“控”。

村里有一句关于天气的谚语：“先打雷，雨冇来；先动风，雨如控。”意思是说，如果先打雷，就不会下雨；先刮风的话，雨将下得很大，像从天上倒下来一样。

对“控”字，词典里，有“使容器的口朝下，让里边的液体慢慢流出”之类的解释，与村里的用法有些相似，但不太精准，范例也少。

有一天，读到汪曾祺。

他在《异秉》里写一个叫陈相公的药店学徒：

他一天的生活如下：起得比谁都早。起来就把“先生”们的尿壶涮干净控在厕所里。扫地。擦桌椅、擦柜台。到处掸土。开门。

原来陈相公倒尿壶，也叫“控”。

筑

“筑”，可以作名词用。它是一种弦乐器。荆轲离开燕国去刺秦始皇时，好友高渐离击筑送别，以壮行色。

“筑”还是一个动词。书面语也常用，比如，筑巢，有修建的意思。

然而，我说的不是乐器，也不是建造。

它意思就是一个字：“打。”

村里的人，骂孩子，很少说打，而是说“筑”。

孩子不听话，和长辈对骂，做父亲的会呵斥：“你竟敢还嘴，小心我筑死你。”

孩子在外面玩，很晚了不回家，做母亲的会警告：“还不回来，是不是要我筑你一顿啊?”

孩子犯了错，挨了打，如果被揍得比较厉害，同伴会说：“今天他被筑了，像筑胀猪一样。”

“筑胀猪”是什么呢?农村杀猪，要去毛。先放在开水里烫，然后将后脚割一个口子，用力吹胀。猪是架在大桶上的，这时，用棒槌或扁担用力击打，看是否胀得够了。够了，才可以刮毛。用棒槌或扁担击打，就是“筑”。

多么形象的说法！

小孩到了被“筑胀猪”的程度，挨揍的情形是很严重的。

有一次，我去一个工地上办事，看到工人们正在打土墙，一下一下，木槌发出“啪啪”的声响，很有节奏和力量。我问：“这是干什么?”他们说：“筑墙。”

突然，我觉得用“筑”来形容揍人，是何等的贴切!

缘

“缘”这个字，有多种解释。

这里，当然不是通常所说的“缘分”的含义。

那是什么呢?

村子里所说的“缘”，大多作动词用。

这有点儿像古代。有个成语叫“缘木求鱼”，“缘”字可作“攀爬”来解释。

村里经常将此字用在小孩身上，指不会走路的小孩借助物体来移动。

每个人都知道，孩子长到十个月左右的时候，不会走，却可以扶着墙壁、桌椅等物，从这儿挪到那儿，从那儿挪到这儿。这个且扶且走的动作，就是“缘”。

数年前，女儿还小，扶着墙走。

远在村子里的奶奶打电话来问:“宝宝会‘缘’了吧?”

我说:“会‘缘’了，放心吧。”

这就是“缘”。

嗨

“嗨”这个字，大家都认识。字典上的解释是：象声词。

村里人用这个词，表感叹、问候的居多，经常用来打招呼。

“嗨，吃饭了没有?”

“嗨，可不能这样做的哦!”

像这样的话语，是比较常见的。熟人相见，不叫名字，一个“嗨”字，简单明了，指代一切。

但是，真正与众不同的，村语中的这个“嗨”字，用得最多的，是“玩”的意思。

“妈，我嗨去了!”孩子们从学校放学回家，见没有活干，马上把书包一撂，跑到外面去了。他这是告诉母亲，“我玩去了”。

“这两日到哪里嗨去了?”农闲时节，熟人几日不见，见面了，便这么招呼。

这个词，还有一种用法，表示形容，有一点儿“不正规、不当真”的意思。

两个人开玩笑，不小心戳到一方的痛点，惹得对方哭了起来。

另一方赶紧道歉：“哎呀，你还当真了，我是讲起嗨的，莫在意啰!”“嗨”在这里的意思，也可作“玩”解，但不是表示动作，而是起修饰作用的。

前些日，在家乡的报纸上看到一篇《云端上的溆浦花瑶》（作者申瑞瑾，载2015年4月23日《怀化日报》），里面引了一首山歌：

唱歌嗨，
唱歌嗨，
唱得桃花朵朵开。
先开一朵梁山伯，
后开一朵祝英台。
十八妹，
少年乖，
两朵鲜花一起开。

这歌勾画了山里人爱情的热烈和直白。开头那两个“嗨”，含有“玩”的意思，用来修饰“唱歌”，表明唱歌是唱着“玩”的。放在此处，和后面的歌词浑然一体，不但音韵和谐，而且意境也好，很贴切的。

“嗨”作“玩”的意思来解，在全国大抵不多。湘西溆浦县城一带，说“玩”，不用“嗨”，而是用“乱”，和我们村里明显不同。

有一次，我和几个研究方言的朋友无意中说到这个词，他们表示惊奇，叹道：“你们用‘嗨’来表示‘玩’，相当时尚啊！你看，英语里的‘high’，不就有玩得开心的意思吗？我们现在不经常说‘玩得很嗨（high）’吗？”

真是这样！不过，我从没有往这方面想过。

圞

村里人形容“圆”，不说 yuán，而是说 luan，入声（不在“阴、阳、上、去”四声之列）。

我们说，单车轮子是 luan 的，锅盖是 luan 的，斗笠是 luan 的，米筛是 luan 的……

我们观察天象，初七、初八时分，发现月亮没有圆，会说：“今夜月光还没 luan。”（村语中，月光就是月亮的意思）如若碰上十五，月亮圆圆地挂在天上，我们就感叹：“月光好 luan 啊！”

有些物品，制作出来须是圆的，如此才好看。过年时，我们参与做糍粑，由于动作不熟练，捏出各种形状来。大人们不满意，拿出自己捏的给我们做样板：“看，要捏成 luan 的，像这样！”我们努力地捏，还是捏不圆。大人也只好望粑兴叹，无可奈何。

村里有些地方，也以“luan”来命名。

最为有名的，是木鳌瀑布上面的那个大潭，天光下照时，看上去像一面大大的圆镜子，村里人把它叫作“luan 潭”。这个潭在村口，上面有拦河坝和大石，下游是一片沙滩和河道，四面围着高山树木。小时候，我常到村口割草。中午天气热，几个小伙伴相约下到 luan 潭里游水。我们的泳技没有经过正规训练，全是平日里自己摸索的，属于“狗刨”一类。但水性都还可以，在水里，能轻松自如地做出种种自创的动作来。我们仰卧着，手脚微微一动，便不下沉，看着蓝天上的白云随风闲走，惬意至极。

大人们是不允许我们到 luan 潭游水的。

潭水甚深，曾经有位小学教师，在这里游水发生意外，没有再上来。传说，被水淹死的人，会继续“讨替身”。要讨够三个替身，他才能够转世去投胎。所以，到 luan 潭游水，无形中变成一件很恐怖的事儿。这意味着，必须死三个人，这里才会安全。后来，我觉得很荒谬。死三个人后，每个人又讨三个替身，那就得再死九个人。如此循环下去，怎么得了。全世界的人也不够死啊！

有人说，到 luan 潭游水，落水鬼会扯脚，一旦被扯住，就是死路一条。这当然属无稽之谈。

然大人们又说，潭里有水猴子，若被水猴子缠住，绝对难逃厄运。

对这种种说法，我们不大相信，但大人们反复训诫，有很大的威慑力。至少有一段时间，我们偷偷去游水的次数，比以往少些了。

真的有一次，我们在游水时，小伙伴中有一个叫禾娃的，遇到了危险。他游着游着，突然喊了一句：“我游不动了！”其他小伙伴在远处游，我刚好在他后面。我推他，推他，再推他。他刚学会游水，游得很慢。我们俩都紧张得很，但我一直喊：“不要慌，不要慌！”在我的推动下，过了漫长的瞬间，我们的脚，终于够到了底，全是柔软的沙子，这说明已近潭边。悬着的心，一下子放了下来。上岸后，我们坐到 luan 潭边的石头上，喘了半天气。虽有惊无险，想起来，还是有些后怕。

话题拉得有点儿远了。说“luan”字，把 luan 潭的事说了半天。不过，与 luan 有关，不算跑题吧！

我询问过村里一些人，这个 luan 字到底怎么写？没有人知道。这么多年，就这样叫着，像许多民俗，时间一久，约定俗成了。近日，查了几种词典，找到一个字：圞。此字念 luán，其中一个解释是：形容圆，如“明月圞圞”。我想，村里人口中的 luan，大约就是这个字吧。

我不认得这个字。

闹

喧哗、嘈杂、混乱，似乎是“闹”这个词所能代表的含义。

有一年，在姐姐家的客厅里，年迈的父亲在看电视，侄儿思宝还是小小少年，找了一个足球在客厅里踢，大约有些惊扰，父亲嘴里嘟囔了一句：“太闹了。”却到底是爱孙子的，没有办法，任由他去吧。

这里的“闹”，是“吵闹”，常常让人厌倦。如此繁杂的社会，“闹”得很，大家都想静静。

“热闹”也是“闹”，却是中性的，有时带着褒义。

在国外，碰到旅居已久的华侨，聊上一会儿，他们就感叹：“还是中国好，热闹。”过年时，老人带着孩子在街上逛，看到一堆人在围观什么，便对孩子说：“咱上那地方去瞧瞧，热闹。”

你看，热闹是多么好的光景，有人气，有氛围，给人一种蓬勃向上的感觉。

“闹”作动词用的时候挺多的。

闹花灯、闹元宵、闹洞房……都代表了动作，而且，似乎都指一群人的行动，很喜气，让人开心、畅怀。

有时也用在一些叫人烦闷的事情上，“闹心”不就是这个意思吗？村里人受了委屈，觉得冤枉，没地方申诉，怎么办？他们说的是："走，到乡政府闹去！"有一年，乡政府搞计划生育的队伍，在村里与人发生争执，把人打伤了，村里人开着几辆拖拉机，拉着许多人，到乡政府大闹，直到把当事人法办为止。

这样的"闹"，是无法令人开怀的。

"闹"在村语中，还有一个独异的用法，含义是"用毒药去毒害"。

我在后文《片江》中会写到，我们用石灰和"油苦"去溪江里药鱼，把这些"药"撒在干枯的溪江里，水中的鱼虾、泥鳅等会被毒翻。在这样的场合，我们不用"毒""药"这种标准的词语，而说"闹"。我们这样说："走，用石灰（或'油苦'）闹鱼去。"

那时卫生条件差，头上、身上经常长虱子、跳蚤，家住山边的一位妇女，身上虱子太多，头上被咬得脓血四溢，我们从她身边走过，可闻到恶臭，村里一些年长的大妈实在看不过眼，给她建议："你用六六粉闹一闹。"六六粉是一种农药，很毒的，用来毒人身上的虱子肯定有危险，当时却都这样做，没觉得什么。那女的偏是个懒婆娘，不愿意动身上的虱子，于是有一天，她的婆婆邀集几个大妈，花半天时间，给她头上、身上撒上六六粉，把虱子"闹"掉，又洗涮一阵，清爽多了。

不知怎么回事，那年月村里不时有人自杀。有个叫油妹子的，只因为觉得母亲偏袒弟弟，重男轻女，对她关爱不够，有次和母亲顶了几句嘴，拿起"甲胺磷"（一种剧毒农药）喝了几口，才十几岁就死了。村里人议论起来："唉，太可惜了，年纪轻轻的，竟吃农药'闹'死了。"惋惜之情，溢于言表。

"闹"的这个用法，是不是村里人的独创呢？反正其他地方，这么用“闹”的，少之又少吧！

有一回，读到贾平凹的《初人四记》，才发现秦地也有这样的用法。他写道：“在阳坡里晒暖暖的时候，一些老婆婆就喜欢拉我过去，一边在我头上吐些唾沫当发油，一边用篦子篦着虱，就骂道：‘你娘真笨，怎么不在这条老鼠尾巴上（指小辫子——引者注）撒些药粉闹闹（毒毒）!’”这个用法几乎和我湘西老家的一模一样，连使用的情境都十分雷同。

湘西与陕南，地域是很遥远的，这个词的用法却如此相近！可惜我不是研究方言的，不然研究一下这个词的传播和流迁，应该有些意思。

野

野生、野外、野味，在这些词语上，村里人讲到“野”字，和纯正的书面语没有什么区别。

除此之外，在村子里，“野”还含有一种暧昧、不太好言说的意思。

比如说，有人议论某对男女之间有什么过分亲密的关系，所说的话，叫“讲野话”。

“野话”含有不正经的成分，但和粗蠢的脏话不一样。脏话粗鲁，直奔主题，主要用于骂人。

“野话”重点用在男女关系的描绘上。这在古风犹存的村子里，是敏感的。

讲野话，只能偷偷摸摸地。这种事，谁敢拿到台面上说呢？

村里人，有胆子大、耐不得寂寞的，他们像电视剧里的人一样，学会了找情人。这是冒村子之大不韪的事。村子里对情人的称呼当然不会好。如果女的有这种事，村里人会把她的情人叫“野老公”；如果男的找了，他的情人就是“野老婆”。大概，以此和家里的老公、老婆进行区别。

真难听。

对不听话的孩子，大人也会用“野”字骂之。

一般说，某个小孩“野”得很，意指这个孩子比较调皮。

程度严重的，则会骂：“你个野家的！”意指这不像自己的孩子，不然，哪有这么不服管教的？如果大人骂到这个程度，小孩则要小心对待。再不收敛，接下来就是竹条子伺候了。

秧

在村语中，“秧”有小的意思，作形容词用。

想想也是，秧是刚长起来的苗，不正还小着吗?

村里常用的农具中，有一款小锄头，种菜时偶尔用一用，拿这个小锄头挖个小坑，把菜苗栽进去，再把土压紧。我们把这款小锄头叫作“秧锄”。这个“秧”字，可能有“苗”的意思，但更多的是“小”的意思。

如果你见过这款锄头，就知道它有多“袖珍”了。

由于小，“秧锄”通常归小孩子们使用。我们想在地上挖个小坑，大人们就会说：“去拿秧锄吧!”

平时，陪大人到地里干活，大人扛大锄，小孩拿秧锄，看上去蛮配的。

把两个“秧”字叠起来用，“秧秧”，是更小的意思。

我们去钓鱼，等了好久，终于钓上来一尾，小伙伴赶紧问：“大吗?”“唉，不大，是一条秧秧儿。”（意即是一条很小的）语气中夹杂着失望。

这种用法，是吾村所独有的吧!

阳春

看到这个词，我的眼睛会略微地眯起来。仿佛慵懒的阳光穿透了篱墙和花树，洒在我的身上。

我斜斜地靠着禾堂里的柚子树。边上的小菜地，长满了青菜、蒜苗等家常作物，蝴蝶在绿叶中翩跹穿行。

多么好的时光。多么好的景致。

阳春三月，湘西草长。杂花生树，群莺乱飞。

这应该是“阳春”这个词的确切含义吧！它是一年中的一段时光，代表着美好、明媚、万物发生，充满着勃勃生机。

也不尽然。

母亲就不这么看。她扛起锄头，对我说：“该栽‘阳春’了。别在那里发呆。干活去吧。”她的眼里，“阳春”不是时节，而是作物。她带着我，走到地里。我们挖土、耪地，把种子播撒下去。

种的是什么？萝卜、青菜、西红柿……菜园子最常见的东西。这些，就是母亲所说的“阳春”。

村里人都是这么叫的。如果有人扛着锄头、背着篓子走在路上，你问一声：“干吗去?”得到的回答大致是：“哦，锄‘阳春’去。”或是：“栽‘阳春’去。”

村里人的心里，“阳春”不可能是时间，只能是蔬菜或其他植物。

时间维度上的“阳春”太虚无缥缈了，简直遥不可及。而作物意义上的“阳春”，植根在村里的大地上，亲切、自然、熟稔，一伸手就能感触到它的存在。它们像田野的禾、地里的菜、山上的树一样，深深地生长在村里人的灵魂里。

其实，村里人对“阳春”的界定，也是有界限的。假如你对着田里茂盛的水稻感叹：“这些‘阳春’长得真好啊！”村里人一定会发出善意的嘲笑，还带着对你的一点儿鄙夷：水稻怎么能归到“阳春”里呢？或许，像水稻这样的主要粮食作物，是不能列入“阳春”名录里的。

油菜却可以。

有一次，我走过初冬的田野。大片的油菜，绿意灼灼，随风招摇。乡邻文叔躬了腰在锄油菜。

我招呼：“文叔这么勤劳啊！”

他笑笑：“闲着也是闲着。出来锄锄‘阳春’。”村里勤劳的人们，总是如此谦逊。而我由此知道，油菜，在他们的眼中，也属于“阳春”。

也许，在村里，凡是像蔬菜一样的作物，均可以称作“阳春”。

这时，你应该明白，在我的湘西老家，“阳春”，不是“阳春天气”中的美好时节，不是“阳春白雪”中的高雅音乐，不是“阳春面”中的可口美食……它是一些绿油油的蔬菜，长在乡间的土地上，鲜活在村里人的生命中。

一个多么有意思的词语！

禾线

秋收时节，田野里充满了繁忙的景象。

前面是割稻子的人，后面是打稻子的人。割稻子的，手挥镰刀，稻子一把一把地倒在他的手中。打稻子的，从地上抱起那成堆的稻子，走到“福桶”（一种打稻子用的器具，木质，方形，形状有点儿像船）边，用力朝桶角挥去。“砰，砰，砰……”响声在山间田野回旋。打稻人的身影，化成湘西山地的一道独特风景。

夕阳辉映大地时，我穿过小路，穿过风雨桥，从村小学回到家中。碰巧，家里没有什么活要干。母亲便递给我一个篓子：“去捡点儿禾线吧！”

秋收后的田野，稻草个子散乱无序地伫立在那里。稻子割了，它们剩下的茬却整齐着。割稻人和打稻人的脚印，清晰地留在软泥里。我背着篓子，行走在田野里，搜寻着打稻人遗落的“禾线”。

“禾线”是什么呢？别惊讶。这只是村里人的说法。它的学名叫“稻穗”。

那时节，粮食少，打稻人珍惜谷子。打完稻子后，他们常会在稻田里“巡逻”一番，把遗落的“禾线”拾走。“谁知盘中餐，粒粒皆辛苦。”农民，当然是知道这个道理的，这关乎生存。他们从不轻易让一粒粮食从指缝间流走。

由此，我穿梭在收割后的稻田里，能捡到的“禾线”也只是少许。我四处搜寻，弯腰，翻找，一根、两根……，慢慢也能捡到一点儿，占据篓子的一小半位置。

成果虽不丰硕，但却很顶用。

回到家中，母亲看了我捡的“禾线”，表扬道：“捡了多咯！去给鸡喂了吧。”这些“禾线”顶作了鸡粮。如果，家里粮食特别紧张，母亲便会把“禾线”的谷子一粒粒摘下来，放到谷箩里，充作我们的食粮。

我上学前，生产队这个单位还没解散。有时，我捡了“禾线”，不是拿回家里，而是送到生产队的仓库里。仓库保管员是余叔，他将“禾线”用秤称了，倒在一个专门堆放“禾线”的地方。然后，给我开一张票，上面写明上交谷子多少斤。那时，很少见到这种描红印制的票据，我觉得光荣得很。但母亲看到我带回那具有炫耀意味的票据时，似乎并不高兴。把“禾线”交给集体，对家里有什么用呢？

当然，母亲的心情，要等我长大以后，才能慢慢体会到。

北京的海淀公园有一片稻田，每年会种一些稻子，观赏性的，纯粹供游人欣赏而已。秋收时，胡乱割了，丢在田里，不见管理人员真正收回去。

这时节，我会带着女儿去这些田里走一走。让她知道，什么叫稼穑艰难，什么是耕种收获。至少有一个直观印象吧。

偶尔，我们也拾一些稻穗回去。这很容易，现成的，堆在那里，只要把穗掐断就行，一会儿能掐一大把。我们把它们带回，放在阳台上。阳光下，它们粒粒饱满。如果将它们撒在花盆里，浇上一点儿水，不久，可以长出绿色的嫩苗来。

我告诉女儿："这就是老家所说的'禾线'。"

这一辈在城里长大的孩子，要懂得这些，只怕很难了。

这些年，偶然会读些画。

有一次，在法国巴比松小镇的米勒故居里，看到他的名作《拾穗者》。画里，三位农妇正在弯腰拾麦穗，她们的后面，是忙碌的人群和高高堆起的麦垛。一时，我怔住了，心里久久不能平静。

我想起了母亲，想起了湘西的田野，想起了那些"禾线"。

禾孙

孙子，相对于爷爷来说，都是年轻的，代表着新生命，代表着希望。

“禾孙”是什么呢？村里人的叫法有些怪。但解读一下，还是蛮有意思的。从字面意思看，“禾孙”是禾苗的“孙子”。

真的是这样。

秋收过后，禾苗上面一截被割去了，成了稻草。根部还在，继续扎在稻田里，一排一排的，宛如整装列队之兵。田野里有水分和肥力，这些禾蔸子还有生命和力量。过得十天半个月，远望田野，又绿油油的一片。

不要惊奇。

这不是新播了种子，也不是移栽了作物，只不过那些禾蔸子，经不住阳光、水分的催迫，重新长出新芽来。

这些鲜嫩、美丽的新芽，村里人唤其为“禾孙”。

细究起来，这个叫法很贴切。

种过稻子的人都知道，禾苗是从谷子里长出来的，先育秧苗，然后再移栽到水田里。只有经过育种后的谷子才能作为种子，如果拿普通谷子当种子，产量将大受影响。因此，老一代禾苗与新一代禾苗之间，基本没有亲缘关系。什么祖、父、子、孙之类的代际传承，自然不存在了。

现在，它们从收割后的禾蔸子里长出来了，紧紧贴着老一辈水稻的根系，延续着老水稻的生命。老一辈水稻直接孕育了它们。——它们的确称得上是老一辈禾苗的子孙。如果不叫“禾孙”，叫什么好呢？

有时候，我觉得村里人蛮有智慧的。现在，谈到“禾孙”这个词，我又有了这种感觉。

“禾孙”可做什么用途呢？

最常见的，是做饲料。我经常背了篓子，拿着镰刀，去割“禾孙”。回家后，直接撒在鱼塘里，喂给草鱼吃。草鱼特别喜欢吃“禾孙”，黄昏时撒下塘，早上起来，就一根都不剩了。

也有拿来喂牛、喂羊的。

绝大部分禾孙，是随着春耕时候，拌在泥土里做绿肥了。

“落红不是无情物，化作春泥更护花。”“禾孙”也有这种情怀，只是没有诗人来歌颂罢了。

壳落

这个词的构成方式是陈述式的。“壳——落”，把声音拉长了读，更能体会出陈述的意味来。壳，从身上落下来了。完整地叙述了一个动作、一个小事件的完成。

在村里，这个词却是一个名词。核心意义就是“壳”。为何要用“壳落”来表示“壳”，或许是为了音节的和谐，“壳落”是双音节词，读起来要比“壳”悦耳、动听；又或者是为了更好地表情达意，壳，反正是要落下的嘛，“壳落”不正好描述了这个过程?

很难从语言学层面去解释“壳落”这个字语的来由。

只是每每念到这个词，便感觉生动、形象。

秋天从山上收回山茶子，把籽取出来，在禾堂里晒干了，准备拿去榨油。茶子壳堆在禾堂边，晒着，留到冬天当木炭用。茶子壳燃烧经久，放在火盆里，可以抵御那冬夜漫长的严寒。茶子壳晒干后，母亲就吩咐我：“把那些茶子‘壳落’收了，放到楼上去。”这里用到了“壳落”。是的，它们已经从茶子身上落了下来。

类似的叫法，还有很多，比如，落花生壳落、葵花子壳落。

不只是植物，有些动物的壳，村里人也这么叫。

冬天，放干家里的池塘。一阵晾晒后，一些死去的蚌壳和田螺裸躺其上。它们仅剩下一个壳，孤独、荒凉地沉睡在塘底。

对这些东西，我们称之为“蚌壳壳落”或“田螺壳落”。

令我一直不解的是，村里有一处地方，以“壳落”命名。

这个地方，是一个山弯，一条公路从这个弯蜿蜒而过，通到湘中的隆回县。公路边上，是高高的黄土坎。小学放假时，我和小伙伴们经常去这个山弯捡柴火、打猪草，在黄土坎上挖洞、雕土玩乐。这个山弯，大人们都叫它“红壳落弯弯”。

我一直不曾知晓这个地名的由来。

“红”，大约是因为黄土多的缘故，视觉上给人以暗红之感；“弯弯”，这里本来就是山弯，这些都好解释。为什么还要加个“壳落”呢？地形上似乎并不像“壳”的形状。

或许，这里面，有一个传说或故事，只是我无法知道罢了。

也好，留点儿猜想，给生活增添些悬念吧！

片江

“片江”，是一个动词。形象地解释，就是把江划成一小片一小片。

把江划成片状，目的是为了捉鱼。

怎么可能捉到鱼呢？即使江已经划成了一片一片的，和捉鱼有什么关系？

江水照样长流，鱼虾依然畅游。

如果你有这样的想法，那只能说明你没有见过“片江”是什么样子。

“片江”伊始，要先选一小片江。这片江，水不深，靠着岸，石头多。鱼虾喜欢生活在这样的环境里，有石缝可以藏身，有水草可以嬉戏。

小时候，我多次参加过“片江”。在选定的“片江”区域，我们穿着短裤，光着身子，搬了石头和草皮，在“片区”周围砌成一圈矮矮的堤坝。江水从边上流过去了。这一片区域的水，不断地浅下去、浅下去，有的地方甚至见了底，有的地方因为地形凹陷，形成了小小的水洼。

这时，你会看到一些非常激动人心的场景。许多鱼、泥鳅在水里跳，有些洋阶鱼焦急地跃动着，把身子摔得“啪啪”响，想逃离逐渐干枯的环境。有时，它们运气好，真的就跳到一个水洼里，算是暂时脱离了死亡的危险。它们不知道，更大的厄运还在等着它们。

我们提着鱼篓，拿着捞网，兴奋地追逐着水里的鱼虾。可我们的筑坝材料有限，并不能完全阻止江水从这边流过。

有水，鱼就有自由。

“追捕”它们不是一件很容易的事。特别是在湘西水流中长大的鱼，似乎有一种野性，灵动活泼，快速有力，从手缝中轻轻一扭就溜走了。

怎么办呢?

我们有办法——用“药”。都是土“药”，常用的有两种：一种是石灰。石灰“药”性强，撒在水里，不一会儿，鱼儿、虾儿就翻白浮了上来。还有一种“药”，叫“油苦”。“油苦”是将山茶子榨油后，剩下来的渣子，通常一饼一饼的。敲一块“油苦”下来，烧脆了，碾碎，放到盆里，用开水一冲，就变成了“药鱼剂”。将这种药剂倒在水里，所起的作用丝毫不亚于石灰。只是这种土办法，工序有些麻烦，费的功夫要多一些。

在“片江”区里的鱼，命运不好。我们把小坝一围，它们的水就少了，许多被生擒活捉，有些侥幸逃到水洼和水流里的，也经不起接续下来的“药杀”。

“油苦水”洒下去的时候，场景是很壮观的。它有点儿像洗衣粉，一混入水里，就产生很多泡沫。泡沫沿着水流浮散，鱼受了“药”的刺激，难受得在水里乱跳，抵抗力差一点儿的，直接翻白了肚皮，浮在水面上，任你捞取。

面对“人”，再狡猾和滑溜的鱼，也是很脆弱的。现在想起来，似乎有一点儿残忍。但对于那时一年到头没有多少鱼肉可吃的山民来说，这算比较常见的生存智慧了。

“片江”效果并不是每次都很好。

有时，这地方别人刚“片”过不久，你不明就里，再去“片”，结果大失所望，因为新的鱼还没有繁盛起来呢！

有时，由于小堤坝修得不好，片区里的水流太大，鱼药撒下去后，被稀释或冲走了，杀不了多少鱼，收获的鱼很少很少，甚至叫人空手而归。

这些，叫人遗憾或惆怅。

那时暑假，少年的我们，经常会邀集一起去“片江”。

太阳底下，身上黝黑的皮肤闪烁着油光。我们在江里筑坝、捉鱼，追赶、玩耍，快乐的喊声、笑声响彻山村。

这个过程，自始至终是叫人兴奋和幸福的。

在网络游戏已经深入农村的今天，老家的孩子们还知道“片江”吗？我没有问过他们，因此不得而知。但愿，他们至少听说过“片江”这回事，以此知道，除了网络之外，还有一种更深远的乐趣。

裆姑

山里居，族群杂。

村里的居民除了汉族以外，还有很多侗族、土家族。长期与汉族杂居，互相通婚，风俗同化了。原有的族属特征，慢慢不太明显了。

但在更高的山上居住的一些少数民族，服装、民俗、特性等，依旧保留得很好。他们偶尔会下山来，办些事情，或者，带来自己种植的药材，到村里贩卖。

他们大多数是瑶族中的花瑶，缠着头巾，穿着彩裙，身上的首饰当当作响。

因为他们的服装不同，村里的孩子便投以奇异的目光。从大人们的口中，孩子们学会了一个称呼：“裆姑。”

不论男女，我们把穿了民族服装下山来的村民，一律叫作“裆姑”。

我无法从语义学上去解释这两个字。只知道这个称谓里面，隐含着鄙视、不尊敬。

而我们这些孩子中，同样有许多是少数民族，个别还是瑶族。和山上的居民唯一不同的是，我们住在山下，交通便利些，经济好一些，似乎和外界更接轨一点儿。

这能成为嘲笑山上同族的理由吗？当然不能。

长大后，由“裆姑”这个词，我多次想到了鲁迅提到的国民性和我们人类内心里的劣根性。

据我的记忆，山上下来的贩药的瑶族女子，经常在邻近的余叔家里过夜。听余叔说，他们给的药，对治腰痛、风湿等，很有些效力。

希望如今的村里人不再用“裆姑”这个叫法了。

下数

这个词的读法与普通话不同。下，不读 xià，而读 hā。

意思是相当严肃的。比如，孩子朝长辈说了一句不敬的话，往往会受到大人的教训："怎么说的？不晓得下数！"

这个"下数"，指礼节、规矩等意。

孩子长大了，要去远方工作，临行前，当父亲的殷殷叮咛："上班了，不再是小孩子了，到单位后，要尊敬领导，晓得下数。"

乡里人的语言朴实，蕴含着朴素的生存智慧，谆谆教诲中，不忘要孩子记得"下数"，是想让孩子知礼节、守规矩，在工作中博得好的发展机会。

此词还有"规律"的含义，颇有些深刻。

小时候，学骑自行车，在晒谷田里折腾半天，硬是骑不上去。大一点儿的孩子过来指导："你骑不上去，是因为没有摸清窍门。这里面是有下数的。"他推了车，做了几次示范。我再骑，再练，逐步弄明白其中的下数，慢慢会骑了。

这里的"下数"，就是"规律"。掌握了骑车的基本规律，自然学会了。

“下数”这个词，似乎并非吾村所独享。

前几天，和一个山西的朋友到郊区玩。他讲了一句山西话，让我们猜是什么意思：“地球是动的，动起来是有下数的。”语调与吾村差别很大，但我很容易就听懂了。

原来，山西有的地方也用“下数”这个词。这句话中，“下数”明显就是“规律”的意思嘛。

卧单

就是指我们睡觉时经常用的床单。

村里的人不叫床单，叫卧单。

想想也是，我们躺在床单上睡觉，不正是“卧”在上面吗？

这个词很古雅。

旋陀

山里孩子，玩具大部分是自做的。

陀螺，是常见的一种。

茶子树的木质比较硬，用这种木料做的陀螺，耐用！

陀螺的形状，一般有两种。

一种是一头尖，抽打的时候，一头着地。

一种是两头尖，两头都能放在地上旋。

前一种较多，容易做；后一种不多，像纺锤，做起来难度大。

做陀螺，多数时候是我们自己用柴刀砍削。

茶子树很硬，削好不易。

我们自做的陀螺，常常很难看，形状不太规矩，歪瓜裂枣，不过基本上能抽起来。

如果大人们或哥哥肯帮忙，就可能会得到一个漂亮的陀螺。

有一次，家里有人做木工，我拿了根茶树棒，请木工帮我用他的专业工具，削了一个陀螺。这个陀螺非常不错，不仅看上去漂亮，抽起来也很有竞争力。

村子里对陀螺的叫法比较形象——“旋陀”。

旋转的陀螺！多好的称谓。

相应地，我们把抽陀螺叫作“打旋陀”。

叶夹

“叶夹”不是指放树叶的夹子。

而是指“翅膀”。

我不太明白村子里为什么要把鸡、鸭等的翅膀叫作“叶夹”，问了很多人，他们也说不出个所以然。

我揣测，或许是禽类的翅膀如同两片叶子，又可以收拢，夹起来，因而得“叶夹”之名。

走出村子后，见过不同地方的人，发现湖南有许多地方把翅膀叫作“叶夹”，如长沙、邵阳、益阳的一些县份，就是这么叫的。

这种叫法并不限于湘西一地。

但是，大抵还算一种小众的叫法。

小众的语言任何时候都有。

陆游的《老学庵笔记》有两则笔记：

其一，有一位皇亲贵戚名字叫“宗汉”，不喜欢别人犯他的名讳，要求平日里把所有的“汉”改称“兵士”。他的妻子礼佛供奉罗汉，孩子跟人学读《汉书》，这两样事情里都有“汉”字，也被迫改了。于是，府里的人笑传：“夫人供奉十八罗兵士，老师在教公子读《兵士书》。”

其二，唐朝时，吴地一带的人把杜鹃鸟叫作“谢豹”。诗人顾况《送张卫尉诗》中，有一句“绿树村中谢豹啼”。

这都是小众语言的实例。

非宗汉府中的人，无法理解“兵士”的实在含义；不是吴地的人，也不会知道“谢豹”是什么意思。

自然，不是潇湘一带的人，不会知道“叶夹”为何物。假如，去肯德基，你说：“来一份奥尔良烤鸡叶夹！”服务员肯定一脸茫然吧。

螳蜘

如同对其他小动物的称呼一样，村子里给了蜻蜓一个奇怪的名字——“螳蜘”。

大约在村里人看来，蜻蜓的身子像螳螂，头部像蜘蛛，把这两种动物合起来，就成了“螳蜘”这个新名词。

但村里人有这么高的文化吗？

我看很玄。

因为村子里把蜘蛛叫作“蟢子”，没有“蜘蛛”这样文雅的叫法。我们还认为，如果有蟢子掉到你身上，喜事就会降临到你头上。这是一种象征吉祥意义的小动物。

见到螳螂，村里人绝对不会叫“螳螂”。螳螂在村子里有另外一个响亮的名字：“苞谷老虫。”意即爬在玉米秆上的老虎。螳螂确实经常爬在玉米秆子上，雄赳赳、气昂昂的，威风凛凛，像一只小老虎。

按照先前的推论，蜻蜓因为像螳螂和蜘蛛，依村子里的叫法，也应该是“苞蟢”，而不是“螳蜘”。

然而，村子里历来将蜻蜓叫作“螳蜘”。

约定俗成，不问根由，就这么叫吧！

螃蟹

对螃蟹这种动物，大多数人都不陌生。村里的小河、沟渠里有很多螃蟹，儿时，我们经常抓着玩。

与别处不同的，是村里人对螃蟹的叫法。按普通话的叫法，螃蟹读 pángxiè，村里的叫法是 ná' ái（两字均为阳平）。从字面意义细解，村里的 ná，意为“爬”，如“ná 到树上”。ái 实指“岩”，就是石头的意思。按这个解释，螃蟹（ná' ái），可以说是“爬在岩石上”的动物。考虑村里人所见到的很多螃蟹，都生活在水里的岩石底下或缝隙中，这个叫法是符合实际的。

蟹生长在布满石头的河流中，或是藏匿在山中的小溪里。由于生活环境不一样，样子也就长得不一样。长在河流中的蟹，有着青黑色的壳，体型较大。长在山溪中的蟹，壳呈亮红色，体型较小，我们叫它“红螃蟹”。

捉螃蟹之法，倒是简单。

常用的办法，就是直接到河流里去翻石头。石头一翻开，藏在底下的螃蟹受了惊吓，在水流中飞快地爬行，村里人眼疾手快，伸手一捞，便把蟹捉在手中。山中的溪水浅，石头小，红螃蟹体型又小，爬得慢，捉起来更容易。这种办法，我们称之为“翻螃蟹”。

还有一种办法，叫“钓螃蟹”。儿时，父亲多次带我到河里钓螃蟹。螃蟹大概喜欢食腐吧。父亲收集了一些死青蛙、死鳝鱼之类，用棕叶或绳子绑在石头上，一块一块分别投放在不同水域。这些水域，石头比较多，水比较深，宜于螃蟹居住、生长。和钓鱼不同，这些特殊的饵料投下去以后，螃蟹并不马上出现，而是要等个半天或一天时间。时常是，中午投放后，黄昏的时候去看，就会见一些螃蟹在吃那些腐臭的食物。父亲于是一只一只抓起来，放到篓子里。这就是“钓”螃蟹。

说是钓，实际上没有线，也没有钓钩，只是投一些饵料，把螃蟹诱出巢穴而已。在这个过程中，一些路过钓蟹处的人，看到螃蟹，免不了顺手捉走一些。父亲不在意，在这个古风犹存的村子里，取之于自然的物产，别人拿一点儿又有什么关系呢？

在许多人眼中，螃蟹是美味。江南人尤其如此。

丰子恺不吃肉，但对于河蟹和鱼，是不拒绝的（见丰子恺《食肉》）。他有一篇文章《忆儿时》，写小时候最有兴味的三件事，养蚕、吃蟹和钓鱼。显见得，蟹对于他来说，实在是一种极美好的食物。

然而，村里人虽然经常抓到螃蟹，但对怎么吃蟹，素来没有研究。我记得父亲抓了螃蟹后，比较多的，是将蟹背上的壳除了，撒一点儿盐，放在火上烤了吃。也有炒了吃的，和辣椒、紫苏等炒在一起，做成菜吃。有的孩子吃蟹更“野蛮”，在山溪中抓了“红螃蟹”后，直接将几只蟹脚掰下来，放进嘴里，“咯吱咯吱”地嚼了吃，至于蟹身，则丢弃了。我也干过这事，蟹脚的味道不是很好，略带一点儿咸味，还有一点儿腥味。现在想起来，这其实是不卫生的，里面有什么寄生虫的话，就整个吃进去了。

由于不懂得吃蟹，对于蟹，就没有什么迷恋。及至长大，见了蟹还是如此。

大概十多年前，我正在读研究生，偶尔的机缘，去广西北海给一个中小学老师培训班讲课。同去的也是一位湖南籍的同学。晚饭时，每人面前放了一只螃蟹。这是本地产的海蟹。我和同学都不晓得怎么吃。我俩拿起蟹来，像小时候一样，掰了脚“咯吱咯吱”吃了起来。本地人见我们这样吃，目瞪口呆，连忙叫停。他们向我们示范吃蟹的方法，手把手教我们怎样吃。直到此时，我才知道正确的吃蟹方法。真有点儿乡巴佬进城的意味了。

后来，有了一些吃蟹的机会，慢慢地体会到蟹的美好来。印象最深的，是有一次在美国的海滨小城安纳波利斯，吃到了蓝蟹，个大，味美，价钱便宜。坐在海边，品正宗蓝蟹，看夕阳西下，海风吹拂，此乐何极。

再后来，由于患了痛风，不敢再吃螃蟹。

抓螃蟹的乐趣，吃螃蟹的体验，留在记忆中了。

打新

“人靠衣装马靠鞍。”

过年时，家里攒了钱，会给孩子做件新衣。平时不事打扮的孩子身上光鲜起来，脸上露出快活而腼腆的笑容。

过年穿新衣的风俗，不只湘西有。贾平凹写到陕西商州时，这样描述：“大凡逢年过节，或走亲串门，赶集过会，就从头到脚，花花绿绿，崭然一新。”看来，不管南方还是北地，逢“大事”时穿新衣，都是差不多的。

穿了新衣，心头高兴着，也忐忑着。高兴，是因为，走到村里小伙伴或同学中间，看大家眼里羡慕的目光，难免有些小得意。忐忑，是因为接下来，小伙伴们会一拥而上，叫喊着“打新”，捶打着穿新衣的人，穿新衣的人只好赶紧跑，让小伙伴在后面追，好不热闹。

这个“打新”，是流行在孩子中间的一种不成文的“规定”。谁穿了新衣，都会“享受”这个待遇。这一风俗，应该没有什么特定内涵，或许是某个孩子当年心血来潮的一个行为，没想到竟流行起来。

那时，一年到头，穿不了几次新衣，穿新衣才显得那么新奇，以致都有些不好意思，而小伙伴也以此为由头，好好地“打新”热闹一番。

在穿新衣成为平常之事的今天，大概没有“打新”了吧！就像许多其他消失了的东西一样。

油嘎子

“油嘎子”就是蟑螂。

这种虫子几乎每个人都认得，名声之大，有“天下谁人不识君”的阵势。

村子里把蟑螂叫作“油嘎子”，是根据它的习性来取名的。

曾经，晚间，我在灶屋的餐柜里，看到好几只蟑螂在偷油吃。平时，抓到蟑螂，用手一捏，滑滑的，它的翅膀上全是油。

有这样习性的虫子，不叫“油嘎子”叫什么呢?

川渝一带，将蟑螂称为“偷油婆”。这与村子里的叫法，有异曲同工之妙。

渔公雀

一只小鸟。

翠绿的羽毛，细长、尖利的嘴巴，它站在河边的小树枝上，一动不动。

突然，它一飞而起，朝着水面射去，如一根绿色的羽箭。再，振翅腾空，水滴从翠羽上滑落，嘴里是一条小小的鱼。

不用说，你猜到了。这是翠鸟。一种在水边常见的、美丽得如同精灵般的小鸟。

村里人对这种鸟的称呼，不是“翠鸟”，也不是俗称的“钓鱼郎”。

那叫什么呢？

叫“渔公雀”。

我觉得这个称呼比“翠鸟”更准确、更通俗。“渔公”，意思和渔翁差不多，指打鱼的人。而“雀”，比“鸟”要口语化。

“看，那里有一只渔公雀！”

一个孩子指着一只鸟这么喊。好亲切！

退水牯

这是一种虫。

很长时间来，我不知它的学名是什么。它小小的，灰灰的，身体略扁。若是俯视它，有点儿像微缩版的小乌龟。但它的背上没有硬壳，甚至触摸起来有些软。又像小水牛，从它青灰的颜色看。

它的住处很普通。

老家是木板房。板壁脚下，稍干燥点儿的地方，沙土松散。在这样的地方，若是细看，会发现一两个圆圆的、非常规则的小坑，像摆在那里的小漏斗，似乎那些细沙正在向下流去。

顺着这个“漏斗”往下挖，准能挖到一个小虫。它是漏斗的主人——退水牯。

村里人叫它“退水牯”，有一定道理。

“退”，因为它行动的方向，不往前走，只往后退。

“水牯”，是指雄性水牛。

“退水牯”，就是退着走的雄水牛。

如果你亲眼看到这个小虫活动，大约会觉得村里人给它取的这个名字，是很形象的。

对这个虫子，一个地方有一个地方的叫法。

前些日，阅读《孙犁全集》，读到一篇《昆虫的故事》，其中写到一种昆虫，叫“老道儿”的，我感觉描写的就是我们老家的“退水牯”。

孙犁的文字如下：

我们那里，沙地很多，都是白沙，一望无垠，洁白如雪，人们就种上柳子。柳子地，是我童年的一大乐园。玩累了，坐在沙地上，就会看见有很多小酒盅似的坑儿。里面光滑整洁，无声无息，偶尔有一个蚂蚁或是小飞虫，滑落到里面，很快就没有踪迹了。我们一边嘴里念念有词：“老道儿，老道儿，我给你送肉吃来了。”一边用手往沙地深处猛一抄，小酒盅就到了手掌，沙土从指缝里流落，最后剩一条灰色软体的，形似书鱼而略大的小爬虫在掌心。这种虫子就叫老道儿。它总是倒着走，把它放在沙地上，它迅速地倒退着，不久就又形成一个窝，它也不见了。

它的头部，有两只很硬的钳子。别的小昆虫一掉进它的陷阱，被它拉进土里吃掉，这就叫无声的死亡，或者叫莫名其妙的死亡。

显然，孙犁所写的就是“退水牯”。他观察得很细致。我从没有见过“退水牯”是如何捕捉食物的，也从没有认真去观察过。

令我没想到的是，北方也有这种虫子。我原本以为，它只在湘西山区生存。

它的学名到底是什么呢？

直到2014年国庆节，我带刚上小学三年级的女儿回老家。我答应她，给她抓一种她从未见过的虫子。我们在墙角挖了两个

“退水牯”出来。她看着它们在那里退着行走，觉得好玩极了。令我吃惊的是，她说出了这种虫子的学名。她斩钉截铁地说：“这是蚁狮。我在书中看到过的。”

这给我提供了一个了解“退水牯”的线索。

于是，上电脑查，得到了这种虫子的详细资料。据介绍，蚁狮属脉翅目，蚁蛉科，幼虫，俗称“土牛”“沙猴”“沙牛”“金沙牛”“沙鸡”“沙王八”“地牯牛”“缩缩”或“老倒”等。成虫与幼虫皆为肉食性，以其他昆虫为食，幼虫生活于干燥的地表下，在沙质土中造成漏斗状陷阱。

我终于知道了“退水牯”就是蚁狮。这要感谢女儿对我的提醒。现在孩子的知识面，比我们想象的，要宽得多。

孙犁先生，大概也不知道自己笔下的“老道儿”，有个正儿八经的名字——“蚁狮”吧！

鸭听雷

这个词许多人是不懂的。

它描述一种状态：懵懂，无知，心不在焉，或者其他。

你看过鸭子听打雷的神态吗？我看过，且认真地看过。

“轰隆隆——”，雷声响过时，田里的鸭子全都站着不动，把脖子伸得长长的，做出凝神谛听的样子。好一会儿，发现没什么，又继续在田里嬉戏、觅食。

鸭子们听懂了吗？没听懂。鸭子不知道这是雷声，在它耳里，大概只是一声巨响。

我和小伙伴们，曾经恶作剧，当一群鸭子从身边走过时，我们突然大喊一声，声音强烈、干脆。所有鸭子都停下来，伸长脖子，听。它们又蒙了。

现在你一定知道什么是“鸭听雷”了。

这个词怎么用呢？

有一次，父亲吩咐什么事，我没听清楚，随口问了一句，他有些恼怒，说：“你简直是‘鸭听雷’，说半天都没听清楚。”

外后日

南宋陆游的《老学庵笔记》中有一则记载："今人谓后三日为'外后日'，意其俗语耳。偶读《唐逸史・裴老传》，乃有此语。裴，大历中人也，则此语亦久矣。"

"外后日"即大后天，村里人至今称大后天为"外后日"。

真没想到，这一说法的由来已这么久远。

喂呀嘶

“喂呀嘶”是一种常见的小动物。几乎每个地方都有。

学名叫作蝉，或者叫知了。

其命名为蝉，维基百科的解释是，“蝉”字带有“极大声响”的意涵；叫知了，互动百科说是因叫声像“知了”而得名。

法布尔在《昆虫记》里说：“蝉非常喜欢唱歌，它翼后的空腔里有一种像钹一样的乐器。它的胸部还安置了一种响板，以增加声音的强度。”

从小在村子里长大，我多次看到蝉，也多次捉到蝉。过了好多炎热的夏天，就是没有听到蝉叫出“知了”的声音来。

后来，我辗转到过一些地方，东南西北，甚或是国外。或许是机缘不凑巧吧，一直没听到蝉那“知了、知了”的叫声。

要么是“嘶——”，要么是其他，声音传出老远。但没有“知了”二字。

记忆中，村子里的炎夏，蝉是这样叫的，“嘶——，嘶——，呀嘶呀嘶——喂呀嘶，喂呀嘶——，喂呀嘶喂呀嘶喂呀嘶——”。

因此，村子里把蝉叫作“喂呀嘶”。

一直这么叫。

捉“喂呀嘶”是一件比较有趣的事。

拿了竹竿，找个大蜘蛛网，搅了，使蛛网密密地缠在竿头上。偷偷举着竹竿，朝“喂呀嘶”慢慢走过去。“喂呀嘶”在树上叫得正欢，哪知道危险临近？将竹竿轻轻往它身上一碰，“喂呀嘶”被竹竿上的蛛网黏牢，怎么也跑不掉。

“喂呀嘶”从小到大，会有蜕皮的经历，它脱下来的皮，挂在树干上，学名叫蝉蜕。小时候，我们找到蝉蜕，常卖给村里的赤脚医生，两分钱一个，能到供销社换两颗糖。这是一件无比幸福的事。

播谷雀

播谷雀的学名应该是“布谷鸟”。

春天，我们去山上打柴、割草，不时会听到“播谷、播谷”的叫声。

声音不大，但清脆，穿透薄雾，震落了草尖的露珠，在山间久久回荡。

听到这个声音，割草的大人们直起腰来，望着远山，略带感触地说：“可以种谷子了。”

又是一年春来早，岁月易过啊！

“播谷雀”这个称呼，我感觉，比“布谷鸟”要好。它更贴近村里人的生活。

遗憾的是，从小到大，在村子里，我没有近距离看到过播谷雀，只多次听到过它的清脆的鸣叫声。

书上说，播谷雀又叫杜鹃、子规等。

李白有首诗《闻王昌龄左迁龙标遥有此寄》，中间有一句：“杨花落尽子规啼，闻道龙标过五溪。”

龙标（现湖南洪江）这个地方，离我老家不远。播谷雀的叫声，惊起了李白对王昌龄的思念，还有一份浓浓的离愁。

其实，播谷雀自己叫自己的，干你李白何事？

啄木倌

“倌”这个字，本来是用来指人的。如羊倌，指放羊的人。也有把年老的男人叫作“老倌”的，大约表示尊称吧。

在村里，“啄木倌”指的是“啄木鸟”。村里人把这种鸟当作人一样看待，给了它“倌”的叫法。

这种鸟在老家并不多见。

在山上砍柴时，偶然看到，高高的杉树干上，有一个形状规整的小洞。我感到奇怪，就问身边的大叔：“那是什么洞?”他叹一口气，愤愤地：“又被啄木倌啄坏了。这根料不能用了。”

原来，山上的杉木，是用来做木材的。村里人修房子、做家具，就是把这些杉木锯成板子，作为原材料。啄木倌啄上一个洞，而且是一个很深的洞，这根杉木至少有一段不能用了。大叔愤怒和遗憾的语气，大概由此而发吧!

这实在不是啄木倌的错。资料称，啄木鸟是著名的森林益鸟，它们觅食天牛、吉丁虫、透翅蛾、蝽虫等害虫，每天能吃掉1500条左右。那棵被啄了洞的杉木，肯定是长了虫子，不然，啄木倌才不会无缘无故地去啄那么一个大洞。

哥哥他们曾近距离接触过啄木倌。

村里竹山上有一株茁壮高大的杨梅树。初夏时节，杨梅开始成熟。哥哥他们一帮人经过大人允许后，不时到杨梅树上去摘些杨梅来吃。有一次，他们几个爬上去以后，不一会儿就下来了。他说：“上面的树干有一个啄木倌的窝，里面有几只小啄木倌。我们去摘杨梅，可那只老啄木倌以为我们要捉它的孩子，老是想来啄我们。”啄木倌的嘴很厉害，连杨梅树这样的硬木都啄得破，啄到人身上可不得了。难怪，哥哥他们会吓得赶紧溜下树来。

这件事，倒让我生出一种敬意来。母爱无价，护子心切，啄木倌真伟大。

抓现金

很多年来，村里一直穷。一年到头，见不到几个现钱。小时候，缺吃的了，就去邻居家借几斤米、几两油，到时，自家有了，再几斤米、几两油的还上。似乎还处在物物交流的时代。

当然，并不是没有现金。只是太少了，很难见到。

为了生存，村里会有一些人跑到外面去，或者到某个工地上，或者去哪个农场里，干那么一两个月，挣得好几十元钱回来。提高自家的生活水平。让邻居们也好生羡慕一番。

这种行为，村里人叫作“抓现金”。你看，到外面去做工，挣回来的，不是几袋米，也不是其他什么，而是白花花的票子。这可不是把“现金”给“抓”回来了吗？

形象得很！

村里人“抓现金”，去得较多的地方，是洪江。这个地方，在古代就很有名，是湘西著名的古商城，繁华着呢。村里人跑一两百里地，到了这里，可以帮着干一些苦力活，挣到现钱。

也有去洞庭湖边上砍芦苇的，这个活比较累，一天干下来，人几乎累倒在地上，但工钱给得比较多。

可见，“抓现金”的劳动力含金量比较低，大多靠卖苦力。这样的劳动，能换回来的“现金”，实际上也有限。但村里人，只要有空，就出去找事做。在他们心里，能挣一点儿是一点儿，总比没有好吧！

这是上个世纪八十年代的事了，到九十年代，去广东深圳、东莞一带的打工热开始兴起。

村里的青壮年劳力，开始涌向珠三角地区。他们大多读过初中或高中，有一定的文化知识。到了南边，基本上都进了工厂，成了流水线上的一颗螺丝钉。时间过得久一点儿，不少成了熟练工人。他们的工资和收入，也比父辈们“抓现金”要强得多。有好些人，在外面发了财，回村修了大房子。

现在回村，问问某家的孩子干什么去了，得到的回答，十有八九是：“打工去了。”

“抓现金”这个词，已经慢慢从村里人的记忆中消失。

追溯起来，“抓现金”那批人，应该算早年的打工者吧！

水牢馆

千万别误会。如果你以为“水牢馆”是看守水牢的人，那就错了。

这个词确实是用来称呼某类人的，但这些人不是看守水牢的狱卒。

你如果向村里人询问“水牢馆”的确切含义，他们一定会说，啊，这个问题太简单了，“水牢馆”就是二流子、流打鬼。如果你还不明白，他们会更直白地告诉你，“水牢馆”就是流氓。

这个词的内涵，实际还要更宽泛一些。

流氓、二流子固然属于“水牢馆”的阵营，扒手、偷东西的窃贼等，村里人也称之为“水牢馆”。几乎，只要是做坏事的人，都可叫作“水牢馆”。

有时，村里人称谁是“水牢馆”，并不是看他做了什么，而是看他穿了什么，真正“以貌取人”。

上个世纪八十年代，城里的风，刚刚吹进湘西的山野。在这些新风的影响下，山里人也爱打扮了。村里的年轻哥哥们忍不住买条喇叭裤穿上，有的还买副墨镜戴了，更有甚者，把头发也烫了，卷卷的，很新奇。条件更好的，扛着一台有几个喇叭的录音机，放着邓丽君等人的“黄色歌曲”来听。最要命的，他们似乎还很得意，挺着这身装扮，在村里晃来晃去。

村里的大人们哪里看得惯？却又没办法，只好在言辞上加以批评：“你们看那样子，太难看了，像个水牢倌似的。”

“水牢倌”，在这时，倒有些得风气之先的味道。

追溯这个词的本义，应该是说做坏事的人，将被关进水牢去。三个字或许是“水牢关”，只是这样写出来，根本不像个名词，还是写作“水牢倌”合适些！

时代变迁，语言变化快。村里人恐怕也很少提起这个词了。

眼屎书

鸡啼三遍，晨曦渐露。

母亲早早地在灶屋里忙碌，菜铲擦着锅底，发出嘎嘎的响声。我醒了，去灶屋里看母亲，她做的是“油炒饭”，把昨晚的剩饭，放点儿油、盐在锅子里炒一下，就成了我上学前的早餐。

母亲见我起来，说：“饭还要过一会儿才好，别急着洗脸，先去读会儿书吧。”我坐到窗前，拿起语文或英语，对着窗外的菜地，咿里哇啦一通唱读。书声伴随清风，摇落了菜叶上的露珠。一些诗文、警句，在略带惺忪的朗读中，慢慢地印入脑海。

“娃娃，吃饭了。”母亲在灶屋里唤。我走到灶屋里，舀了一竹勺井水，开始洗漱。

“为什么不能一起床就洗脸呢?”我疑惑着。

“早上起来，记性好。洗了脸，记性就不那么好了。”母亲的解释有点儿神秘，也很有意思，“我们小时候就是这样的，这叫读‘眼屎书’。”

早上一起来，眼角还带着眼屎，马上拿起书来读，岂不是读“眼屎书”？只是说读“眼屎书”的效果，要比洗脸后读更好，不知道科学依据在哪里。不过，这倒合乎“勤学”的古训。“三更灯火五更鸡，正是男儿读书时。”鸡一打鸣，立即读书，不是正合这句诗所述的景致吗？

儿时的习惯，有时会深入骨髓。成年后，朗读的行为时断时续，但凡晨起诵读，我都先不洗脸，坚持读“眼屎书”。这两年，倒是坚守着晨读的习惯。

女儿受我影响，早上也坐到阳台上，或是读语文，或是读英语，家里充满了琅琅书声。她洗了脸才去诵读，效果一样的棒！

萤火伯伯

村子里的夏夜是美丽的。

有月的夜晚，雪一样的月光照在山上、铺在地上，那样宁静和美好。无月的时候，通常有星，空气好，星光传得远，看上去好大好亮。

我们一群孩子，跑出家门到空地上玩。空中有东西一闪一闪，我们把它抓起来，放在自己纸折的小灯笼里，聚成小小的一团光。

好玩极了。

这是萤火虫。我们不叫萤火虫，叫“萤火伯伯”。

直到现在，村子里的人还这么叫。我一直没有弄明白为什么要这么叫。或许，里面有一个故事；或许，仅仅是为了表示一种对自然事物的敬畏，表示尊称。

“萤火伯伯”这个叫法，让我有一种感觉，就是萤火虫不再是一种虫，而是我们的一个长辈，是我们中间的一分子。这是很奇妙的。

有一天，听女儿在诵读《神童诗》：“学问勤中得，萤窗万卷书。三冬今足用，谁笑腹空虚?”

用萤光来读书，只是传说而已。但她这一读，让我想起了“萤火伯伯”，想起了旧日时光。

后记

时间之河奔腾不息，不舍昼夜。

这几十年，经济社会的发展，完全到了令人目眩的程度。

乡村发生了天翻地覆的变化。房子越来越好，人越来越少；物质越来越丰富，精神越来越贫乏。有的人太息“故乡正在沦陷”，有的人用“还乡记”之类的文字表达自己的失落。

谁也无法阻挡和左右滚滚向前的历史洪流，几句哀叹解决不了问题。乡村终将成为她要变成的样子。快速的城镇化脚步，已经明示了乡村的走向和前景。

我们这一代人，在乡村出生、成长，烙上了无法抹去的乡村记忆。

在这样的历史语境下，我们能做些什么呢？

批判、控诉、哀婉、留恋……这些，无所谓好坏，表达的都是对于乡村变迁的态度。

我选择了回忆和记录。在翻晒往事和旧闻的劳作中，我进一步找到了自己的本源和来处。碰上烦心事，或工作过于劳累，闭着眼睛回想一下故园，心里就慢慢熨帖了。故乡，某种程度上，成了我的精神归依和疗伤良药。

还有一点儿私心。

现在的年轻人，大抵已经无法知道曾经的乡村细节了。通过这些记录和回忆，他们也许能够了解过去的艰难和温馨，知晓先人们过的是怎样的生活。希冀这份关于湘西村庄的回想，给年轻一代提供一个感知昔日乡村生活的契机。

在校改这本书的时候，老家传来母亲生病的消息，她刚刚做了一个大手术。愿此书的出版给母亲带来好运。祝她老人家身体康泰，凡事遂愿！

此书写作过程中，我的爱人程艳红、女儿宛凌给了我许多细心的帮助，她们的支持增添了我前行的动力。我愿将此书献给她们！

故乡是一个具体的存在。下笔的时候，故乡的亲人和乡邻们的影像不时在头脑里翻映。这本书同样是献给他们的。

感谢青年学者、著名编辑关宁女士，她的慧眼促成了此书的出版，她的专业素养令我受益良多。

一本书自出版之日起，即成为检阅、审视的对象，期待尊敬的读者不吝批评指正。

作者
2016 年 12 月